引きこもり令嬢は話のわかる聖獣番
4

引きこもり令嬢は話のわかる聖獣番４

山田桐子

TOHKO YAMADA

一迅社文庫アイリス

CONTENTS

プロローグ　8

1章　元引きこもり令嬢、迷路に迷い込む　10

2章　入れ替わりによる業務の変更はございません　64

3章　イベントの準備期間がすでにイベント　120

4章　衆人環視で大舞台に立つ主役は誰だ　185

5章　聖獣番なご令嬢、婚約者になる　257

エピローグ　316

あとがき　318

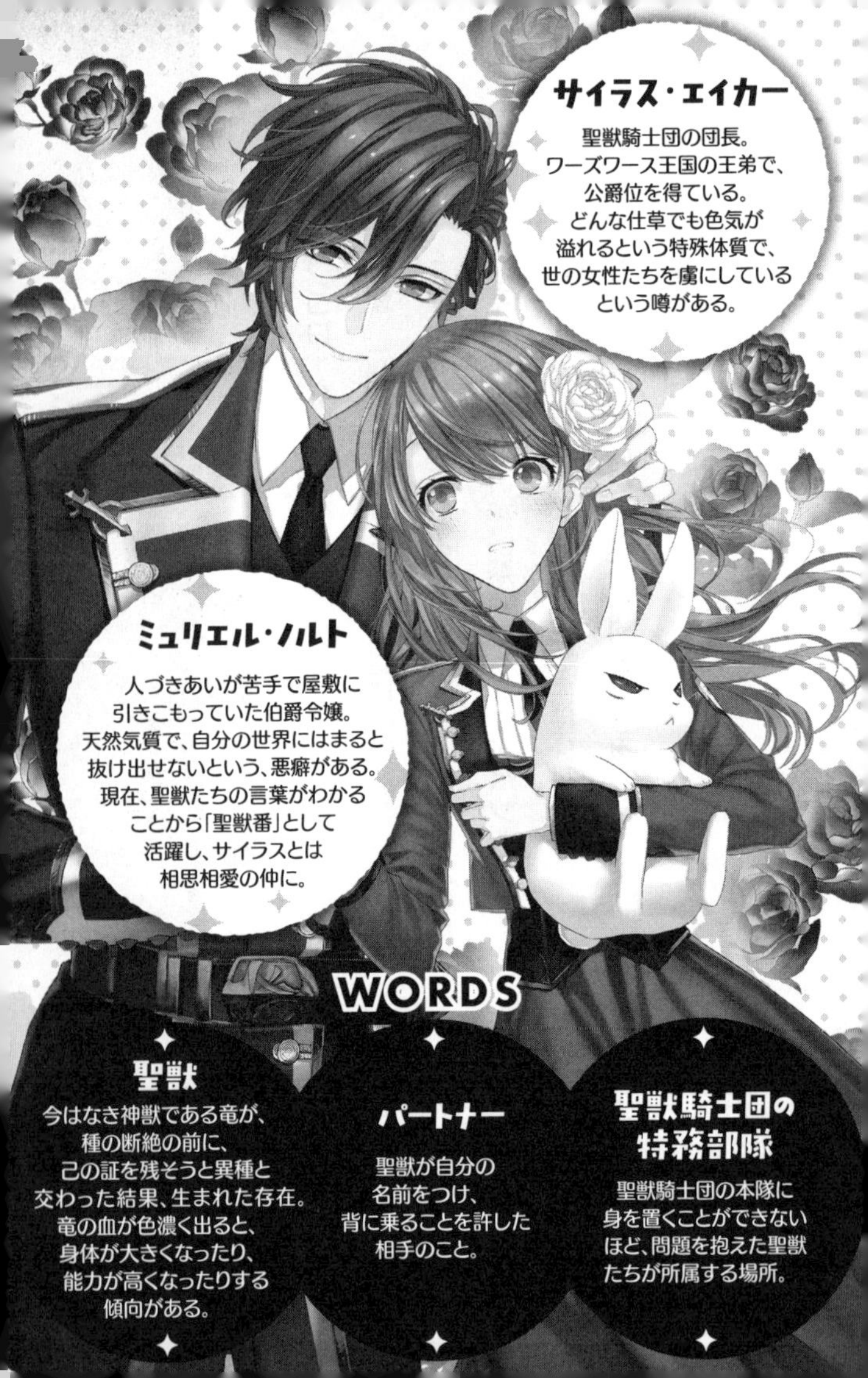
サイラス・エイカー
聖獣騎士団の団長。
ワーズワース王国の王弟で、
公爵位を得ている。
どんな仕草でも色気が
溢れるという特殊体質で、
世の女性たちを虜にしている
という噂がある。
ミュリエル・ノルト
人づきあいが苦手で屋敷に
引きこもっていた伯爵令嬢。
天然気質で、自分の世界にはまると
抜け出せないという、悪癖がある。
現在、聖獣たちの言葉がわかる
ことから「聖獣番」として
活躍し、サイラスとは
相思相愛の仲に。
WORDS
聖獣
今はなき神獣である竜が、
種の断絶の前に、
己の証を残そうと異種と
交わった結果、生まれた存在。
竜の血が色濃く出ると、
身体が大きくなったり、
能力が高くなったりする
傾向がある。
パートナー
聖獣が自分の
名前をつけ、
背に乗ることを許した
相手のこと。
聖獣騎士団の
特務部隊
聖獣騎士団の本隊に
身を置くことができない
ほど、問題を抱えた聖獣
たちが所属する場所。

引きこもり令嬢は話のわかる聖獣番

レインティーナ・メールロー

聖獣騎士団の団員。
白薔薇が似合う男装の麗人で、
大変見目がよい。
しかし、見た目を裏切る
脳筋タイプの女性。

リーン・クーン

聖獣を研究している学者。
聖獣騎士団の団員としても
席を置いている。
聖獣愛が強すぎる人
として知られる青年。

CHARACTER

アトラ

真っ白いウサギの聖獣。
パートナーである
サイラスとの関係は良好。
鋭い目つきと恐ろしい
歯ぎしりが印象的だが、
根は優しい。

レグゾディック・デ・グレーフィンベルク

巨大なイノシシの聖獣。
愛称はレグ。パートナーで
あるレインティーナの
センスのなさに、悩まされ
続けている。

クロキリ

気ぐらいが高い、
タカの聖獣。
自分に見合った
パートナーが現れる日を
待っている。

ロロ

モグラの聖獣。
学者であるリーンが
パートナーであるため、
日がな一日まったりと
過ごしている。

スジオ

気弱なオオカミの聖獣。
ギラギラとした人を
避け続けた結果、
いまだにパートナーが
決まらない。

イラストレーション◆まち

引きこもり令嬢は話のわかる聖獣番4

HIKIKOMORI REIJYO HA HANASHINOWAKARU SEIJYUBAN 4th.

プロローグ

齢《よわい》二十六にして、ここワーズワース王国のエイカー公爵であり聖獣騎士団団長でもあるサイラス・エイカーは、執務室にていつもなら一瞥《いちべつ》するのみの城内用の回覧広告を、この時に限ってしげしげと眺め続けていた。

事務的な書類のなかに紛《まぎ》れていたその広告は、派手な色使いに大きな飾り文字を使い、近々王城主催で開催されるチャリティバザーの日程と参加をうたっている。

(……例年であれば気にもとめないが、今回に限ってはいい機会かもしれないな)

これまで聖獣騎士団の活動といえば、大きすぎる力を誇示することで生まれる軋轢《あつれき》を避けるため、万事が露出を控《ひか》える方向でなされてきた。しかしここにきて、隠すことでの弊害が生まれている。隣国ティークロートの聖獣、ギオの件だ。

大勢の目に触れぬ今の環境が、聖獣を謀《はかりごと》に巻き込もうとしている人物にとって都合のよい使われ方をされてしまったのだ。聖獣に対する理不尽な殺処分も、サイラス達が何も手を打たなければ、声高な一部の者の意のままにまかり通ってしまっていたことだろう。

これらを防ぐために彼らの帰国に際して聖獣を露出し、人心の掌握《しょうあく》に舵《かじ》をきったのは記憶に新しい。そしてその舵取りを一過性のものにするつもりは、自国の聖獣達のためにも今のサイラスにはなかった。ゆえに今後は考えを異《こと》にする者を刺激せず、穏便かつ自然に聖獣の露出を増やしていきたい。それには折よく開催されるこのチャリティバザーが最適に思えた。

（問題は出し物を何にするか、だな。聖獣に負担をかけず、人の興味を引くとなると……）

考えはじめてすぐに、聖獣が引く馬車はどうだろうかと思いつく。特務部隊に席を置くアトラ達とは違い、本隊には嫌がらずに馬車を引いてくれそうな聖獣もいる。

聖獣が引く馬車に乗る己の姿を思い浮かべたサイラスは、そこで当たり前のように隣に座る少女の姿まで想像していたことに気づき、ふと微笑《ほほえ》んだ。甘そうな栗色《くりいろ》の髪に瑞々《みずみず》しい翠《みどり》の瞳を持つミュリエルを想えば、自然と服の下に隠れる青林檎《あおりんご》のチャームに手が伸びる。するとたった一度軽く触れただけの唇の感触さえ鮮やかに蘇《よみがえ》り、知らずと甘い吐息が零《こぼ》れた。

（……際限なく、欲深くなるものだな。こんなにも触れていたいと思うなんて）

どう言い訳をしても、あの柔らかな唇には毎日だって触れたい。だが触れる意思をサイラスが見せれば、ミュリエルは瞳を潤《うる》ませ涙をためてしまうのだろう。そんな姿が容易に想像でき、さらにはその表情をもっと見たいと思ってしまったところで、サイラスは緩《ゆる》く首を振った。

（……いけないな。私もずいぶんと浮かれているらしい）

こんなことでは、ミュリエルの無自覚の仕草で簡単に煽《あお》られてしまいそうだ。想いが通じているのだから許される部分はあれど、だからこそ普通の触れ合いも大事にしたい。

「恋人としてのはじめてのデートが、チャリティバザーというのはアリ、だろうか……？」

独りごちるとサイラスは椅子に背を預け、はやる気持ちを静めるために深く息をついた。

1章　元引きこもり令嬢、迷路に迷い込む

朝晩の不意の冷え込みもなくなり、風に花よりも緑の香りが強くなった頃。今日も今日とてミュリエルは、獣舎の周りに広がる庭にて聖獣番の業務に精をだしていた。

手に握るはブラシ。向かうは寝転がったウサギの聖獣アトラの白い背中。聖獣の大きさとしては中型に分類されるも、立ち上がればミュリエルの二倍はあろうかというアトラの大きな体に、この時ミュリエルは必死の形相で挑みかかっていた。

「ガチガチ。ギリギリギリィ」

『おい、ミュー。丁寧《ていねい》にやってくれるのは有《あ》り難《がた》いけどよ、時間は大丈夫なのか』

少しでもブラシがけをしやすいように、アトラは青々と茂った芝生の上にぐでっと伸びた体勢でいる。そこから首だけをひねって赤い目を細めると、歯を鳴らしながらミュリエルを見やった。右目の下にある古傷と相まって、その表情は凶悪だ。

「ぜ、全然大丈夫じゃないです！　ですが！　とてもここでやめる気にはなれません……っ！」

アトラの凶悪な面相にも大きく響く歯ぎしりにも臆することなく、ミュリエルは爪先立って限界まで両腕を伸ばすと、次はしゃがんで地面ギリギリまで両手を下げる。この一度の屈伸運

動で、ブラシにはごっそりと白い毛がからまっていた。ミュリエルはそれを指でつまんで外し、脇にあるこれまで抜けた毛にくっつけるようにしてためていく。

この動作を繰り返すこと小一時間。圧縮されずにためられ続けた抜け毛は山となり、驚くことにミュリエルを余裕ですっぽり包めるほどの量をなしていた。

遠い祖先に竜の血が混じり、隔世《かくせい》遺伝的に聖獣という存在になった彼らだが、されど本質はもとの種族に起因する。そう、白ウサギは今、換毛期《かんもうき》真っただなかなのだ。

本来は一定のブラシがけをすれば、あとは皮膚の状態を注意深く観察しつつ自然と抜け変わるのを待って問題はない。だがアトラの毛並みを心から愛するミュリエルには、どうしても現状を看過することができなかった。柔らかくも美しい、魅惑の毛並み。それが、今はどうだ。生え変わりの途中ゆえにでこぼこと荒れ果て、見るも無残な状態になっているではないか。

ミュリエルは真剣だった。一刻も早く美しい毛並みを取り戻《もど》したい。

『あんまりブラシをかけすぎてもそこだけハゲっから、もう適当にしとけよ』

背中を向けていたアトラがミュリエル側に寝返りをうって起き上がる。潰されないように慌《あわ》てて後退したミュリエルは、足をもつれさせて尻もちをついた。アトラの動作で起こったわずかな風で、隣の山のような抜け毛の塊《かたまり》もふわんと揺れる。

「ブフゥン。ブフブフッ」

『この時期はしょうがないわよ。とくにアトラの毛は、柔らかくて多いしね』

完全に他人事な大型のイノシシの聖獣、レグ——本名はレグゾディック・デ・グレーフィンベルク――は、打って変わってこざっぱりとした様子で鼻息を吹き出した。庭から城壁の迷路を抜けた先、王城の奥に広がる森へ、パートナーであり男装の麗人でもあるレインティーナに連れられて、思いっきり泥浴びを済ませてきたあとだからだ。

泥は乾く前に綺麗《きれい》に洗い流され、ブラシがけも終わっている。ちなみにレインティーナの姿がないのは、レグを優先して後回しになった自分の汚れを落としに行っているからだろう。

「ピィ、ピィィ。ピュルルルッ」

『ブラシを使うより、引き抜いてしまった方が早いのではないか。このように』

自らの豊かな胸毛を嘴《くちばし》で整えているのは、中型でタカの聖獣のクロキリだ。顔を上げて一声鳴くと、おもむろに隣にお座りしていた同じく中型でオオカミの聖獣スジオの首に、狙いを定める。そして、ガスッと嘴を突き刺した。

「キャンッ⁉　ク、クーン！　ガウガウ！」

『痛っ⁉　ク、クロキリさん、痛いっス！　ってか、ひどいっス！』

こちらも換毛期を迎えているスジオは、胴回りは落ち着いているものの、首とお尻辺りの毛のふくらみが大変なことになっている。あがった悲鳴を気にもせず、まるで襟巻《えりまき》を巻いたように不格好になっている首もとからクロキリが嘴を引き抜けば、そこには大量の毛がごっそりと束になってくわえられていた。

「キュ。キュウ、キュキュッ」

『またぎょうさん抜けましたね。あ、ハゲた』

小型のモグラの聖獣ロロが可愛《かわい》らしい声で指摘すると、驚いたスジオが耳と尻尾をピンと立てる。

『おい、痛がってるぞ。ほっといても勝手に抜けるんだから、その辺にしとけって』

『そうよ。クロキリったら、せめてもう少し優しくやってあげたら？』

『いいや、この力加減こそがミソなのだ。任せたまえ。ワタシは毛繕《けづくろ》いのスペシャリストだ』

『ちょっ、いっ⁉　痛っ！　痛いっス！　超絶痛いっスよ、クロキリさんっ‼』

『あ、スペシャリストさん、そこ、どんどんハゲてますよ』

途端《とたん》に庭はガチンブフォピィワンキュッ、と聖獣達の鳴き声で騒がしくなる。耳に聞こえるこれらの歯音に鼻息、それに鳴き声は、はじめて会った時からミュリエルの頭のなかでは意味のわかる言葉となって響く。当初はあまりの迫力に腰が引けていたミュリエルも、今ではもうすっかり慣れたものだ。

とはいえ、目の前の大騒ぎはスジオのためにもそろそろ止めてあげたい。ふざけているのか真面目《まじめ》なのか。きっと後者であろうがクロキリが嘴をふるうたび、ぼそっ、ぼそっ、と根こそぎスジオの灰色の毛が抜けていくのだ。効率はいいのかもしれないがキュンキュンと鳴くスジオが可哀想《かわいそう》で、ミュリエルはブラシを置いて立ち上がると両手を伸ばした。

「おはよう。皆、今日も元気なようだな。ミュリエルも、いつもありがとう」

「あっ。サイ、ラス、様……」

白い抜け毛の塊の陰から急に登場したサイラスに、ミュリエルは両手を伸ばした中途半端な格好のまま停止した。そして一拍遅れてボボボボっと顔を赤らめる。視線が微笑《ほほえ》みを浮かべる形のよい唇にいってしまえば、思い出すのは月夜の晩に触れてしまった柔らかな感触だ。

ひとたび思い出してしまえば、芋《いも》づる式にあれもこれもと記憶は蘇《よみがえ》る。そのなかにはもちろん、自覚した恋心も含まれていた。好きという気持ちは少しの刺激、この場合はサイラスをただ視界に入れただけだが、そんな些細《ささい》なことでもモクモクと存在感を増してしまう。

そして、あっという間にどう手をつけていいのかわからない状態にまで、ミュリエルの心のなかでふくれあがった。胸をギュウギュウと圧迫してくる恋心。

それを制御する手段を、ミュリエルはいまだ持たない。極度の羞恥《しゅうち》に襲われれば、瞬《また》く間に呼吸も鼓動も過稼働を起こし、逆にその他の機能は完全に停止してしまう。

しかし、サイラスが向ける眼差《まなざ》しは変わることなく優しい。固まるミュリエルをしばらくの間柔らかく眺めると、自然な流れで視線を抜け毛へと移していった。当然それはここまで気長により添い続けてくれたサイラスの、いつもの気遣いに他ならない。

「毎年のことだが、今年もまたずいぶんと抜けたな。ミュリエルも驚いたのではないか?」

視線が戻ってこないことと話題が日常的なものだったため、ミュリエルは瞬《まばた》き数度でなんとか体の機能を取り戻した。ついで、サイラスが大量の抜け毛を満足そうに眺めているのに気づき、ハッと正常な意識も取り戻す。ここまでせっせと集めた抜け毛の行方《ゆくえ》がどうなるのか、聞こうと思っていたことを思い出したのだ。

「は、はい。はじめてのことでしたので、これほど抜けるものなのかと驚きました。ですが、こんなに集めて何に使うのですか？」

簡単な事務連絡をした時、抜け毛は捨てずにとっておくようにと指示を受けていた。そのため実は、抜け毛の下には袋になる布が敷いてある。時間の都合でその時は詳《くわ》しく聞けなかったが、ずっと気になっていたのだ。

「服の装飾に使ったり、布団やクッションの中綿にしたりするんだ」

「えっ⁉」

「服だと、先日の夜会で私が着ていたものを覚えているか？　あれの襟と袖に使われていたのがそうだ。布団についてはこれからの時期は必要なくなるが、冬場はたいそう温かい」

ティークロートの王女であるグリゼルダ・クロイツ殿下を主賓とした夜会。あの時の物語のヒーローもかくやというサイラスの姿は、今もまぶたの奥に焼きついている。マント代わりに袖を通さずに羽織っていた長衣の襟と袖には、確かに白い毛皮が使われていた。あれがアトラの抜け毛だったとは。

あの夜会で、サイラスの麗《うるわ》しい姿は他と比べようもなく素敵だった。そして今や愛《いと》しい殿方となったそのサイラスを、ミュリエルは今後も含め軽んじることは決してないだろう。だが今だけは、どうしてもサイラス以上に言及したいものがある。それは、布団。

（アトラさんの抜け毛を使った、お布団、ですって……？　そ、それは……っ‼）

幾度となく夜を共にしてきたアトラの毛並みは、眼裏《まなうら》どころか肌でさえもありありとその素敵さを思い出せる。

「一般的な皮から剥《は》いだ毛皮と違ってバラバラの毛をそろえて使うため、手間はとてもかかるらしい。だが、アトラ達と関わるようになってから、私は毛皮の類《たぐい》は抵抗があって……」

（アトラさんの抜け毛布団、ということは！　自宅にいながらいつでも気軽に、高級兎《うさぎ》布団を楽しめるということ、なのよね⁉）

ミュリエルの頭のなかはもうアトラの抜け毛のことでいっぱいだ。そして半分も聞こえていないサイラスの説明は続く。

「しかし、その手間を押してでも取り入れたいほど、アトラの毛の質は一度知ってしまえば手放せないほどよいと思う」

（寂しい一人寝の夜も、抜け毛布団があれば寂しくないし、どんなになで繰り回しても怒られない！　なんて、なんて素敵な代物《しろもの》なのかしら……！）

「布団も中綿だけでなく、工費に糸目をつけずに外側にまであしらったものを作ってみたんだが、それの使い心地は言うまでもなく最高だ」

（そんな素敵な代物があることを、今まで知らずに過ごしていたなんて……。私はなんて愚かだったのかしら……。だけれど、知ってしまったからには……）

「サイラス様……」

「ん？」

いつになく真剣な表情で深刻な声を出すミュリエルに、サイラスはすぐさま聞き返した。

「欲しい、です……」

ミュリエルは祈るように両手を組んで、サイラスににじりよる。

「私も、欲しいです！」

本以外のもので、こんなに何かを強く欲したことが今まであっただろうか。いや、ない。

ミュリエルは目に力を込めて精一杯主張した。

「どうしても欲しいんです！　アトラさんの、抜け毛布団！」

ミュリエルのあまりに必死な様子に、サイラスが一拍おいてから瞬きをする。

「……布団が、欲しいのか？」

「だ、駄目《だめ》ですか……？」

困惑気味のサイラスに、ミュリエルは涙目になった。だって、どうしても欲しい。

「いや、まさか、君からのはじめてのおねだりが、布団になるとは思わなかったから……」

なおも困惑の色が強いサイラスの声で、ミュリエルは自分の言葉が足りないことに気づき、即座に言い募《つの》った。

「お、おねだりだなんて！　もちろん、ちゃんと正規のお代をお支払いいたします！　それとも私が今まで貯めていた聖獣番のお給料では、全然足りないでしょうか⁉　だ、だとしても、絶対に工面してみせます！　ですので、お願いします！　サイラス様、お願いします……！」

組んだ両手にミュリエルがさらに力を込めれば、悩む素振りをしたサイラスは視線をチラリとずらした。

「あ、あぁ、違うんだ。お金のことは、もとより気にしていない。ただ、なんというか……」

目を向けた先には、抜け毛を量産している白ウサギがいた。ミュリエルはサイラスの言い淀《よど》んだ理由を勝手に解釈して、今度はアトラににじりよる。

「アトラさん！　私もアトラさんの抜け毛で、お布団を作ってもいいですかっ!?」

いつになく前のめりのミュリエルに、ペロペロと体を舐《な》めながら成り行きを見学していたアトラは、舌をわずかに出したまま赤い目だけを向けた。

『あ？　抜けたあとの毛なんてオレは興味ねぇから、好きにしろよ』

「っ！　ありがとうございます！　あ、ですが……」

あっさりお許しをもらったミュリエルは、感極まってアトラに抱き着いた。しかし、すぐに体を離してもじもじとする。

「あの、お布団を作っても……。その、今まで通り、夜もご一緒してもいいですか……？」

自室で気軽に高級兎布団が楽しめるようになっても、アトラの隣は別格だ。出来合いの抜け毛布団を理由に同衾《どうきん》を拒否されるならば、ミュリエルは布団をきっぱりと諦《あきら》める覚悟がある。

『……オレが一度でも嫌っつったこと、あったかよ？』

「ないです！」

ミュリエルの返事を聞いて興味を失ったように、アトラが体を舐める作業に戻る。ミュリエルは元祖高級兎布団とお手軽抜け毛布団の両方を楽しむ権利を得たことに、笑顔を弾《はじ》けさせた。

『ミューちゃんてば、ほんとにアトラのこと好きねぇ』

『あれでアトラ君も面倒見がいいからな。まぁ、懐《なつ》くのも不思議ではない』

『でも、そこでまた、ダンチョーさんがちょっと寂しそうにしてるっスよ』

『せやけど、ほら、両想いになったからか、いつもよりは余裕ありそうに見えませんか？』

ロロの指摘通り、サイラスから発せられる寂しさの波動はいつもよりずっと弱い。ただまざりたい気持ちは変わらずあるようで、向けられる視線は羨ましげだ。それを察したのか、アトラがいつまでも自身にまとわりつくミュリエルを、毛繕いの片手間に顔でグイッとサイラスに向けて押し戻す。ミュリエルはたたらを踏みながら、サイラスに向き直った。

二人の間を爽《さわ》やかな風が流れていく。サイラスがわずかに乱された黒髪を軽くかきあげ、微笑んだ。その何気ない仕草に、ミュリエルは目を奪われる。

「風がでてきたな。抜け毛が飛んでしまいそうだ」

「えっ⁉」

だが、サイラスの言葉を受けて即座に目を走らせた。すると、そよそよとそよぐ風に、抜け毛の位置がずれはじめている。

「布団を作りたいのなら、少しも無駄にはできないだろう？　手早く片づけてしまおうか」

サイラスがこちらからは死角となる抜け毛の陰に回ったため、ミュリエルも大慌てであとを追った。布団になると聞いて、抜け毛一本の価値がミュリエルのなかで高騰《こうとう》している。飛んでしまっては一大事だ。いそいそとサイラスに並ぶと、これ以上飛ばないようにとりあえず両手を抜け毛に添える。すると、お日様に温められた抜け毛はほんのり温かい。ミュリエルは締まりのない顔で笑った。布団への期待がどこまでも高まっていく。

「あの、それで、どうやって片づけたらよいでしょうか？」

兎布団への期待にうっとりと頬を染め、瞳をキラキラとさせたまま隣に立つサイラスを見上げた。

「あぁ、袋の口を両側から持ち上げて……」

会話に挟まる妙な間にも気を留めず、わくわくとした気持ちを胸に言葉の続きを待つ。この時、二人の立ち位置は腕が触れるほどに近い。抜け毛に夢中になったミュリエルが、はやる気持ちのままに距離をつめたからだ。片や見上げ、片や見おろし、二つの視線がピタリと合う。

しかしなかなか言葉の続きがはじまらなくて、笑顔のままミュリエルは首を傾《かし》げた。するとなぜか残りの距離を、サイラスが屈《かが》むようにしてつめてくる。

「っ!?」

ミュリエルは目を見開いて硬直した。伏せていく紫の瞳とさらに縮まっていく距離。その先が示すのは、間違いなく唇の触れ合いだ。

急な事態に焦点が合わず、サイラスがぼやける。しかしそのぶん、その背の向こうに広がる景色は明瞭だった。サイラスの落とす影よりずっと大きい影が、突如《とつじょ》ぬっと現れる。

『ねぇ、ミューちゃん……、あっ、ごめんなさい！　どうぞどうぞ、アタシのことは気にせず続けてちょうだい？』

現れたと思ったら、即座に状況を理解したらしいレグが瞬時に体を引っ込めた。そのため、抜け毛の陰に隠れた二人を見ている者は再びいなくなる。

だが、続行の余地などない。ミュリエルは身の置き場のない恥ずかしさにプルプルと震えだした。そして流れるように地面に崩れ落ち、ダンゴムシと化す。

「……ミュリエル、悪かった。こんなところで触れようとした、私がいけなかった」

小刻みに震え続ける肩に、サイラスの手が添えられる。しかし、とてもではないが顔など上げられない。ミュリエルがダンゴムシ状態から戻らないでいると、状況を察した聖獣達が遠慮を脇に置いてのぞき込んでくる。

『……おい、ミュー。とりあえず、立てよ』

ぬっと顔をよせたアトラはミュリエルの襟首をくわえると、強制的に持ち上げて立たせた。抵抗は意味をなさないので立ち上がったが、真っ赤な顔は両手で隠したままだ。すると今度は横からレグの鼻息がかけられる。

『今のはアタシが悪かったわよね。ごめんなさい。でも、ミューちゃん。好きな子にそんなふうに全力で拒否されたら、サイラスちゃんだって泣いちゃうわよ？　今だってとっても悲しそうな顔してるもの。だから、ほら、顔を見せてちょうだい？』

指の隙間《すきま》から情けない顔でレグを見れば、心配そうに長い睫毛《まつげ》を瞬かせている。続けてクロキリやスジオ、ロロからも同意の鳴き声があがった。

究極に恥ずかしいのは変わらない。しかし、皆が言った通りサイラスが悲しい顔をしているのなら、それはミュリエルの本意ではない。好きな人には笑っていてほしい。

（……そ、そうよね。恥ずかしいを言い訳に、こんな態度をとったらいけないわよね。それに、わ、私は、サイラス様のことが、す、すす、好き、なのだもの。だ、だから……）

ミュリエルは深呼吸をすると、まずはそろそろと両手をおろす。そして意を決してサイラスに向かって顔を上げた。しかし、すぐに息を飲むことになる。

「本当にすまなかった。君の可愛らしい姿を目にしたら、触れたくなってしまって……」

先程《さきほど》は悲しみの姿を見せなかったサイラスが、まるでそのぶんを今上乗せしたのかと思うほど、予想以上に寂しげな様子で佇《たたず》んでいる。背負った黒薔薇《くろばら》もしっとりと露に濡《ぬ》れ、今まさに涙雨にさらされているような風情だ。

「考えるより先に、体が動いてしまったんだ。恥ずかしがり屋な君に、このような場で触れようとすればどうなるかなど、わかっていたはずなのに……」

顔を上げたものの言葉の出てこないミュリエルに、サイラスの眉がますます下がる。

「だが、露骨に避けられるのは、さすがにこたえる……。私に触れられるのは……、そんなに嫌、か？」

儚《はかな》く微笑んだ切ない声色に、ミュリエルの胸がギュンギュンと痛む。胸が痛めば、手は肌身離さずつけている葡萄《ぶどう》のチャームを無意識に握りしめた。

胸に広がる恋心の雲が、モクモクと存在感を増していく。そんな膨張した想いは胸のなかだけでは収まりきらず、何かを考える余地もなくあっけなく口から押し出された。

「わ、私、嫌ではありません！　サイラス様がおっしゃった通り、恥ずかしかっただけなんです。すごく、ものすごく、恥ずかしかっただけで、その……」

勢いよく飛び出した言葉はすぐに尻すぼみに小さくなる。しかし、気持ちがこもっていたからか、サイラスにしっかりと届いたようだ。涙雨がふわりと晴れれば、雫《しずく》を弾く黒薔薇の花弁は途端に甘い香りを辺りに振りまきはじめた。

「そうか。よかった」

心地よい甘さを含んだ声音が、空気を振動させるようにして響く。同時に、ほんのりと目もとを緩めていただけの綺麗な顔が、花開くような美しい笑みを浮かべていった。ゆるやかに笑み零《こぼ》れるその光景は、ミュリエルから瞬間的にすべての行動を忘れさせる。日に日に増す太陽の光にさえ負けない色香の粒子が、キラキラとサイラスの周りを彩って輝いていた。

ミュリエルが地面にうずくまったことにより袖などについた芝を、サイラスが丁寧に払っていく。していることは親が幼子にするようなことだ。それなのに艶《つや》っぽく感じてしまうのはなぜだろう。ミュリエルは固まった。しかし固まったまま、目だけでサイラスを追ってしまう。

艶めく紫の瞳の色は濃く、どこか気だるげに流された黒い髪はさらりと風に揺れる。弧を描くやや薄い唇は、真昼に見てもいつだって妖しく色っぽい。何気ない立ち姿さえ様になるのは、すらりと伸びた手足に、服を着ていてもわかる体の線の美しさが際立っているからだろうか。

ただそこにいるだけで、辺りには圧倒的な黒薔薇の気配が香り立つ。何度感じても薄れることのないその香りは、深まる緑の気配のなかでさえなお芳醇《ほうじゅん》だ。

「うっ……」

「ガチン!!」

性懲《しょうこ》りもなく倒れゆくミュリエルを、支えるためにサイラスが手を伸ばす。そこに同時にアトラが気つけの歯音を響かせた。サイラスはまた眉毛を下げて少し困ったような表情をしているが、恥ずかしいだけで嫌ではないとミュリエルが伝えたからか、体を支える手が離れることはない。伝わる熱は服越しのはずなのに、ミュリエルの心と体をジリジリと焦がした。

（サ、サイラス様が、素敵すぎて……。私、そんなサイラス様のことが、とても、す、すす、好きで……。しかもこんな素敵な方と、り、りりり、両想い、だなんて……。あぁ……っ！）

みるみる間にミュリエルの瞳は潤《うる》んでいく。うるうると瑞々《みずみず》しい翠《みどり》の色を、紫の瞳はいっそう愛しげに見つめた。胸が苦しい。苦しくて息も絶え絶えだ。

サイラスの表情一つ、仕草一つ、そのどれもに好きへの導火線が隠れている。いつ爆発してもおかしくない状況に身を置いているようで、ミュリエルは少しも気を抜くことができない。

（うっ。も、もう、無理。やっぱり、無理、だわ。誠実でありたいと思うけれど、思うだけでは乗り越えられない、大きな壁がある、わ……）

想いを自覚した段階で、サイラスからは「大人の階段」の踏破を言い渡されていた。だがこんな状態では、とてもではないが信憑性《しんぴょうせい》がない。今も変わらずサイラスの色気にあてられれば、恋心を抜きにしたってやっぱりミュリエルは気絶がしたい。これでどうして大人の階段をのぼりきったなどと言えるだろう。

そこまで考えて、ふとある情景がミュリエルの頭に浮かぶ。それはこれまで何かと引き合いに出してきた、強風吹きすさぶ断崖絶壁の「大人の階段」ではない。今浮かんだのは「道」だ。

自分を中心に色んな方向に伸びていく、先のわからない道。

ミュリエルが恋心を自覚したからだろうか。サイラスへの対応が、のぼるかおりるかの二択では間に合わない状況に今はある。そのため、頭に浮かぶ心象風景もそれに応じて変化を遂げたのかもしれない。

のぼればよかった階段から、正解を選ばなくてはならない道へ。右にも左にも前にも後ろにも伸びる道の真ん中で、ミュリエルは立ち尽くしている。そしてこの情景は、あるものと酷似していた。それは。

「まるで、迷路だわ……」

「迷路？」

前後の繋《つな》がりなどまるでないミュリエルの呟《つぶや》きに、サイラスが聞き返す。しかし、ミュリエルは頭に浮かんだ光景を追いかけて、意味もなく地面の一点を凝視《ぎょうし》するのに忙しい。

（そう、だったのね。大人の階段の途中から迷路に迷い込んでしまったから、自分が階段のどこにいるのか、わからなくなってしまっていたのだわ……！）

サイラスが瞬きしているのも気に留めず、ミュリエルは言葉にしたことで先程より強く納得した。目の覚めるような思いに、一人で大きく頷《うなず》く。

「サイラス様！」

そしてそれまでの恥ずかしさを忘れて、サイラスに勢いよく顔を向けた。

「私、やっぱり大人の階段を踏破していなかったようです！」

間違いないという確信に、ミュリエルの声は自然と力強いものになる。サイラスの言うことに間違いはないと信じているミュリエルだが、これだけはやはり譲れそうにない。

傍《そば》にいるだけで気絶しそうになることや、引き出しの奥にしまいっぱなしの本をいまだに手に取れないことも、大人になりきれていないよい証拠になるだろう。それに気づき、ミュリエルのなかで自分の立ち位置がより確固としたものになった。

「といいますのも、断崖絶壁にある大人の階段の八十段目、その横壁には穴があいていたんです。私はどうやら残りの二十段をのぼらず、その横穴に逃げ込んでしまったみたいなんです！」

ミュリエルは勢いのままに、熱弁を続ける。

「しかもその横穴の先は、迷路になっていて、私は今、右も左もわからずそこにいるのですが……」

どこまでも突拍子もないミュリエルの持論に、サイラスは固まっている。その向こうでは、アトラ達もまた半眼になっていた。しかしミュリエルは、まだまだ自らの思いつきに夢中だ。

「だから、えっと、何が言いたいかと申しますと……。サイラス様を前にすると、やっぱり今までと変わらずどうしていいかわからないのは、大人の階段ものぼりきらず、この迷路に迷い込んでしまったからだと思うんです！」

「……そう、か。大人の階段については無理を言った自覚があったから、新たな階段が出現することも予想してはいたのだが……。まさか、迷路が出てくるとは……」

ひと通り出しきったこの時のミュリエルは、続くサイラスの呟きを拾う余裕があった。そのため、すぐに気づく。綺麗な顔がいつも通り微笑んでいるものの、気落ちしているということに。そう気づけたものの、なんと声をかければいいかわからない。

　思いを伝えきれた達成感などあっという間に忘れ、途端にミュリエルはまごまごする。すると、今まで見守っていたアトラが大きなため息をついた。

『おい、ミュー。迷路に迷い込んだのはわかった。なら、今はどっちに進むんだ。気持ちが定まったのになんにも進展しないのは、サイラスが不憫《ふびん》で仕方ねぇ。言葉でも行動でもいいから、とにかくオマエ自身の気持ちを示す何かをしてやれよ』

　アトラがギリギリと歯を鳴らすと、その隣からレグも加勢するように鼻息を吹き出した。

『うふふ。そうよね！　ミューちゃんが男を手玉にとる悪女になりたいなら、それはそれでアタシは応援するけど。そうじゃないなら、やっぱりそろそろ応えてあげるのがいいわよね！』

　自分とはおよそ無縁と思われる「悪女」なる単語が出てきて、ミュリエルはびっくりしてレグを振り返った。そして驚くことに、クロキリ達からも同意の鳴き声があがる。

『うむ。ミュリエル君のサイラス君に対する上げ下げは、常々情け容赦《ようしゃ》がないからな』

『そうっスよね。意図的じゃないのはわかってるっスけど、じゃあそれが免罪符になるかというと、そんなことはないと思うっス』

『まぁ、満場一致で間違いあらへんのは、この間のあれこれなんかはダンチョーはんから見ても、悪女の所業や言うても許されるレベルのもんやったということです』

　口々に言われる己の評価はまったく予期しないもので、ミュリエルは口のみならず翠の瞳も大きく見開いた。

（あ、あ、悪女？　私が？　そ、そんな……）

信頼するアトラ達から口をそろえて指摘されてしまえば、簡単に否定して終わりにするわけにはいかない。その視点でもって、はじめて真剣に我が身を振り返る。

（あ、悪女って、こう、男性を翻弄《ほんろう》するような女性のことよね？　勘違いをさせたり、思わせぶりな態度をとったり、それで相手をその気にさせて気持ちを乱したり。わ、私、サイラス様に、そんなこと……、……、……はっ!!）

まず浮かんだのは間近な記憶。月夜の晩にサイラスを追いかけた時のことだ。ミュリエルの早とちりがサイラスの勘違いを誘い、ひどく落胆させてしまった。あの時の悲しげなサイラスの顔を思い出すと、ミュリエルの胸は今も痛む。

そして、サイラスのあの顔を見たのは何もその晩だけに限らない。それより以前も順に思い返していけば、場所や時間を変えながら、寂しげなサイラスの顔が幾場面も浮かんでは消えていく。そうなれば、もう気づく前には戻れない。

（わ、わ、私ったら、今までなんたる所業を……！）

もし同じことを自分がされたら、再度引きこもりになる自信がある。いや、相手のことを信じられなくなって、さらには自分にも自信が持てなくなって、より悪化した引きこもり生活に突入する恐れさえある。

それなのにサイラスはそんな素振りも見せず、我慢強くミュリエルに付き合い、変わることのない好意を今なお持ち続けてくれているのだ。こんな素敵な男性は世界広しといえど、きっとサイラスただ一人きりに違いない。

『ミューはコイツらが言うみたく、悪女になるのか？　けどオレは、オマエの素直で真《ま》っ直《す》ぐなところが気に入ってんだ。オレが認めたオマエなら、自覚したからには頑張るんだよな？』

　ちょっと意地悪な気配を醸《かも》しながらも、アトラらしい激励には確かな好意が含まれていた。

　ミュリエルの胸に熱い想いが込みあげる。自分はこの強面《こわもて》白ウサギの、お気に入りなのだ。可愛がってもらっている自覚はあったが、今日この日、はっきりと言葉にしてお墨《すみ》つきをいただいてしまった。こうなれば、ミュリエルは頑張らないわけにはいかない。

（い、今からでも頑張れば、これまでの所業を清算できるかしら？　このまま悪女の道にまっしぐらだなんて、そんなの絶対に嫌だもの。だ、だって物語に登場する悪女って、周りを不幸にした挙げ句、結局自分も不幸になるじゃない？　不幸のレパートリーも様々で、恨まれた相手に刺されるとか。断罪されて断頭台に立つとか。毒で自殺とか。それ以外にも……）

　ミュリエルの頭のなかを過去に登場した数々の名だたる悪女の最期《さいご》が、走馬燈《そうまとう》のように駆け巡る。

（こ、このまま……、もし私が、悪女になってしまったら……）

　そしてその歴代の悪女の顔が、自分の顔に置き換えられた瞬間。ミュリエルはカッと目を見開いた。

（そこに待つのは、突然の、死……!!　そんなの嫌、絶対に嫌だもの！　そうよ、だから、

「悪女、ダメ、ゼッタイ」!!）

　こうしてミュリエルのなかで新たな標語ができた。

「サイラス様！」

　ミュリエルはサイラスの手を強く握った。しかし勢いがよかったのはその一瞬で、サイラスの麗しい顔を再び目にした途端にピシリと固まる。

　だが、ここで逃げ出すわけにはいかない。決めたばかりの標語は、悪女脱却のためにも必ず達成しなければならないのだ。ミュリエルは涙目で何度も生唾《なまつば》を飲み込んだ。

「あ、あ、あの、その……」

　絶対に悪女にはなりたくないミュリエルの頭のなかを、答えを探して物語の断片が怒涛《どとう》の勢いで流れていく。恋仲になった男女間で、まずなされるのはなんなのか。

（ま、まま、まずはお互いを知るために会話が必要よね？　サ、サイラス様のご趣味は……、あ！　読書だわ。で、では、好きなものは……、は！　アトラさんよね。そ、そうなると次は、一緒にお出かけとかかしら？　だけれど、今はできないもの。ど、ど、どうしましょう……）

　サイラスが気長に待ってくれているのをいいことに、ミュリエルの大混乱は続く。

（そ、そうだわ。私だけではなく、サイラス様はどうしたいのかも考えなくちゃ。……そういえば、先程、ふ、「触れたくなる」っておっしゃっていたわよ、ね？　で、でで、でも、く、昼は、む、無理だわっ！　もっと初心者的な、想いを通わせたばかりの男女が最初に触れるところって、ど、どこかしら？　……、……、……はっ!!）

そしてとうとう、チーン、とミュリエルの頭のなかで閃《ひらめ》きのベルが鳴った。無意識に選別された物語は、どれも淡く甘酸っぱく、じれったいほどに清い。

「ふ、触れるのは、その、て、手を、手を繫ぐところから、お願い、します……！」

言葉に込めた気持ちと共に、握った手にもう片方の手も添える。握り方は熱烈な握手の形だ。両肩に力が入っているため、首をすくめたような体勢になり、ついでに目も固く閉じている。

『おい、冗談だろ？　またそこからなのか……？』

アトラの呟きは、その場にいる者すべての総意だ。ところがミュリエルとしては、筋が通ったつもりでいる。何しろ今までのあれやこれやは、あくまでも友人関係の間に起きたこととして一度白紙に戻してしまったからだ。両想いという関係でのはじめの一歩は、まさに今、ここで踏み出したつもりになっている。ゆえに、手を繫ぐことから。

そんな理論のもとに導きだされた答えだが、聞かされた聖獣達はそろって脱力した。そして肝心のサイラスは延々と待たされた挙げ句、今までの積み重ねを白紙に戻すあんまりな台詞《せりふ》に、一瞬固まってから触れていない方の手でとうとう顔を覆《おお》ってしまった。

『ミューちゃんは……。やっぱりどこまでいっても、ミューちゃんなのね……』

『だが、本人はやりきった雰囲気がすごいぞ。サイラス君の苦悩に、同情が禁じ得ん』

『なんというか、悪女への道を避けて小悪魔の道に突っ込んで行ったたっスね』

『ひ、ひひ、ひひひっ！　面白すぎます！　さすがミューさんや！』

しかし、当然ながら自分のことで手一杯のミュリエルの目には、そんな周りの様子などまったく少しも見えていなかった。

◇◇◇

獣舎の脇にある小屋で休憩《きゅうけい》をとっていたミュリエルは、あのあとすぐに戻る時間がきてしまったサイラスが、帰り際に渡してきたチャリティバザーのチラシを穴があくほど眺めていた。眼力強く見つめているだけで、内容はとうに読み終わっている。

今年初参加となる聖獣騎士団からは、聖獣馬車を出し物にすると決まっているらしい。そしてその仕事は、本隊の聖獣に任せることになっている。そのため、特務部隊の面々に日々の予定の変更はないという話だ。となれば、彼らの聖獣番であるミュリエルも、変わりなく業務に励めばよい。

ところがミュリエルの頭のなかは、先程自らがした宣言でまだいっぱいだった。

（ふ、触れるのは手から、だなんてお願いしてしまったけれど……。や、やっぱりまずは、お出かけのお誘いからの方が、自然だったかも、しれない、わ……）

想いを通わせた男女の正しい距離間について、さらに幾通りかの物語を思い浮かべたミュリエルは、完全に迷走していた。軌道修正してくれる者がいないため、迷路の道も複雑怪奇にからまっていく。

しかし、そんなふうに大混乱していても体内時計は正確だ。そろそろ午後の職務に戻らなくてはならない。ミュリエルは地に足つかぬ様子で、ふらふらと小屋から出た。

「ミュリエル、よかった、探していたんだ！」

するとすぐに名前を呼ばれて顔を上げる。声をかけてきたのは、歩くのに合わせて銀髪をなびかせるレインティーナだ。レグと泥浴びをした名残《なごり》はなくすっきり爽やか清涼で、今日も変わらず白薔薇の似合う完璧な男装の麗人ぶりを見せている。

「レイン様、えっと、何かありましたでしょうか？」

「あぁ、今から一緒に行けそうか？　ミュリエルの弟殿が、面会を求めて執務室に来ている」

「えっ？　リュカエルが、ですか？」

基本他人に興味のない弟が、理由もなしに会いにくるはずがない。ミュリエルはにわかに表情を曇らせた。すぐに頭に浮かんだのが、妊娠中で体調の思わしくない母のことだったからだ。

「なんでもミュリエル宛《あ》てに手紙が来たとかで、その内容について相談がしたいらしい」

だがすぐに母が無事だとわかって、ミュリエルの表情も簡単に晴れる。しかし、自分宛てに手紙とはこれまた謎だ。交友関係の皆無なミュリエルに手紙が届いたとなれば、実家のノルト伯爵家でもちょっとした騒ぎになったに違いない。

「それにしても、ミュリエルと弟殿はそっくりなんだな。かなり驚いた。これほど似ているのに双子ではないのだろう？」

「は、はい。双子ではありません。リュカエルは私の一つ下で、十五歳です」

ノルト家の姉弟を知っている者はほぼ全員が似ていると言うほど、ミュリエルとリュカエルは似ている。リュカエルは声変わりがまだ来ていないため、声までそっくりだ。ただ、性格がまったく違うせいか表情に違いがあり、見る人が見れば違いははっきりわかるだろう。

「おっと、立ち話に時間を費やしていてはいけないんだった。とりあえず、一緒に執務室に来てもらえるか？」

レインティーナにそう促《うなが》されて、ミュリエルは連れ立って執務室に向かった。


ノックをするために握った手をレインティーナが持ち上げたところで、それより先に扉がなかから開く。あけてくれたのはリーンだ。ロロのパートナーであり聖獣学者でもあるリーンは、モノクルの奥の糸目を笑みの形に曲げながら、すぐに部屋に招き入れてくれる。なかに入れば、サイラスとリュカエルはすでに革張りの応接ソファに向かい合って座っていた。

「では、私はこれで」

ミュリエルに付き添って執務室まで来てくれたレインティーナが、身を翻《ひるがえ》す。

「いや、君にも聞きたいことがあるから残ってくれ」

それをサイラスが引き止めたことで、レインティーナはサイラスの後ろに移動した。そのまま待機の姿勢を示す。ミュリエルはどちらに座ろうか悩んだのだが、サイラスに視線で隣を促されたので大人しくそちら側に座った。恥ずかしい気持ちが再燃するが、今は職務中だ。

机の上には件《くだん》の手紙が乗っている。なんの変哲もない白い封筒だ。ただミュリエル宛てというものの、すでに封が切られていた。

「断っておきますが、開封したのは父上ですよ。姉上に手紙が来るなど詐欺《さぎ》に違いない、と止める間もありませんでした。けれど、結果として姉上にそのまま転送するのではなく、先になかを見て正解だったと思います」

リュカエルの語り口に内容が何かよからぬことなのかと、ミュリエルは手紙を手に取ることを躊躇《ためら》った。

「私は口伝《くちづて》で内容を聞いただけで、紙面に目は通していない。まずは君が一読してくれないか」

しかしサイラスにそう言われてしまえば、目を通さないわけにはいかない。開封済みのため簡単に取り出せる便せんを、恐る恐る広げて目を走らせる。

だが読み進めてすぐ、首を傾げることとなった。しまいには眉間《みけん》にしわまでよせ、読み終わった手紙から視線を上げる。とても簡単な内容のはずなのだが、理解できない。

「やはり姉上自身も、困惑する話でしたか。まぁ、そうだろうとは思っていましたが、出仕するようになり、交友関係が広がれば万が一の事態もあるかもしれないと思ったものですから」

どうやらリュカエルは脱引きこもりをしたミュリエルが、手紙の内容に了承を示す事態があることを、わずかばかり想定していたらしい。もちろん、そんなことはない。

「内容は知っているのだが、私も目を通させてもらってもいいだろうか」

ミュリエルは素直に手紙をサイラスに渡した。そしてすぐに読み終えると、便せんをもとあった通り封筒に戻して返してくる。それを受け取って、ミュリエルは困惑の眼差しを手紙に向けた。ちなみに内容はといえば、こうだ。

『前略。私の名前はエリゼオ・キランと申します。今度あるチャリティバザーと同時に開催される武芸大会に、参加する予定です。つきましてはその武芸大会の特別観覧席にミュリエル・ノルト嬢をご招待いたしたく、招待状を同封させていただきました。ぜひご参加くださいますよう、楽しみにお待ちしています。また、同じ王宮内で職務に従事する身ですので、折を見てお顔を拝見しに参ります。その節はどうぞよろしくお願いいたします。敬具』

などという、面識のない相手に送るにしてはいささか、いや、かなり常識に欠ける文面であった。というか、これは本当にミュリエルに宛てた手紙で間違っていないのだろうか。

わざわざ名指しし、ノルト伯爵家に送られてきたのだからあっているはずだとは思う。しかし内容と文面から、エリゼオ・キランなる御仁が頭に思い浮かべているのが、本当にこの栗色の髪に翠の瞳を持った聖獣番のミュリエル・ノルトなのかどうかは、大きな疑問が残った。違う誰かをミュリエルと誤認している可能性を、どうしても考えてしまう。

「急な伺候《しこう》をいたしましたうえ、当家のこのような問題で閣下のお手を煩《わずら》わせてしまい、大変申し訳ございません。平《ひら》にご容赦くださいますよう、お願い申し上げます」

ミュリエルはリュカエルの言葉にパッと思考を切り上げる。普段から丁寧な物腰の弟だが、こんなに他所《よそ》行きな姿は今まで見たことがなくて、なんだか新鮮だ。

「問題ない。私にとっても看過できない内容だ。だから、そんなに畏《かしこ》まらないでほしい」

「寛大なご配慮、痛み入ります」

しかし、サイラスの言う通りいささか仰々《ぎょうぎょう》しい。ミュリエルが軽く眉をよせながら隣を気にすれば、サイラスも困った表情をしている。

「いや、先程から言っているが、本当に楽にしてもらっていいのだが……」

今の言葉から、ミュリエルが入室する以前よりこうしたやりとりがあったことがわかる。それなのにリュカエルの様子が緩まないからか、サイラスは助けを求めるように紫の瞳をミュリエルに向けた。すでに幾ばくかの悲しげな気配が、眉を下げた微笑みから漏《も》れだしている。それを受けて、ミュリエルは即座に弟に向かってとりなしの言葉をかけた。

「リュカエル、あまり畏まるのは逆に失礼になるので、あの……、ね？」

そして交互にサイラスとリュカエルを見る。サイラスが微笑みを崩さないのを確認してから、リュカエルに向かって何度も頷いてみせた。

「では、本当にお言葉に甘えても……？」

瞬きと軽い頷きでそれを促すサイラスに、リュカエルはやっと軟化した。まず態度で示すことにしたのか、綺麗すぎるほど伸ばしていた背筋からわずかに力を抜く。

ミュリエルはそこでやっと、この冷静な弟も緊張していたのだなと気がついた。思わずほんのり微笑んでしまうと、目敏《めざと》く姉の表情の変化を察したリュカエルが一瞬だけ口端を下げる。

「それでミュリエル、この『エリゼオ・キラン』という者とは面識があるのか？」

「……えっ？　い、いいえ、ありません！　そもそも私は行動範囲がとても狭いので、ここで面識のある方は残らずすべて、サイラス様の知っている方になると思います」

先の発言でリュカエルは交友関係ができるなどと言っていたが、正直そんなものはない。

ミュリエルは急いで首と手を振り否定した。

「レインは？」

サイラスが背後へ問えば、レインティーナが姿勢を保ったまま答える。

「面識はありませんが、知っている者ではあります」

「では、実力者なんだな？」

「はい。私の戦いたい者ランキング不動の一位は団長ですが、一般騎士部門に絞ればエリゼオ・キラン殿は現在第四位ですね。今回の武芸大会の現時点での参加者を考えると、最優秀者を十分狙える位置にいます」

先程から情報が過多で、ミュリエルの疑問と困惑は止まらない。しかしそれは自分だけで、どうも周りの者達は当事者であるミュリエルよりも事態をしっかり把握しているようだ。

「ミュリエルさんの理解が追いついていないようなので、僕からちょっと補足の説明をしてもいいでしょうか？」

そんななか、助け舟を出してくれたのはリーンだった。そしてやはり、状況を理解するためには基礎知識が必要らしい。ミュリエルは聞く姿勢をとる。

「チャリティバザーは二日間の日程ですが、その初日に武芸大会が開催されるんです。もちろん、一般の方々の観覧も可能になっているものです。それでミュリエルさんにとって何が問題なのかというと、『エリゼオ・キラン殿の招待』で、キラン殿が『最優秀者』に選ばれる場に、

『立ち合う』ことが問題となります」

説明の合間にリーンがひと呼吸入れたので、ミュリエルも理解を示すために頷いた。

「と言いますのも、大会の終わりにその年の最優秀者が、己の勝利を意中の女性に捧《ささ》げて愛を乞《こ》う一幕があるんです。未来ある若者が華々しく結ばれる。これがメインであるはずの武芸大会に匹敵《ひってき》する人気の見世物で。非公式ではあるんですがそこそこ恒例となっているので、まぁ普通に考えてやりたい人がいる限り、今年もあるだろうな、と」

この時点でおおよその結末を予感したミュリエルは、最後まで聞きたくなくなった。しかし、リーンが途中で説明を投げだすわけがない。ミュリエルは、わなわなと震えだす。

「それで、レインさんのランキングに上位入賞する時点で、キラン殿は間違いなく実力派なわけです。そしてキラン殿が大会に招待したのは、ミュリエルさん。となると……」

微妙な余韻《よいん》を言葉尻に残したものの、説明自体は丁寧すぎるほどされた。勘違いの申し子であるミュリエルに、その隙を与えない完璧な説明だ。だが、姉の奇行を嫌というほど知っているリュカエルにより、さらに念が押される。

「姉上は今見ず知らずの方から求婚され、さらに武芸大会の結果次第では、その時その場でその方と、人前式を挙げる危機に瀕《ひん》しているわけですね」

ミュリエルはサイラスから返されて手に持っていた手紙を、なかば捨てる勢いで机の上に置いた。

「わ、わ、私！　観覧になんて、絶対に、行きませんっ！」

　この時ミュリエルが同意を求めて視線を向けたのは、弟のリュカエルではなく隣にいるサイラスだった。最後の最後でリュカエルもなんだかんだ助けてくれるのは知っている。だが、サイラスがどんな時も必ずミュリエルを助けてくれることは、頭で考えるまでもなく身に染みて知っていた。危機に瀕した時、人は無意識に一番安全と思えるものにすがる。

「でもね、ミュリエルさん。僕、考えたんですけど、ここは出ませんか。武芸大会に」

「えっ!?」

　ミュリエルにとって、リーンも信頼する人物の一人だ。それなのに出席を勧められ、ミュリエルは知らずにサイラスの袖につかまった。

「小耳に挟んだのですが。先日ティークロートのグリゼルダ・クロイツ王女殿下を招いて開かれた夜会で、お二人ってば周りを憚《はばか》らずにかなり見せつけたらしいじゃないですか」

　ミュリエルの頭に夜会でのことが浮かぶ。サイラスとグリゼルダがいると聞き、グリゼルダの側仕《そばづか》えであるカナンと共に出た夜会のことだ。

　最初は入れ違っていた組み合わせも途中で組み直され、その後はサイラスとワルツを踊り、お姫様抱っこでバルコニーに移動した挙げ句、そのまま闇に消えた。もちろん最後の出来事については、こんな簡単な言葉で表してはいけないあれこれがあったのだが、ホールで見ていた者達からすればその言葉がすべてであり、勘違いするに十分な退場方法だっただろう。

「今まで特定の方を決めなかった団長殿が、おおっぴらにミュリエルさんを囲っていたものだから、方々で反響があるみたいなんですよね。よくも、悪くも」

「よくも、悪くも……？」

ミュリエルは血の気が引いていくのを感じた。あの場で己も、それを考えたはずだ。サイラスを独り占めした者に訪れるかもしれない末路を。

ところがそれは、恋心を自覚してサイラスと両想いになるという自分史上最大の事件により、すっかり塗り潰されてしまっていた。それにより思い出したのは、たった今だ。

「そこで、コレですよ！　名づけて『聖獣達とミュリエルさん、まとめて世論を味方につけちゃおう』大作戦です！　お二人が両想いになったので、心置きなくまとめて実行できますね！」

「えっ⁉」

今まであんなに丁寧にしてくれた説明が、ここに来てやや雑になったことにも聞き返したかったが、それよりもミュリエルが気になったのは後半の台詞だ。なぜかリーンに、サイラスとミュリエルが両想いになったことがサラっとバレている。

「だから、出るんですよ。武芸大会に、みんなで！」

しかしリーンは、ミュリエルが驚きの声をあげた理由を前半にあると思ったらしい。両想い発言にはそれ以上触れず、作戦の詳細《しょうさい》を語りはじめた。

「チャリティバザーで聖獣達を露出して市民の人気を得ると同時に、武芸大会で聖獣騎士団が活躍して、最終的には団長殿とミュリエルさんを、誰も文句など言えないほどの公認の仲にしちゃおうってことです！」

「あっ！　なるほど、そういうことかっ！　はいはいはいはい！　私、出ます出たいです！」

「えぇっ⁉」

　今まで大人しくしていたレインティーナの激しい主張に、ミュリエルは驚きの声をあげながら振り向いた。レインティーナは、ソファに手をかけて身を乗り出しながら大きく挙手をしている。距離的にもこちらに迫る勢いだ。

「あはは。レインさんはずっと出たいって言っていましたからね。ただ聖獣騎士団として不参加の立場をとっていたので、我慢していたんでしたっけ？」

　レインティーナは満面の笑みでコクコクコクと高速で頷いた。空色の瞳がキラキラしている。

「そういえば、確認の必要もないかと思ったので聞いていませんでしたが、団長殿は武芸大会に出場したら『最優秀者』、問題なく獲《と》れますよね？」

「あぁ、獲れる」

　隣で力強く断言したサイラスを、ミュリエルは見上げた。すると言葉の強さから打って変わって、見おろす紫の眼差しは優しく柔らかい。

「だが、ミュリエルはどうしたい？」

「わ、私、ですか……？」

　勢いのままに参加が押し切られる雰囲気を感じていたミュリエルは、ここで意見を求められるとは思わず、答えにつまった。

「私のとる行動と示す気持ちは、どんな場にあっても変わらない。最優秀者を獲れと言われれば、必ず獲ってみせよう。だが……」

サイラスはミュリエルが不安で握ってしまっていた袖から手をそっと外させると、大きな掌《てのひら》で包むように握る。キラキラと零れだした色気の粒子に、ミュリエルの心臓は鼓動を加速させた。執務室に入ってからずいぶん普通に振る舞えていたのに、やはりサイラスの何気ない仕草一つで、いとも簡単にミュリエルの体は異常をきたしてしまう。

「階段と違って迷路は、悩み迷う過程も大事なのだと思う。私が抱き上げて走ってしまうのは簡単だが、できれば互いの足で一緒に進みたい。……だから、ミュリエル。君はどうしたい？」

だがそれは、仕草や綺麗な顔といった見た目だけの話ではない。向けてくれる気持ちに、配ってくれる心、そのすべてに体だけではなく気持ちが熱くなるのだ。

さらにサイラスは、ミュリエルの漠然とした説明をいつだって噛《か》み砕き、意味までしっかり汲《く》み取ってくれる。感覚的に迷路と口にしただけであったが、サイラスが言葉にしてくれたことで自分でも見えていなかった本質が明確になった気がした。

握っていない方の手で、思わず葡萄のチャームの存在を確かめる。サイラスの、包んでくれるような優しさで胸が苦しい。しかし苦しくとも悩み迷う過程が大事ならば、ここはちゃんと自分で考えるべきだろう。

（……わ、私は、サイラス様が向けてくださる真心を、ちゃんとお返しできる自分になりたい。気づいているのに受け取るばかりの悪女には、絶対になりたくないから。だから……）

ギュッと胸が苦しくなったぶん、好きな気持ちは何度でも倍にふくらむ。向けてくれる想いの深さに、ミュリエルだって同じ深さで応えたいと強く思うほど。

「サ、サイラス様、あの、本当に、絶対に、勝ってくださいます、か……？」

「もちろんだ。膝すら地面につけないと、約束しよう」

繋いだ手は力強く、ミュリエルを勇気づける。この手に触れることからはじめたい。そう願ったのは自分だ。誠実でありたいなら、悪女になりたくないのなら、ちゃんと握り返して前に進む姿勢を見せなければならない。

「私、ここのところ体力もついたので、頑張って自分の足で、一緒に、進み、ます……っ！」

ミュリエルらしい出場宣言に、息を殺して成り行きを見守っていたリーンとレインティーナが肩から力を抜いた。それまで真面目に偏っていた場の空気も一気になごむ。

「あ、あの、ですが……」

進むと決めても、問題は速度だ。うかがうようにサイラスを見れば、すべてわかっているとでも言うように頷かれる。

「君の歩幅は心得ているつもりだ。無茶な進み方はしないし、させない。他人の目を気にする君に、過度の負担はかけたくないから。最優秀者に選ばれても、衆目のなかでことさら目立つように求めることは、しないつもりだ」

「あ、ありがとう、ございます……」

「あぁ。君が望まぬ者の手は、私が必ず払いのけてみせよう」

サイラスのどんな時も気遣いを忘れない姿勢に、ミュリエルは深く感謝した。置かれた状況を考えれば聖獣共々味方になってくれる人を増やしたいが、大勢の前で求婚までされてしまった日には、意識を保つ自信がない。想いを自覚したばかりの自分には話が飛躍しすぎだし、荷が重すぎる。何よりそんな無茶な駆け足をしたら、寿命が縮みかねない。

「団長殿、それだと少し弱くないですか？」

「いや。大前提がミュリエルを損《そこ》なわないことにある。負担を強《し》いては意味がない」

少し不服そうにしたリーンに、サイラスはきっぱりと方針を告げる。リーンはあごに手を添えてわずかに考えたものの、概《おおむ》ね予定通りに事が進んだためか、最後には納得したように頷いた。レインティーナも初参加への期待で目を輝かせ鼻息を荒くしている。

ところが約一名、場の空気に染まらぬ者がいた。

「では、ご報告は済みましたし対策も決まったようなので、僕はこれで失礼します」

「えっ。リュカエル、もう帰ってしまうのですか？」

あまりにもリュカエルがあっさり立ち上がったので、これ以上用もないのにミュリエルは思わず引き止める言葉をかけてしまった。

「いえ、この場からはお暇《いとま》しますが、まだ帰りません。ついでに職探しの顔見せをしていこうと思っていますので」

「……あ！　そういえば、この前そんなことを言っていましたね」

ミュリエルがティークロートを招いての夜会に参加すると宣言した折、リュカエルが同伴を申し出てくれた場面があった。あの時、普段はしない親切の代わりに弟が欲したのが、自分も将来爵位を継ぐ身としてそろそろ下積みの働き口を探したい、というものだった。夜会参加は流れたが、そちらの話は別としてまとまっていたようだ。

「えぇ。手のかかる姉上が我が家からはけたので、僕もそろそろと思いまして」

弟も働くのか、と姉心のようなものがわいて微笑んだミュリエルにも、リュカエルの対応は相変わらず塩辛い。

「あの、話に割り込んで申し訳ないですが、リュカエル・ノルト殿は職を探しているんですか？　そしてまだ確固たる先は決まっていない？」

頷いたリュカエルに、リーンは応えず視線をサイラスに向けた。何かをうかがうような間をあけて、とくにサイラスからの返事がないのを見て取ると、リュカエルに対して体をズイッと乗り出す。

「では、聖獣騎士団に所属しませんか？」

考えてもみなかった提案に、ミュリエルは立ち上がっているリュカエルを勢いよく見返した。

「自分の聖獣もいない相手に向かって、急になんのお話でしょう。そもそも僕は、騎士になるつもりがありません。領地を継ぐ身ですので、希望は文官です」

帰るために半分背中を向けていたリュカエルだったが、続く会話にさすがに正面に体を戻した。ただ返事はあくまでつれない。

「もちろんです。聖獣騎士団付きの文官として、です。おおまかなところでは、これから参加するチャリティバザー関係の事務処理を、請け負ってもらえたら嬉《うれ》しいですね」

「細かなところでは？」

「おっと、これは突っ込みが早い。えぇと、まぁ、その、ミュリエルさんが庭以外で行動する時の、付き添いです」

突然自分の名前が出てきたミュリエルは、嫌そうな顔をしたリュカエルを見て焦《あせ》った。引き合いに出された理由はわからないが、これはあとで弟からお叱《しか》りを受ける案件だ。

「さらに言わせていただくと、付き添い時は入れ代わりの変装をしていただけたら、なお有り難いですよね。いやぁ、お二人ってば本当にそっくりで。ちょっと感動しました。しかも少し話しただけで、しっかりしているのがよくわかりましたので、お任せできれば安心だなって思ったんです。あ、いやいや、ミュリエルさんがしっかりしていないってわけじゃないですよ？　ただキラン殿からの手紙の文面に、時間ができれば会いに行くなんて書いてあったものですから、ミュリエルさんが一人の時を狙われたら色々と心配だと思った次第です！　ついでにキラン殿の思惑なんかも聞き出してもらえると、最高ですよね。ということで、引き受けていただけませんか？」

「無理です」

勢いで押し切ろうとしたのがありありとわかるリーンのお願いを、リュカエルはたった一言で切り捨てた。

「え。あの、えぇと、貴方の都合を考えない無茶なお願いだとは思うのですが、ここは一つ、大事なお姉さんのためと思って！」

「嫌です」

取りつく島もないリュカエルの即答に、リーンは苦笑いをしながら人差し指で頬をかいた。

これらのやりとりはすべてミュリエルのことを考えてのものではあるが、あくまでリーンの反応は軽い。しかし当のミュリエルはここまで聞いて、いまだサイラスと繋いだままになっている手に無意識に力を込めていた。

（た、確かに！　いきなりエリゼオ・キラン様なる方が目の前に現れたら、私では適正な対処ができないもの！　武芸大会に気を取られて、考えもしていなかったわ……！）

ギュウギュウと手を握られれば、当然サイラスの視線はミュリエルに向く。しかし難しい顔をして考え込んでいるミュリエルが、その視線に気づくことはない。

「ミュリエルの護衛なら、私もできます」

「あ、いや、レインさんだと違う心配が……」

リュカエルに対してはまったく成果がなく、それどころか違う問題を呼んでしまったことを謝るように、リーンが糸目をサイラスに向ける。熱心にミュリエルを見つめていたサイラスだったが、リーンから無言の訴えを受けて正面に向き直った。

「……そうだな。私としても、概ねリーン殿と同じ意見だ。ミュリエルが心配だし、もし君が傍についていてくれるのなら心強く思う」

サイラスは視線をリュカエルに向けたまま、ミュリエルと繋いでいる手を逆側の手でポンポンと叩《たた》いた。そのなだめるような動きに、不安から手を握りしめていたミュリエルは、意識的に力を抜いた。

「ただ同時に、君の堅い拒否にも頷ける。誰かの急な思いつきにより、己の希望に水を差されるとなれば、その反応は当然のものだと思うから」

前半の言葉だけであれば、リュカエルはサイラスに対しても短く異を唱えただろう。しかし続く言葉が己の気持ちに添うものだったせいか、ほんの少しだけ醸し出す雰囲気が軟化する。

「それで、君に一つ聞きたいことがある。これまでの話の流れを切ってしまうが、まったくの無関係ではないから教えてくれないか。もちろん嫌ならば、答えなくとも構わない」

サイラスがいったん拒否に理解を示し、強制しないことをはっきりと伝えたからか、リュカエルは静かに頷いた。

「君は領地を継ぐために、文官になりたいと言ったな。だが、ただ領地を継ぐだけなら、父君のもとでの下積みで十分だろう。それなのにわざわざ王宮での文官を希望した、君の真意はなんだ」

サイラスの声はとても穏やかで、先の言葉に嘘《うそ》がないことがわかる。そのためか、立ったままだったリュカエルもここでやっと座り直した。

「……中央のやり方を知っていた方が、地方からの希望を通しやすいからです」

「あぁ、やはりそうか」

深く納得したサイラスを見て、ミュリエルは今のリュカエルの短い説明には言葉以上の意味が込められていたのだろうと思った。しかし、自分が理解したいがために話の腰を折るわけにはいかない。黙って二人の会話に集中する。

「では、君の望む部署に、私が公爵の権限を使って席を用意しよう」

リュカエルの表情はあまり変わらないが、席を立たないのが対話の意思がある何よりの証拠だ。それはわかっているようで、サイラスの語りかける言葉も静かだが迷いがない。

「君の希望を鑑《かんが》みるに、いくつかの部署を歴任する必要があるはずだ。私なら力になれるし、効率よく各部署を渡り歩けるように手配することも可能だろう」

リュカエルは思案するように軽く視線を伏せた。サイラスもしばし言葉を切ったため、わずかな沈黙が挟まれる。この焦らせることのない間の取り方が、ミュリエルにとっては大変心地がいい。そして無音の状態が気まずくならない程度を見極めるのも、サイラスはとても上手だ。ゆったりとした構えを崩さずに続ける。

「ここで先程の話に戻るのだが……。推挙する身として君の能力は把握しておきたい。だからチャリティバザー終了までの短期間、こちらで私つきの文官をしてくれないか？」

ミュリエルにはまったく会話の行方が見えていなかったのだが、気づけば上手い具合に話が繋がっていて感心してしまう。リュカエルの望みをきっちりと押さえつつ、自らの望みも決して譲らない。そんなところに、相手に合わせた攻め手を見極める、サイラスの交渉力の高さがうかがえた。

「ただ、一点だけ念頭に置いてほしいことがある。それらはすべて、君の能力次第だということだ。私は能力のない者を、権力を使って要所に推挙することはしたくない。君に十分な能力がないと判断すれば、用意する席が末席になってしまうこともあるだろう」

変わらず静かな声は、手の内を隠すことなく見せていく。とても誠実で公正なサイラスの姿勢に、ミュリエルは尊敬の眼差しを向けた。そんな視線に気づいたのか、サイラスは微笑んで軽く首を傾げる。紫の瞳は優しさを含んだまま、すぐにリュカエルに戻された。しかし弟は考え込んでいるのか、言葉を発しようとしない。

だが、ミュリエルは姉として知っている。リュカエルから即座に拒否の言葉が出ないのなら、頑張って押せばこちらの希望を聞いてもらえるところまで来ているということを。

ここで差し出口をするよりは、サイラスに任せた方がいい。それをなんとか伝えたくて、ミュリエルは弟が視線を伏せているうちに、繋いだままの手を軽く引っ張って目で訴えた。

「……決して悪い条件ではないと思う。だが、君が自分の能力を示す自信がないのなら、これ以上は引き止めない」

上手い。ミュリエルは心で拍手喝采《かっさい》した。リュカエルは冷めて見えるようで、実は負けん気の強いところがある。よって侮《あなど》られることが嫌いなのだ。できないことをできないと発言することには恥ずかしさを感じないようだが、できることをできないと思われるのを好まない傾向にある。サイラスの言葉に、リュカエルがミュリエルと同じ翠の瞳をスッとこちらに向けた。

「……わかりました。お引き受けします」

その言葉を聞くやいなや、ミュリエルはサッと立ち上がるとリュカエルの横に座り直し、手を握った。

「ありがとうございます！　リュカエルがいてくれれば、とても安心です！」

精一杯の感謝を込めてお礼を述べるが、弟は見慣れた顔でため息をついただけだった。そして握った手をチラリと見ると、すぐに顔をサイラスの方に向けてしまう。それでも握った手はそのままにしてくれているので、ミュリエルは笑顔だ。

「……ですが、僕の女装はここだけの秘密にしてください。いくら顔がそっくりでも、僕はれっきとした男です。女装したなどと他の者に知られれば、軽く死ねるので」

リュカエルの女装発言に、サイラスが少し驚いたような顔をしてから苦笑いをした。

「いや、女装までは求めていない……」

「何をおっしゃるんですか、団長殿！　こんなにそっくりなんですよ！　もったいないじゃないですか！」

立ち上がってまで言葉をかぶせてきたリーンに、サイラスが眉をよせる。

「いくら似ていても、彼も男だ。望まぬ女装は、酷だと思うが」

やんわりと諫めるサイラスに対し、リーンは少々ばつが悪かったのか、わざとらしく口もとに拳《こぶし》をあてて咳払《せきばら》いをした。

「ですが、僕が出した雇用形態に団長殿が見返りを提示して、リュカエル・ノルト殿は今それを了承したわけですよね。それなのに、ここから雇用内容を軽くするんですか？　それならば、見返りもそのぶん減らさなくてはいけないと思うんです。ね？」

ここでリーンは、なぜかリュカエルに同意を求めた。

「……女装込みで構いません。ですが、先に言った通り内密にお願いします」

リュカエルの返答を聞くと、糸目がちょっと得意げになりそのままサイラスに向けられる。

「本当にいいのか？　君が納得しているのなら、私も止めないが……」

「やります」

ミュリエルも心配になって握っていた手にもう片方の手も添えて、首を傾げるようにしてのぞき込む。すると軽く視線はあったが、撤回の声はあがらない。

「では、君が見せてくれた意欲に、私も誠意をもって応えよう。とりあえずは君の懸念を少しでも取り除くために、ここまでの話を今すぐ書面にしようか」

スッと立ち上がったサイラスが、執務机に向かう。それに合わせたかのように、いい笑顔をしたリーンは扉に向かった。

「じゃあ善は急げということで、僕、カツラを探してきます！　その間にミュリエルさんの替えの制服を、着てみてもらえますか？　最速で行って帰ってきますので、ぜひとも用意しておいてください！　いやぁ、これは楽しみ……」

リュカエルの気が変わらないうちにと思ったのか、リーンは慌《あわ》ただしく部屋を出て行ってしまった。声は聞こえなくなったが、きっと廊下でも一人で話し続けているに違いない。

「これは、驚いたな……」

「わぁ、期待以上ですね……」

「本当に双子みたいだな……」

　リュカエルの心情を慮って、聖獣番の制服はズボンを選んだ。しかし、あとは互いの髪形を模してリュカエルはつけ毛を、ミュリエルは後ろ半分だけを隠すカツラをかぶっただけだ。

　そろいの服を着て、髪形を変える。たったそれだけでミュリエルとリュカエルの入れ替わりは、完璧だった。

「ちょっといいですか？　ミュリエルさん、カツラを取っていただいて、えぇ、それで僕が後ろを向いている間に、お二人は場所をシャッフルしてみてください」

　こちらの了承を得る前にリーンが背中を向けてしまい、ミュリエルは隣のリュカエルをうかがった。しかし、弟は一向にその場を動こうとしない。まったくやる気がないようで、ミュリエルは困って手のなかのカツラをもみほぐした。

　するとリーンに感化されたのか楽しそうな笑顔を浮かべたレインティーナが、ミュリエルからカツラを預かろうと手を伸ばす。

「もういいかーい？」

　まるで鬼の呼びかけのような台詞で聞かれ、猶予《ゆうよ》のなさにミュリエルは慌ててレインティーナにカツラを渡す。そしてなんの用意もなく、振り返ったリーンの視線を受けた。

「あはは！　意外とわかりますね！　僕から見て右がミュリエルさんですね。やっぱり表情が全然違うからですかねぇ。これだとあまり入れ替わりの意味はないかもしれません。あぁ、でも初対面の者だけ欺《あざむ》ければいいわけですから問題はない、かな？」

リーンの言うことは、ミュリエルの父や母からもよく言われることでもある。それどころか顔も声もそっくりだが、二人を間違えることは絶対にないとまで言われていた。それほどまでに圧倒的に性格と表情が違うのだという。

「……もう一度、後ろを向いていただけますか」

「へ？　あぁ、はい」

いくぶん声を低くしたリュカエルが、どういうわけか再戦を求める。ミュリエルは目をパチクリさせた。

「……えっと、もういいかーい？」

「はい、どうぞ」

そしてなんの用意もなくリュカエルが返事をしたものだから、ミュリエルは慌てた。当然だが前回とは大きく違う一点があった。憮然《ぶぜん》とした表情をリュカエルがしていないということだ。となると今並んでいるのは、一人は焦った顔をしたミュリエルで、もう一人は困った顔をしたミュリエルとなる。

リーンが振り返った時には、先程と寸分変わらず並んだ二人がいる。

「こ、これはっ!?　うわっ。どうしよう。わからないんですけど！　あの、もっと近よって見てもいいですか？」

そろって眉毛を下げながら頷く二人のミュリエルに、リーンは半笑いの表情になる。

「うわー、うわー！　すごい、本当にすごいですね！　これはもはや職人芸ですよ！　こんな

に似せることができるなんて！」

　前からだけではなく後ろまでぐるりと一周したリーンは、再び正面に戻ってくるとソファに座ったままのサイラスを振り返った。

「これ、団長殿とレインさんはどっちがどっちだかわかっているんですよね？」

「あぁ、見ていたからな」

「えぇ、わかっていますが、こんなことなら私も当てる側になりたかったです」

　大変楽しそうな三人を前に、ミュリエルは戸惑いが止まらない。そしてミュリエルがそんな表情をするのを見越して、隣のリュカエルもしっかりとそろえて同じ顔をしてくるのだ。

「あ、あの、リーン様、それで……」

「えっと、どっちが本物か、わかりましたか……？」

　二人のミュリエルが、弱りきった顔をリーンに向けた。

「えー！　本当に完璧なんですけど！　えっと、じゃあ、こっちが本物のミュリエルさん！」

　ミュリエルは隣を見た。リーンが両の掌を向けたのは自分ではない。しかし隣にも、見慣れた自分の顔がある。鏡を見ているようだとミュリエル自身も思ったが、その顔は見る間にリュカエルのものに変わった。無表情に近い冷めた顔ながら、うっすらとにじむ自信と余裕が実にリュカエルらしい。これはミュリエルでは絶対にしない表情だ。

　正解を確認するまでもない差異が現れると、間違えたはずのリーンはとても楽しそうに笑った。するとやはりリュカエルは、憮然とした顔をするのだ。

「請け負ったからには、完璧にこなします。これで先程のような心配がいらないことは、ご理解いただけましたか？」

リュカエルの言葉は心配を口にしたリーンを通り越して、サイラスにかけられた。

「君の仕事に対する信条と、何に比重を置くかは理解した。文官としての働きにも期待しておこう。書面に記した契約満了時には、忌憚なく君を望む場所に送り出せることを、私も楽しみにしている」

臨時ながらリュカエルの上司となったサイラスは、部下のこれからの働きにおおいに期待をよせたようだった。

◆◆◆

夜の静けさに沈む執務室では、サイラスが文字を走らせる音だけが響く。最後の一枚に名前を記してペンを置けば、今夜の書類仕事はこれで終わりだ。背もたれに体を沈めて目をつぶり、目頭を指で押さえて沈黙すること数秒間。情報を遮断して何も考えない時間をわずかでも挟めば、次に目をあけた時に視界はいくぶんすっきりしている。

仕事をしている時に考えてしまうほど、見境はなくしていない。だが、こうしてふと肩の力が抜けた瞬間には、思ってしまうのだ。今、彼女は何をしているだろうか、などと。そうなればば、どうしたって今日のあれこれを思い出す。

（……思ったより、唇までの距離は遠かったな）

庭での一件は、奥手なミュリエルを知りながら衝動的に触れようとした自分が悪い。されどあまりにも頑《かたく》なな拒否の姿勢に、傷ついたのも事実だ。すぐに恥ずかしいだけとの言葉はもらえたが、あれほど避けられれば次に触れる機会を見つけても慎重にならざるを得ない。

（しかも、手を繋ぐところから、か……）

今までの努力を無に帰すような一言を告げられて、かなりの衝撃を受けた。だからといって、本来の目的であるチャリティバザーへの誘いさえできずにあの場を去るなど、いささか動揺がすぎる。予想の斜め上をいく反応をされたとはいえ、即座に対応ができないとは自分もまだまだ。もちろん時間を置いた今ならば、もっと上手に切り返す言葉も持っているが。

何より、とサイラスは掌に視線を落とし、軽く握る。手を繋ぐことから求められたとしても、今まで二人が触れ合った事実が消えるわけではない。引きよせた手も、抱き込んだ胸も、重ねた唇も、己の体すべてがミュリエルの温度を覚えている。そしてそれは、彼女とて同じはずだ。

そんなふうにすっかり物思いにふけっていると、トントンと、ノックの音が響いた。促せば、入室してきたのはリーンだ。

「お仕事が終わる頃を見計らったのですが、今、大丈夫でしょうか？」

身軽な様子で近づいてくるリーンに、綺麗に片づいている机を手で示して見せる。

「もしかして、僕のことを待ってくれていましたか？　あ、違うな。ミュリエルさんのことを考えていたんでしょう？」

訳知り顔で言い当てられて、サイラスは目を伏せつつ曖昧《あいまい》に微笑んだ。気恥ずかしさから深くなってしまいそうな微笑みを、咳払いと拳を唇に添えることでやりすごす。

「いいんですよ、隠さなくって。だってお二人がニコニコしていれば、周りの僕らもニコニコできますから。ただ……」

笑う形に曲がっていた糸目が、言い淀んだ言葉尻で困った形に変わって、サイラスも微笑みを引っ込める。

「今回の件、ちょっと怪しいと思いませんか？」

眉もよせて聞くリーンに、サイラスは頷いた。

「リーン殿も思ったか。考えたことが同じなら……、注意しておく必要があるだろうな」

二人が頭に思い浮かべているのは、エリゼオがミュリエルを武芸大会に招待したことだ。

この間の夜会での一件を、王城にいる者が知らないはずはない。もしエリゼオ本人が知らずとも、おのずとどこからか耳に入るはずだろう。それなのに、ここでミュリエルを名指ししてくるということは、噂《うわさ》を跳ねのけて違う方向へと進ませようとする力が、どこからか加わっているということになる。まず最初に疑うべき相手は、こうなってくると決まっていた。

世論を巻き込むやり口を模倣するあたり嫌味がすぎるが、相手も頭打ちなのだろう。密猟団の検挙に研究施設の押収《おうしゅう》、そして聖獣の殺処分と、立て続けに聖獣騎士団の周りで起こった出来事は、すべてこちらの望む形で決着がついているのだから。

「まぁ、エリゼオ・キラン殿が単純にミュリエルさんに好意をよせている線も、まだ捨てきれませんけどね」

「確かにそうだが……。正直なところ、そちらについてはあまり心配していない」

もちろん、横やりの入る状況は歓迎できないが、ミュリエルは簡単に心変わりするような女性ではない。何より、彼女なりの方法で真摯《しんし》に向き合ってくれる姿を思えば、そんな不安は微塵《みじん》も起きないし、自分にはもの足りないあまりに奥手な提案さえ、この件に関しては安心材料になると言える。

「それもそうですね。お二人ってば、なんだかんだ順調に距離を縮めていますし」

あっさり納得したリーンに、サイラスは自分で言っておきながら少し驚いた。まだまだ距離は遠いと思っていたのに、第三者から見ればそうでもないらしい。再び緩んでしまいそうになる口もとを、今度はうつむきがちに椅子に座り直すことでやりすごした。

「では、そろそろ本題に。ここからは僕の本分のお話をさせてください」

話の区切りをつけたリーンが、言葉と共に胸ポケットから折りたたんだ紙を取り出し、執務机の上に大きく広げた。どうやらグリゼルダとカナン、それにギオの手助けをした際に入手した「竜と花嫁」が描かれた織物、その写しのようだ。そこには、リーンの手により細かな書き込みも随所にされている。

「表面的な解読は終わりました。ワーズワースで一般的とされるお話と、ほぼ同じ流れです。でもそれって上辺をなぞれば、ってことなんですよね。言い回しがくどかったり、言葉の使い方に違和感があったり……」

リーンが順に紙面を指さしていく。サイラスに原文を読むことはできないが、横に添えられたリーンの文字に目を走らせた。確かに文脈に独特なものがある。

「たぶん、暗喩《あんゆ》が含まれているからなのだろうと思うんです。一番気がかりなのは、菱《ひし》の花と水辺に関する描写ですね」

花嫁が耳横に挿した菱の花を最後に、リーンは指を止めた。

「それでミュリエルさんに、こちらの件でも聞きたいことができてしまったので、折を見てご相談しようと思っています」

「ミュリエルに？」

「ええ、ミュリエルさんに」

丁寧に紙を畳むリーンを眺めつつ、サイラスは物思いに沈む。理由はそれぞれ違えど、ミュリエルを求める声は多い。こうした状況に人との関係、己の立場、それらを鑑みるとたとえ想いが通じたばかりでも、二人で過ごせる時間はこれまで通り限られたものになるだろう。できればその時間は、有意義なものにしたい。

（大人の階段を二十段残して、迷路に迷い込む、か……）

だが、まずは手を繋ぐところから。ミュリエルがそれを望むなら、サイラスは再び順を踏むことも厭《いと》わない。結局のところ自分は、ミュリエルのそうした気質もあわせて好ましく思っているのだから。

今日もごっそり抜けた白い毛を、ミュリエルはせっせと袋につめる。アトラにも手伝ってもらって袋の口を閉め終えれば、汗ばむ額《ひたい》を手の甲でぐいっと拭《ぬぐ》った。これで朝からの流れ業務は一段落だ。

そしてここでやっとミュリエルは、チャリティバザーだけではなく武芸大会にも出場することになった経緯を、アトラ達に報告した。当然聖獣達が食いついたのは、ミュリエルに求婚してきたエリゼオについてだ。

春先まではお気に入りだった芝生の上は今はもう暑く、ここのところは自然と日陰を作る木立のなかに集まるようになっている。風で揺れる木漏《こも》れ日に白い毛を所々光らせながら、アトラは眉間《みけん》にしわをよせた。

『とんだ噛《か》ませ犬が登場したな』

『もぉ!　せっかく二人が仲良くしようってところに、お邪魔虫なんて、やぁね!』

レグも短く何度も鼻息を吹き出しながら、ブルルッと身震いをしている。

『だが、サイラス君が武芸大会に出場するのなら、なんの問題もあるまい』

『ダンチョーさんが本気なら、全然心配いらないっスよ』

『きっと面白いだけの、気楽な見世物になるんと違いますか』

ところが残り三匹が緊張感のない声を出したので、逆にミュリエルは自分の身の安全を感じた。誰もがサイラスの勝ちを信じて疑わず、ゆえに緊迫感は微塵《みじん》もない。これではハラハラしている方がおかしいくらいだ。そのおかげで武芸大会当日の不安は薄らいだが、そこに至るまでの日々にある問題を忘れてはいけないだろう。

「それで、いただいてしまったお手紙に、『折をみて顔を見に行く』なんて書いてあったものですから、これから朝と晩、弟のリュカエルが私のふりをして付き添ってくれることになったんです。私一人だと対応が心配だから、って」

まるで年端《としは》もいかない子供のようで申し訳ないが、ミュリエルはこの扱いを喜んでいた。リュカエルがいれば大変心強い。

何しろ手紙の文面から鑑《かんが》みるに、相手は相当押しが強いと思われる。となれば、ミュリエルがもし一対一で対面しようものなら、押し返すどころか逃げ切ることすらできないだろう。

「今朝は皆さんにまだご報告していなかったので、変装はせずに庭に入る手前まで普通に付き添ってもらったんです。ただ、今後は着替えの必要がでてくるので、獣舎の隣にある小屋で待ち合わせができたらな、と……」

おうかがいを立てながら、ミュリエルはアトラ達へと視線を一周させた。

今日の夕方については、事前の段取りでサイラスとリュカエルが連れ立って獣舎まで来てくれることになっている。しかし、もしアトラ達が嫌がるようなら報告して変更の必要があった。

サイラスはミュリエルの弟であれば断られないだろうと言っていたが、親しき中にも礼儀ありだ。関係に甘えて無理を通すことはしたくない。この庭の主はアトラ達だ。

「あの、ご了承いただけますか？　それで、できればその際に一度、こちらの獣舎までリュカエルを通して、ご挨拶《あいさつ》もさせていただけたらと思っているんです。リュカエルに聖獣の言葉がわかる能力があるのかも、確かめておきたいので」

ミュリエルはそこまで考えておらず、サイラスに言われてはじめてその可能性に思い至っていた。聖獣の言葉がわかるのは、現在はミュリエルだけの特異能力だが、他に誰もいないとは限らない。そしてミュリエルにできるのなら、リュカエルにもと考えるのは自然なことだ。

『あ？　オマエの弟だろ？　そんなもん、好きにしろよ』

『っていうか、言葉は別にして、アタシは普通に会いたいわ！』

『うむ。ワタシも興味がある。遠慮せず連れてきたまえ』

『そうっスよ！　入れ替われるくらい似てるんスよね？　めちゃくちゃ気になるっス！』

『ミューさんが二人とか、それ絶対楽しいヤツです。ぜひぜひ！』

許可がもらえたのは何よりだが、最初から異様に高い好感度が気がかりだ。確かに見た目のみならミュリエルが二人だが、何度も言うが中身はかなり違う。

「確かに顔は似ているのですけど、性格がかなり違うので、あの、皆さんのご期待に添えられるかどうかは……」

『なんだ。煮え切らねぇな。ミューは弟のことが嫌いなのかよ？』

「好きです！」

　迷いようのない質問をされて即答する。ミュリエルは間違いなく弟のリュカエルが好きだ。姉弟仲も良好だと思っている。しかしリュカエルは妙に冷めているところがあるため、ここの愉快なノリにはついてきてくれなさそうだ。アトラはともかく、そのノリの悪さに他の面々ががっかりしてしまいそうで、それが心配だった。

『じゃあ、決まりね！』

『ならば、問題あるまい』

『ミュリエルさんが好きなら、平気っスよ』

『ミューさん気にしすぎです。大丈夫やって』

　こんな軽い調子で返事をされては、これ以上何か言うのも変だろう。ミュリエルは言葉を重ねるのをやめた。好き嫌いは激しくとも懐《ふところ》は深い、彼らのおおらかさをここは信じよう。

「あの、では、その際はどうぞリュカエルをよろしくお願いいたします」

　ミュリエルは深々と頭を下げた。そしてリュカエルのために頭を下げるなんて新鮮だわ、などとあまり機会のない姉らしい自分に、少し得意になってしまう。

　ところがなんの前触れもなくレグが大きく体を揺らしたため、下げていた頭を慌《あわ》てて上げた。

何事か問うより早く、盛大な鼻息が吹き出される。

『大変っ！　助けを呼ぶ乙女達の声が聞こえるわっ！』

「えっ!?」

そして止める間もなく、レグは巨体で地面を揺らしながら走り去っていくではないか。

「あ、あのっ！　レ、レグさんっ!?　ま、待って……！」

『アタシ、ちょっと、行ってくるわぁっ！』

「えぇー!?」

あたふたしていると、今度は隣でクロキリとスジオにロロが順に鳴き声をあげる。

『ワタシは用事を思い出した』

『ジ、ジブンもっス』

『ボクも～』

そしてなぜかレグとは逆方向に、さっさといなくなってしまう。ただならぬ事態を感じたミュリエルは、当然ながらアトラに助けを求めた。

『はぁ、面倒くせぇなぁ……』

ところがアトラは、緊急性を感じていないようでその場を動かない。

『すぐ戻《もど》ってくるぞ。ミューも覚悟しとけ』

「えっ……」

顔も声も大変嫌そうなアトラの様子に困惑しつつも、常と変わらぬ雰囲気にミュリエルはいくぶん安心した。騒がしかった場が急に静かになり、小鳥の声が長閑《のどか》に響く。

だが、そんな平和も長くは続かない。すぐに顔を引きつらせることとなる。

遠くから徐々に近づいてくる地鳴りのような振動と音を感じ、慌てて震源に目を向ければ、去っていったと思ったレグが猛スピードで戻ってくるではないか。一直線に向かってくる勢いの激しさに、まだ遠くにいるというのにミュリエルの顔の強張《こわば》りはどんどんひどくなった。

するとなりにいたアトラが、無言のままレグの動線上にのっそりと移動する。斜めに体を割り込ませただけのため、ミュリエルの視界は良好なままだ。アトラのぶっきらぼうな気遣いでわずかの危険も感じなくなったミュリエルは、まだ距離はあるものの顔に影を作って迫りくるレグを眺める余裕ができた。そして異変に気づく。

「……え？　あれ？　な、なぜっ⁉　やだ、レグさん！　なぜあんなことになっているのですかっ⁉　だって、あれ！　お、お尻が！　お尻が、すっごく、腫《は》れていますっ！」

ミュリエルは目をかっぴらいて両頬を潰した。レグの左右のお尻が何かの間違いだと疑いたくなるほど、大きくぷっくりと腫れあがっている。この短時間でいったい何があったのか。いくら隣でアトラが落ち着いていても、あまりの事態に平常心が保てない。

『あ？　あぁ、あれは……』

アトラの言葉の途中で、十分な距離からレグが四本の脚を同時に突っ張って急ブレーキをかける。相手がレインティーナであったなら、きっとそのまま突っ込んだであろう。そう考えれば、ちゃんと加減をしてくれたらしい。

芝をかなりの距離はがしてやっと止まったレグは、最後にありあまった勢いを抜くように「ブッシュウゥウゥウッ」と大きな鼻息を煙のように吹き出した。

ミュリエルはといえば、大きく腫れたお尻から目が離せない。いったいどれだけ強く打ちつければ、これほど腫れてしまうのか。あれだけ走れるのだから痛みは少ないのかもしれないが、だからといってレグの怪我《けが》の具合を心配する気持ちは少しも減らない。

「レグさんっ！　お尻が……、っ!?」

その瞬間、ミュリエルは見間違いだと思って目をこすった。ついでに瞬《まばた》きまでする。

「……えっ。えっ？　えぇっ!?」

三度見をしたが、見間違いではない。やはり動いている。レグの腫れた左右のお尻が、確かに動いているのだ。規則性も連動性もまったくなく、それぞれの塊《かたまり》が好き勝手に蠢《うごめ》いている。その奇妙すぎる動きに、ミュリエルは若干《じゃっかん》恐怖を覚えた。ところが。

「チュウッ！」

「キュルッ！」

左右のお尻だと思われたものから同時にちっちゃな耳が生え、くりくりとした可愛《かわい》いおめめが現れる。なんということか。レグの腫れたお尻だと思っていたものは、ネズミとリスの聖獣であった。大きさはロロと同じくらいなので、聖獣のなかでも小型に分類されるだろう。ちなみにネズミは俗に言う嫌われ者の種ではなく、愛玩《あいがん》用の種だ。リスは特徴的な縞《しま》模様があるのでシマリスだと思われる。

二匹の小型の聖獣はちょろちょろと巨体の上を進むと、レグの耳を潰して頭上にくっついた。今度はまるで大きなたんこぶができたようだ。

「チュ！　チュチュチュチュチュウッチュゥッ！」

「キュ！　キュキュキュキュキュルルキュルゥ！」

そして鳴き声は、やはりミュリエルの頭のなかでは理解できる言葉で響く。

『もう！　もうもうもうもう絶対に耐えられないよ！』

『そう！　そうそうそうそう絶対にあり得ないよね！』

チュウチュウキュルキュルと騒ぐ二匹に、ミュリエルはあわあわと両手を動かした。大変ご立腹なことはわかるのだが、とにかく早口でどうしていいのかわからない。

そしてやっぱりここでも助けを求めてアトラを見ると、げんなりした表情で耳を伏せている。

『ミューちゃん、このコ達の話、聞いてあげてちょうだい！　それで力になってあげて！』

両耳の位置にネズミとリスをくっつけて格好は大変愉快だが、レグもずいぶんとご立腹だ。吹き出した鼻息の勢いで、ミュリエルの栗色《くりいろ》の髪が後方にぶっ飛ぶ。

『おい。誰かに何か頼むのに、挨拶もなしか？』

ちなみに転ばなかったのは、アトラが支えてくれたからだ。ついでにガチンと一喝《いっかつ》を入れて、話を聞きやすい雰囲気にしてくれる。

『あ、そうよね。ごめんなさい。ほら、アナタ達、ミューちゃんにご挨拶して？』

レグが潰された耳に力を入れると二匹の可愛いお尻が持ち上がって、かなり前傾なお辞儀をする格好となる。それにより、おまけのようについた小さな丸い尻尾と、くるんと巻いた大きな尻尾がよく見えた。ミュリエルは二匹の尻尾とお尻を、チャームポイントと認定した。

『あ、ごめんごめん。アタシはチュエッカ！　見ての通りネズミの聖獣だよー！』

『そうだよね、ごめんごめん。アタシの名前はキュレーネ！　リスの聖獣でーす！』

　チュエッカと名乗ったネズミの聖獣は、背中側が薄いベージュで、眉間から頬、そしておなか側が白い毛並みだ。ちょこんとあるピンクのお鼻が大変愛らしい。

　一方キュレーネと名乗ったリスの聖獣は、ふかふかの大きな尻尾に三本の縞模様があり、目の周りに走る濃茶の毛並みが白い頬を引き立てている。これまた大変愛らしい。

「は、はじめまして、チュエッカさんにキュレーネさん。私はミュリエル・ノルトと申します。どうぞよろしくお願いします」

　膝《ひざ》を軽く折って挨拶をすれば、そろって『知ってるー』と笑って返される。二匹はとても仲良しのようだ。

「そ、それで、力になってほしいとのことですが、何か困り事がおありですか？」

　ミュリエルが聞くと、二匹はレグの頭の上からチョロチョロと地面に降りてきて、今度はあごの下でギュッとひっついた。頬をふくらませて怒っているようだが、一つ一つの仕草がとにかく可愛い。

『なんかね、馬車を引いてほしいって言われたの！』

『それでね、人気者になってほしいって言われたの！』

　とても可愛らしいのだが、説明が上手いとは言えない。しかし状況を理解するには十分な単語が二匹から出てきた。どうやらチャリティバザーで馬車を引く役として、チュエッカとキュレーネに白羽の矢が立ったようだ。

「えっと、やはりパートナーではない不特定多数の方を乗せるのは、お嫌でしたか……？」

『ううん！　違うの、そうじゃないの！』

『うんうん！　嫌なのは別のことよね！』

聖獣が嫌がりそうなことは、と考えて聞いたものの、どうやらこれは問題ではないらしい。では何が？　と次を考えようとしたところで、答えは二匹の口から同時に叫ばれた。

『だってあんなボロッちぃ馬車、ダサすぎるでしょ!?　あんなの体にくくりつけられるなんて、そんなのウチら、絶対に耐えられなーいっ!!』

さらに二匹は器用そうな手を祈る形に組むと、天を仰《あお》いだ。そこにレグが同調する。

『そうなのよ！　いくら一回きりになるからって、アレはないわ！　馬車というより荷台よ、しかもお古の壊れかけの荷台！　アタシだって絶対に嫌だわ！　このコ達が可哀想《かわいそう》！』

美意識の高いレグに言わしめると荷台と呼ばれてしまう馬車の状態に、ミュリエルは思いを馳《は》せた。頭に浮かんだのは、使い込んだからこそ出る味だと称するには無理がある、腐る一歩手前の黒ずんだ車体だ。そして、外れはしないがあきらかにガタのきている、滑《なめ》らかさが皆無の車輪。ついでに、それはクッションと呼べるのか。座ったお尻に直接道の振動が響く、すり切れた薄布の敷かれた座面。これはひどい。もう一度言う。女子にそんなお古の荷台はひどい。

『んなもん、どれも一緒だろうが……』

いくら当事者でないとはいえ、アトラのあまりに親身ではない発言にミュリエルはびっくりした。すると今度は三匹の声が重なる。

『ちっがーうっ!!』

生物学的にはオスのレグだが、心は乙女だ。ゆえに心は一つ。

『アトラ、アナタは何もわかってないわっ！　身に着けたらそれはもう、体の一部になったも同じことなのよ!?　それで人前に出ろって!?　冗談じゃないわっ！　これは乙女にとって死活問題よっ!!』

『アトラさん、デリカシーなさすぎ！』

『それに引き換え、レグ姉はさすが！』

ギャンギャンと責め立てられたアトラは、顔を背《そむ》けて耳をペッタリと寝かした。口の端がピクピクと引きつり、眉間どころか鼻の上にもしわがよりだす。

ガチンと盛大な歯音が飛び出す予感に、ミュリエルは両手を広げて上下に大きく振った。そんなおおげさな身振りを加えつつ、頑張って話を進めようとする。

「え、えっと！　では、私はその馬車を変えてもらえるように、お願いをすればよいのでしょうか？　もう一度お聞きしますが、チュエッカさんとキュレーネさんは、チャリティバザーに参加すること自体はお嫌ではないんですね？」

ミュリエルの問いかけに一転して可愛く首を傾《かし》げた二匹は、そのつぶらな瞳でお互いに目配せをした。

『うん。嫌じゃないよね』

『ちやほやされるのは好きだしね』

アトラを怒らせることを回避できたことと、問題が絞れたことにミュリエルはホッと息をついた。そしてここでタイミングよく、レインティーナが駆けよってくる。

「レグ！」

レインティーナに不満があるわけではないレグは、すぐさまゴリゴリと鼻やら牙やらを愛《いと》しの白薔薇《しろばら》の騎士にこすりつけた。レインティーナもそれを嬉《うれ》しそうに受け止める。

「よかった。急にこちらに来たと思ったら、チャリティバザー用の馬車を吹っ飛ばした挙げ句、チュエッカとキュレーネを連れて走りだしたから、どうしたかと思ったんだ。ミュリエル、大丈夫だったか？　……む？」

話している途中のレインティーナの両脇を、突然チュエッカとキュレーネがすり抜ける。そしてレグの左右の前脚をそれぞれチョロチョロとよじのぼった。

呆気《あっけ》にとられて眺めていれば、なぜかレグのおでこの上に丸まり、雪だるま状に重なる。仰ぎ見るほどの高さで完全なる球体と化した毛玉には、それぞれ目と鼻だけがあった。行動は謎だが、可愛い以外の感想が出てこない。

しかし、二匹はとても怒っているらしい。不服そうに白い頬をふくらまし、ひげをピンと張っている。そしてほどなくして原因と思われる者が二人、この場に駆け込んできた。ミュリエルはすぐに二人の名前を思い浮かべる。

「チュエッカ！　何が気に入らなかったんだ!?　ちょっとよくわからないけど、とりあえずごめん！　なぁ、ごめんって！　だからそこから降りてきてくれよ！」

ツンツンとした橙色《だいだいいろ》の髪に山吹色《やまぶきいろ》の瞳を持つ青年は、ネズミの聖獣チュエッカのパートナーであるスタン・ハーツだ。体が資本となる騎士らしい筋肉質な体つきだが、身長はミュリエルよりやや高い程度。そしてレインティーナと同い年らしいが、童顔のためかなり若く見える。

「悪かった、悪かったから！　キュレーネも機嫌を直してくれ。気に入らなかったなら直す。ただ困ったことに、何が気に入らないのかわからんのだが……」

短く刈り上げた髪と目尻のしわが優しい瞳は、どちらも深みのある茶色。こちらの男性はリスの聖獣キュレーネのパートナーであるシーギス・ヘッグだ。筋肉隆々《りゅうりゅう》の見上げるほどの大男だが、三十四歳と年上としての落ち着きと、常に消えない目尻のしわのおかげで威圧感はない。

だが今は、二人とも周りが見えないほどの狼狽《ろうばい》っぷりで、とにかく謝り倒している。しかし、女子にこの手の謝り方はよくない。現にチュエッカとキュレーネは雪だるま状態で、この場で最も高い位置から怒りの表情でもって、本来は大好きなはずの二人を見おろしている。

ミュリエルにとって正直なところ、アトラの勘気《かんき》に比べればこの二匹の怒りは怖いものではない。むしろ大変愛らしい。白くふくらませた頬もピリピリと張ったひげも、どんなにつりあげてもクリクリなままのつぶらな瞳も。しかもその二匹が完全なる球体となり、雪だるまになっているのだ。毛玉の可愛さを最大限に発揮していると言っても過言ではない。

だが、ここでそんな態度を見せるわけにはいかないだろう。何しろどう考えても、ミュリエルのとりなしがなければ二匹の機嫌は直りそうにない。

「あ、あの！　スタン様にシーギス様、やみくもに謝るのは、この場合よくないと思うんです」

ミュリエルがいることなどまったく視界に入っていなかった二人が、同時に、それもかなりの勢いで振り返った。

「ミュリエルさんは心当たりがあるのかっ⁉」

「ぜひ聞かせてくれ！　我々では皆目見当がつかん！」

そしてミュリエルの存在を視界に入れた途端《とたん》に、すがりつく勢いで距離をつめてくる。相手が相手なので怖くはないが、目力がすごい。ミュリエルはやや引きつった。

「え、えっと。さ、先程《さきほど》レイン様から、レグさんが馬車を吹き飛ばしたとお聞きしたのですが……。そ、それでチュエッカさんとキュレーネさんを乗せて、こちらまで来てしまった、のですよ、ね？」

一応確認すると、そろって無駄《むだ》に力強い頷《うなず》きが返される。二人にしてみれば、真剣に話を聞いてくれているだけなのだろう。だが徐々に増す圧に、ミュリエルはたまらず一歩後退した。

「うっ。そ、それでは、馬車に原因がある、のではないでしょう、か……？」

後退をなんとか一歩だけで踏みとどまったが、真剣な眼差《まなざ》しにさらされてミュリエルはダラダラと汗をかく。しかし問いかけの形をとったせいか、二人は互いに目配せをするためにこちらから視線を外した。そのおかげで増すばかりだった圧が消え、ミュリエルはホッと息をつく。

「あ、あの、何も思い当たりませんか……？　たとえば馬車が古かったり、汚れていたり。なんというか一回きりだから『これでいい』というような、間に合わせのものを使っていたりなど、えっと、していないでしょうか……？」

聖獣の言葉が理解できる特殊能力は、サイラスしか知らない。そのためミュリエルは、あくまで予想したのだ、という雰囲気で話す。ミュリエルの話を聞きつつ経緯を思い返しているのか、スタンとシーギスはそろって腕組みをした。逃げ出すほどの原因として、この説明ではどうやらまだしっくりこないようだ。

「その、チュエッカさんもキュレーネさんも女子ですし、普段はないチャリティバザーに協力していただくわけですよね？　それでしたら、可愛らしく綺麗《きれい》な馬車でないと、気分が盛り上がらないどころか、悲しくなってしまうと思うんです」

なおも険しい顔で悩み続ける二人に、ミュリエルは探り探り言葉を重ねる。

「た、たとえば……。こう、みすぼらしい服を着せられて、人前に出される感覚、とでも申しましょうか……」

「あぁ！　なるほどっ!!」

そろって発せられた大音声《だいおんじょう》に、ミュリエルは肩を大きく跳ねさせた。最後の例え話はなかなかにわかりやすかったらしい。勢いよく腕組みを解いた二人は、再び高い場所にいる己の聖獣を見上げる。

（よ、よかったわ。お二人の勢いに圧倒されて、尻込みしてしまったけれど……）

二人の意識が完全に自分から外れ、しかもしっかり役目を果たせた安堵《あんど》に、ミュリエルは大きく肩から力を抜いた。あとは、二人が馬車を素敵なものにすると約束してくれれば、チュエッカとキュレーネの機嫌も直るだろう。ところが、残念ながらそうはいかなかった。なぜか得意顔のレインティーナが、ズイッと一歩前に踏み出したのだ。

「ほら！　だからもっと飾ろうと言ったんだ！　大丈夫、任せてくれ。私が素敵に改造してみせよう！」

どうしたらそんなことを自信満々に言えるのか。趣味が独特のレインティーナに任せたら、ここにいる乙女達の顔は絶望に染まるだろう。しかも「改造」という言葉が不穏すぎる。いったい何を生み出そうとしているのか。

（そ、それは、駄目《だめ》よ、絶対に駄目！　レイン様に任せたら、停車駅は地獄の一丁目、轍《わだち》は恐怖への通い路、途中下車は不可な泣く子も謝る恐怖の魔馬車ができあがってしまうに違いないわ！　そんなの、絶対にお客さんが、一人も、来ない……っ！）

そんな恐怖のシロモノは、なんとしてもこの世に誕生させてはならない。そして、そう思ったのはミュリエルだけではなかった。光の速さで満場一致の強烈な突っ込みが入る。

「馬鹿言え！　お前の趣味が一番信用できないんだよ！」

「千歩譲っても、見た者が全員泣きわめく未来しか見えん！」

スタンとシーギスが噛みつけば、乙女達だって負けじと叫ぶ。

『嫌だわ、ミューちゃんっ！　レインを止めてっ！』

『やばいって！　あのままも嫌だけど!!』

『レイン姉が飾った馬車は、もっと嫌!!』

それは正《まさ》しく阿鼻叫喚《あびきょうかん》。まず、自信満々で言ったのに全力否定されたレインティーナが、眉間にしわをよせる。すると、その無自覚さに意地でも認めさせたくなったのか、スタンが眼力を強めた。喧嘩《けんか》っ早い雰囲気を察したシーギスが、とりあえず止めに入ろうとしたのか二人の間に立つが、両足をそれぞれに力強く踏みつけられて野太い絶叫をあげる。

その間、乙女達も忙しい。鬼気迫る表情でレグが鼻息を噴射すると、チュエッカとキュレーネはそんなレグの体中を大慌てでチョロチョロと駆けまわっている。耳の上はもちろん尻尾周りにおなかの下、果ては牙の周囲をくるりと回って鼻先まで。しかもそれだけ体の上を動き回られているというのに、レグの迫力ある表情は少しも崩れない。

「あ、あのっ！　えっと、わ、わかりましたので！　ちょっと、皆様、お静かに……」

中立の立場として仲裁できそうなのは自分だけなのに、声を届ける方法がない。おろおろしていると、最初にガンガン言われてしまったことで完全にやる気を失っていたアトラが、のっそりと立ち上がった。そしてミュリエルの隣に並ぶ。

「ガッチンッ!!」

盛大な歯音が辺りに響く。見事な一喝に、それまでの大騒ぎが嘘《うそ》のように誰もが動きを止めて口をつぐんだ。ちなみにミュリエルも驚きすぎて、一緒になって背筋を伸ばして直立する。

だが、チラリと赤い目が向けられてあごを振られれば、場を整えてくれたのだと気づく。全員からの視線が自分に集まったのを感じれば、いつまでもただ突っ立っているわけにはいかないだろう。ミュリエルは話し出しの言葉を探して空中に視線を彷徨《さまよ》わせた。

「え、えっと。あの、今までのお話を、通して考えると、その……」

誰もが続きを待つ気配に、しどろもどろになりながら口を開く。隣に立ち続けてくれるアトラの存在がなんとも心強い。

「ほ、本当は、馬車を新調していただくのが一番いいのかもしれませんが、一から用立てるのが難しいのでしたら……、あっ。花やリボン、レースなどで飾るのはいかがでしょうか？」

新品にしてほしいのが本音だ。しかし、経費上の難しさやバザー後の保管場所など、手間との折り合いがあることもなんとなくわかる。となれば、今あるものをよりよくするしかない。

即《すなわ》ち、隠すか塗るか飾るか。

「えっと、チュエッカさんとキュレーネさんもおそろいの、たとえば花冠……とか？　お耳の周りにリボンやビーズと一緒に結んだり、耳飾り……イヤリングなどもいいかもしれませんね」

そして乙女の気分を盛り上げるなら、己の身にだって気を遣いたいところだ。これらの提案にはチュエッカとキュレーネがチュキュルッと可愛らしい鳴き声をあげる。

『えっ！　ウチらもイヤリングもらえるの!?　やばい、俄然《がぜん》燃えてきた！』

『えっ！　レグ姉のしてるみたいなヤツ!?　嬉しい、ずっと羨ましいと思ってたの！』

二匹の羨望《せんぼう》の眼差しに、レグも薔薇のイヤリングがついた耳をパタパタと動かす。薔薇だけでなく髑髏《どくろ》や蛇といったモチーフを愛すレインティーナが、ミュリエルの助言のもと、はじめてレグの大絶賛を得た贈り物だ。

耳の動きに合わせて、薔薇に添えられた宝石がキラリと朝露のように光れば、再び歓声のような鳴き声があがる。ミュリエルの提案に乙女達の反応は上々だ。

「もし、イヤリングをするのであれば、小柄なお二方にはもっと元気な印象の……」

そこでミュリエルは少し考える。レグに薔薇のイヤリングはよく似合っている。なんといってもレインティーナが白薔薇の騎士であるし、体の大きいレグは薔薇の迫力にも負けない。

されどチュエッカとキュレーネには、薔薇だと少しイメージが違う。何より、スタンとシーギスが薔薇という柄ではなさそうだ。となると。

「あっ、ガーベラなどいかがでしょうか？　オレンジとかピンクとか！　そういった可愛らしいお花の方が、もっと似合うと思うんです！」

よい思いつきに表情を明るくしてパチンと手を鳴らせば、乙女達から強い賛同の鳴き声があがった。チュエッカとキュレーネの乗り気な様子に、ミュリエルは遠慮なく二匹の飾った姿を想像した。ネズミとリスがおそろいでレースやリボンのスカートをはき、頭には花冠、耳にはイヤリングをつける。

（……まぁ！　まるでお伽《とぎ》の国ね！　物語のなかの可愛らしい妖精にしか思えないもの。お二方も嬉しそうだし、きっとお客様も喜ぶに違いないわ！）

ついでに可愛らしく装飾された馬車まで想像する。そんな想像の産物の出来栄えに、ミュリエルはうっとりした。向かうは夢幻《むげん》の一丁目、轍は夢への道しるべ、途中下車など望む者は一人もおらず、泣く子もすぐに笑顔になる。そんな素敵な妖精馬車のできあがりだ。

「レグ達の反応がいいな。やはりミュリエルの言うことに、間違いはないみたいだ」

いつもの爽《さわ》やかさを取り戻したレインティーナが微笑《ほほえ》んだので、ミュリエルはひと仕事終えた達成感に胸をなでおろした。

「よし、わかった！　チュエッカ、ミュリエルさんの意見を全面的に取り入れるから、仲直りしてくれよ！　な？」

「花にリボンにレース、ついでにイヤリングも、全部まとめて約束する。だからキュレーネ、機嫌を直せ」

スタンとシーギスの宣言に、チュエッカとキュレーネはレグの背から降りてきて、そのままの勢いで二人を抱き上げた。

『スタン君、約束だからね！』

『シーギスさん、絶対だよ！』

そして二組とも嬉しそうに頬ずりをはじめる。成人男性が嬉しそうに抱っこされる図は、なかなかに衝撃的だ。しかも、チュエッカとキュレーネは二人の両脇に手を入れて持ち上げるように抱っこしているため、まるでネズミとリスがお人形遊びをしているように見える。

「じゃあ、鍛錬に戻るか。せっかく武芸大会に出るなら、やはり勝ちたいしな。しばらくは対人戦の訓練に励まないと！」

「おい、レイン。俺達はあくまでオマケだぞ？」

「あぁ。最優秀者は団長になってもらわなくては困る」

明るく笑ったレインティーナに、二匹から降ろしてもらったスタンとシーギスが念を押す。あくまでも当初の目的を忘れてはいけない。

「もちろんだ。相思相愛の団長とミュリエルを引き裂くつもりはないし、二人には幸せになってもらいたいと私も思っている」

まるで言い聞かせるように注意されるが、レインティーナはとくにふてくされることなく重々しく頷いた。レインティーナの言う通り、サイラスとミュリエルは両想いだ。それは否定するつもりはないし、間違ってもいない。だが、自身でもまだ慣れない気持ちを第三者の口からこうもはっきりと言われてしまうと、ミュリエルはどうしていいかわからなくなる。

しかも気になるのは、その情報伝達の速度だ。リーンが知っていてあっさり受け入れていたのも驚いたが、騎士団内でも周知の事実となっている。

自分の態度がわかりやすすぎるのか、はたまたサイラスが伝えたのか。もし後者であるのなら、どこまで伝えたのだろうか。あのサイラスに限ってペラペラと話してしまうことはないだろうが、ミュリエルとしては両想いという事実が広まっているだけでもうかなり恥ずかしい。

途端に赤くなって縮こまってしまったミュリエルに気づいて、レインティーナが赤い耳元に顔をよせる。

「それとも団長とキラン殿が争っている隙《すき》に、私がさらってしまった方がいいか？」

言われた内容に驚いて赤い顔のままレインティーナを見れば、白薔薇の騎士の本領を発揮して、清涼な空気をまといながら微笑んでいる。

「あの、わ、私は、その……。サ、サイラス様の勝つ姿が、見たい、です……」

レインティーナはミュリエルの気持ちも答えも、もちろんわかっていたのだと思う。その証拠に清い微笑から一転、悪戯《いたずら》っぽく大胆不敵な笑みへと表情を変えた。

「とはいえ、私は本気でやらせてもらうぞ。誰が相手でも手は抜かない」

レインティーナは前半をミュリエルに、そして後半は同じく武芸大会参加予定のスタンとシーギスに向けて言い放つ。そしてわざとらしくスッとあごを上げて目を細めてみせた。

すると、それを宣戦布告ととったスタンが白い歯を見せて笑う。

「そりゃそうだ。逆に手を抜かれたら腹が立つ。な？」

「あぁ。そろって戦闘馬鹿なんだったな、俺達は」

スタンから目配せされたシーギスも、異論はないと丸太のような太い腕を組んで胸を張った。

「ということで、ミュリエル、レグを頼む」

どうやらすぐにでも対人戦の訓練に入るらしい。となれば、しばらくレグは庭でのんびりするのだろう。ミュリエルは任せてくれという気持ちと頑張ってという気持ちの二つを込めて、笑顔で頷いた。

「チュエッカは本舎に戻れよな。馬車は改めて用意し直すからさ」

「キュレーネも一緒に行くといい。イヤリングのことは任せておけ」

スタンとシーギスもレインティーナに続く。さらにチュエッカとキュレーネも、悩みが解決してプレゼントの約束までもらえたことで、『ミュリエルちゃん、ありがとー！』と明るい様子で本舎の方へ駆け去っていった。ミュリエルは三人と二匹の後ろ姿に手を振る。

『ったく、大騒ぎだな』

『あら、アタシ達にとっては、大騒ぎするほどのことだったんだもの。ミューちゃん、ありがとうね！　助かっちゃった！』

アトラとレグが一仕事終えたように、どっかりとその場で腰をおろす。

「お役に立ててよかったです。それに……」

ミュリエルは寝転がるだけでなく、伸びに伸びきったアトラの脇腹をなでた。普段の丸まっている体勢に見慣れていると、こうして最大限にまで伸びている時の細長さには、かなり新鮮な驚きがある。

「アトラさん、ありがとうございます。とても助かりました。お疲れ様です」

『おう。……ま、別にたいしたことはしてねぇけどな。アイツらの相手は、なぜか疲れる』

ミュリエルはふふっと笑った。あれだけパワフルな二匹の相手をすれば、疲れても仕方がない。ミュリエルは同性ということもあり、勢いには終始驚かされたものの、まるで妹のように感じられてとても可愛らしく思えた。

『やっと帰ったか』

するとそこに、大量の木の葉を落としながらクロキリが降りてくる。続いて、スジオとロロも木の陰からひょっこり現れた。

「皆さん……。急に行ってしまったと思ったら、今までどちらにいらしたのですか？」

完全に時を見計らっての登場だ。用がある、など方便に決まっている。きっと見えるか聞こえるかの範囲で、ずっとこちらの様子をうかがっていたのだろう。登場の仕方があからさまだ。

『え、えーと。その、実は隠れてたっス。いつもおもちゃにされて、ヘトヘトになっちゃうんスよ。ジブン、無理っス』

『スジオはんを責めんといてください。あの女子二匹の押しの強さは、ほんまにヤバイ。体力がいくらあっても、足りません』

言葉を濁すこともなく、真っ向から無理だと言う姿はさすが聖獣、潔《いさぎよ》い。

『あら。あのコ達可愛いじゃない。背中なんて乗せてあげればいいのに』

簡単に言ったレグに、クロキリ、スジオ、ロロの三匹はげっそりとした様子で返した。

『レグ君は体が大きいからいいだろうが』

『ジブンらはたまったもんじゃないっスよ』

『何度圧死の危機に瀕《ひん》したか』

レグの体中を縦横無尽に動き回っていた二匹の様子を考えれば、確かにあの動きをこちらの三匹がやられたら、たまったものではないだろう。

『確かにうるせぇけど、嫌ならその時にガツンと言えばいいじゃねぇか。あれでアイツらも時と場合を考えて、ちゃんとわきまえる頭は持ってるんだからよ』

アトラらしい物言いに、ミュリエルは思わずにっこりとした。強面《こわもて》で言葉だって荒いのに、この白ウサギは面倒見がとてもよいのだ。ただ、にっこりとしたミュリエルを見逃さなかったアトラが、スタンピングを想像させるように後ろ脚でタップを刻む。そんな照れ隠しのお叱《しか》りなら今はもう怖くはないミュリエルだったが、ここは急いで笑顔を引っ込めた。

◇◇◇

空が夕焼けに染まりはじめる頃には、庭の聖獣達も獣舎に帰る。今日は終業時にサイラスとリュカエルが迎えに来てくれる初日ということもあり、ミュリエルはいつもより少し早い時間にアトラ達を獣舎に案内していた。

『迎えが来るまでは、まだ時間あんのか？　なら、なんか本の話でもしてくれよ』

『賛成！　それならアタシはやっぱり、最近流行《はや》りの物語がいいわ！』

ミュリエルの影響か、聖獣達もすっかり本好きになっている。嬉しいリクエストをもらったからには全力で応えたいところだ。

「それでしたら、コレ！　というものがあります！」

そして本に関してだけは、ミュリエルに抜かりはない。いつでも応えられるように、目星は常につけてある。しかも獣舎の脇にある小屋に準備万端、現物まで用意してある状態だ。

いそいそと本を取って戻ってきたミュリエルは、「お姫様と二人の聖獣騎士」という題名が見えるように、表紙を掲げて聖獣達に見せて回った。

『ふむ。お姫様というと、ティークロートから来ていた彼女を思い出すな』

鋭いクロキリの視点に、ミュリエルは笑顔で頷いた。

「そうなんです。実はこれ、グリゼルダ様とカナンさん、それにギオさんをモチーフにした物語なんです」

ティークロート一団の帰国に際して、聖獣達が堂々と街道を闊歩《かっぽ》したのは記憶に新しい。そこで見られたお姫様であるグリゼルダ、側仕《そばづか》えのカナン、そして聖獣ギオの様子は、見た者に大変好意的に受け止められていた。というのも、サイラスの根回しによりこの二人と一匹の関係が、恋と友情と絆の物語として事前に市井《しせい》に広まっていたからだ。となれば、早々にこの出来事が本や戯曲《ぎきょく》になるのはわかりきっていたことだろう。

『でも、お姫様はわかるっスけど、二人の聖獣騎士じゃ配役があわないっスよ？』

『せやな。ギオはん、どこ行きました？』

くるかな、と思っていた質問がきて、ミュリエルは笑顔を深めながら表紙を開く。

「そこなんです！　実は、そこにこの物語の人気の秘密がありまして……」

最初の見開きには、ひと目で物語の方向性がわかる挿絵《さしえ》がある。描かれているのは、赤髪のお姫様を中心に左右にかしずく二人の騎士の姿だ。一人は灰色の髪の物静かそうな青年、そしてもう一人は赤いメッシュの入った黒髪で、強気な笑顔を浮かべる青年。

「見ていただけましたか？　そうなんです。なんと！　物語のなかで、ギオさんは人化するんです！」

後者の青年の挿絵を力強く指さすと、聖獣達から同時に驚きの声があがる。つかみはこれ以上ないほどによい。こうして恒例となる、ミュリエルのお話し会がはじまった。


『突拍子もねぇが、悪くもねぇ。人間は面白い話を考えるもんだな』

『とっても楽しかったわ！　しかもアタシ、挿絵が気に入っちゃった！』

予期せぬ反応をされることが多いお話し会だが、今回はそろって評価は良好だ。ミュリエルはホクホクと頬が温かくなる思いがした。実際の経緯からはかけ離れるところが多々あれど、そこはあくまで物語。お姫様と側仕えと聖獣の恋と友情の三角関係は、聖獣達にも楽しんでいただけたようだ。

『話はなかなかよかったが、一つ気になることがある。我々の大きさで人化して、なぜ一般的な人間と同じ大きさになるのだ。質量がおかしいだろう。巨人になるのならまだ理解できるが』

『クロキリさん、そこ、突っ込んだらいけないところっスよ』

『せやな。そこには触れんと流すのが、お約束ってもんです』

こうして話のあとに感想を言い合うのも、ミュリエルにとっては嬉しい時間だ。思ってもみないクロキリのような意見を聞くことだって、楽しくて仕方ない。

和気あいあいと盛り上がっていると、聖獣達がいっせいに獣舎の入り口に顔を向ける。迎えが来たのかと思ったミュリエルだったが、登場したのは別の人物だった。

「皆さん、こんばんは！　ロロ、いつ見ても可愛いですね！」

いつも以上にうきうきとした足取りで獣舎を進んでくるのは、言わずと知れたロロのパートナーであるリーンだ。リーンは何を置いてもまず、ロロに抱き着く。

「そろそろ終業の時間なのに、元気いっぱい楽しそうな声が外まで聞こえていましたよ？　いったい何をしていたんですか？」

匂いをつけているのは、はたしてどちらなのか。馬房《ばぼう》のゲートから顔を出すロロのあご下で、リーンは頭や顔どころか全身を絶えずグリグリとこすりつけている。

「えっと、リーン様、こんばんは。実は今……、あら？」

顔がいっさいこちらを向かないので、会話の相手が自分なのか迷ったミュリエルだったが、一応返事をしてみる。ところが、今までのやりとりを話して聞かせようとすると、リーンの足もとに板のようなものがコトンと落ちて気を取られてしまった。どうやら画板のようだ。

最愛の聖獣との戯《たわむ》れに忙しいリーンも、さすがにものを落とせば気づくらしい。ここでやっとロロから身を離すと画板を拾った。そして、ミュリエルの視線が手もとにあることを確認してから両手に持ち替えると、にんまりと笑いながら見せびらかしはじめた。

「ふふっ。ミュリエルさん、目敏《めざと》いですね。これ、何だと思います？」

リーンは一人で大変楽しげだが、ミュリエルはいきなりの質問に首を傾げた。画板であるのだから、間に紙が挟まっているのだろう。聖獣の研究に関する何かだろうか。などと考えていると、上機嫌のリーンは答えの間すら待ちきれなかったらしい。あっさり正解を口にした。

「実は僕、チャリティバザーに出品するために絵を描きまして！」

「えっ？」

「ええ、絵です」

そう言って、リーンは画板をバーンと両手で突き出した。しかしまだ中身は見せてくれない。

「今、巷《ちまた》でグリゼルダ・クロイツ殿下やカナン君、それにギオ君をモデルにした物語が流行っているのをご存じですか？」

知っているも何も、ちょうど今その話をしていたところだ。ミュリエルが頷くと、リーンは芝居がかった大仰《おおぎょう》な動きでやっと画板を開きはじめる。

「知っているのなら話が早いです。あの物語って、驚くことにギオ君が人化するじゃないですか。大変興味深かったので、僕も真似してロロはもちろん、アトラ君達みんなを擬人化して描いてみたんです。……で、ジャーン!!」

「こ、これはっ!?」

リーンが広げた画板、その最初の一枚を見たミュリエルは、翠《みどり》の瞳をかっぴらいた。そこには、聖獣騎士団の黒い制服を着た青年が描かれている。

『ずいぶんとタイミングがいいじゃねぇか』

『やーん！　なにコレ！　すごい、すごいわっ!!』

『リーン君は多芸だな。なかなかの腕前ではないか』

『うわっ、うわっ、めちゃくちゃ上手っスね！』

『ボクは知ってましたよ！　リーンさんが、絵もお上手なこと！』

聖獣達が興奮するのも無理はない。本業が画家と言われても疑わない、クオリティの高い絵がそこにある。

「どうです？　どうです？　いい出来栄えでしょう？」

ミュリエルは感動のあまり言葉も出ず、ただただ何度も頷いた。お世辞などではなく、本当に上手い。もしチャリティバザーに出品するのなら、飛ぶように売れるだろう。何よりまず、ミュリエルが欲しい。

リーンが画板ごと絵を手渡してくれようとしたので、ミュリエルは持っていた本を壁際に立てかけるようにして置く。そして絵を受け取ると、遠慮なく隅々《すみずみ》までじっくりと眺めた。

長い白髪《はくはつ》を紫の細いリボンを使って後ろでくくり、赤い目で鋭くこちらを見ている青年は、絶対にアトラを擬人化した絵だ。アトラはジャケットはおろかネクタイもせず、腕まくりした手を軽くポケットにひっかけて気だるげに立っている。ボタンをあけて隊服を着崩し、眉間によせたしわがいかにも不機嫌そうだ。右目の下の傷もちゃんと描写されており、誰がどう見てもアトラでしかない。

だが、ただ柄の悪いだけの不良というには、どことなく立ち姿に品がある。サイラスと並んでも調和がとれると思わせる、高潔さが漂っているからだろうか。それに色をとっても黒と白で対になるだろう。ミュリエルは二人を脳内で並べた。これは大変映える。

「とても、素敵です……。アトラさん、男前……」

『……そうかよ』

思わず呟《つぶや》いたミュリエルに、アトラはギリギリと歯ぎしりをした。ちょっと照れているが、それが恥ずかしくて隠したいらしく、歯切れが悪い。ミュリエルはまだまだ眺めたいのを我慢して、アトラの姿絵を後ろに送る。そして二枚目となったのだが、目がその絵をしかと認識する前に、素敵なアトラの絵をかぶせ直して瞬時に隠した。

『なぁに？　どうしたのミューちゃん？　ねぇ、ほら！　早く次のを見せて？』

ミュリエルは笑顔で固まっていた。これは見ては、見せてはいけないものの気がする。とくにこんなにウキウキしているレグの目に触れさせては、絶対にいけないものだ。

『何を固まっているのだ。早くしたまえ。気になって仕方がない』

『アトラさんが格好いいから、ジブン、今、期待値爆上がりっスよ』

『リーンさんはその期待を裏切らないお人です。ささっ、ミューさん、はよぅ』

容赦《ようしゃ》なく急《せ》かしてくる聖獣達に、ミュリエルの絵を持つ手が震えだす。

「あれ？　ミュリエルさん、震えがくるほど感動してくれているんですか？　いやぁ、頑張って描いた甲斐《かい》があります。自画自賛になりますが、どれも抜群に上手いと思うんですよね！」

この製作者の自信はどこから来るのか。いや、アトラは素晴らしい。きっとクロキリにスジオ、ロロも素晴らしいのだろう。しかし、レグは？

『もう、ミューちゃんてば焦《じ》らしすぎよっ！』

ミュリエルが延々と悩みだしてしまったため、待ちきれなくなったレグが大きく地団駄《じだんだ》を踏んだ。するとちょうど固まっているミュリエルの手から画板を引き取っていたリーンが、大きくバランスを崩してしまう。その反動で、手から五枚の絵が空中に高く解き放たれた。

そこからの光景は、ミュリエルの目にはコマ送りのように見えた。落ち葉のように空を行きかう絵は、裏になり表になり、前になり後ろになり、ひらひらひらひらと順に舞い落ちる。

最初に地についたのは、きっと三枚目。先程のアトラと比べれば年齢が上と思われる男性で、鷲鼻《わしばな》と堂々と胸を張った立ち姿が印象的だ。後ろになでつけた髪は茶色から黒色に変わるグラデーションになっており、瞳は黄色。そして紳士的な雰囲気とくればクロキリしかない。

次に落ちたのは四枚目。年頃はミュリエルと同じくらい。外はねの髪は灰色だが、ぴょこんと飛び出した一筋だけは黒色のメッシュが入っている。瞳は人懐《ひとなつ》っこそうで、色はやはり灰色。元気な笑顔には犬歯がのぞくが、眉は困った形だ。これはスジオだろう。

さらに、そこに五枚目。今までのなかでは最年少か。濃茶の髪は、天使の輪が光るツヤツヤのショートボブ。同じ色の瞳は愛らしくつぶらで、隊服は少年仕様なのかショート丈のズボンだ。そのため血色のよい膝小僧が見えている。色白だがはにかむ微笑みに、頬は薄桃色に染まっていた。

随所に散らばる細かな描写に、リーンの偏愛がうかがえる。この絵姿を見た者は十人中十人が美少年と判じるだろう。それほどの力作だ。であれば、この美少年はロロしかない。

そして本来であれば二枚目。されど神の采配《さいはい》で最後となった一枚が、目の前をゆっくり横切りながらとうとう地面に舞い落ちた。

「ブフッ……、ブッフォォオオォォォォッ!!」

そこで吹き荒れたレグの鼻息は盛大な悲鳴だった。さもありなん。

二枚目に描かれた人物は、目力が強く睫毛《まつげ》の長い男性だった。硬そうな濃い茶髪は櫛《くし》のあとがくっきりと出るほど整髪料でビシッと決められており、シャツのボタンは弾《はじ》け飛んだのか、立派な胸筋によりガバリと開いてしまっていて閉まる気配がまるでない。腕まくりした袖もパツパツで、これはもう適正サイズのシャツを新調するべきだとお勧めしたいほどだ。

力強い笑顔に丈夫そうな白い歯が眩《まぶ》しいが、爽やかというよりは暑苦しく感じてしまうのは、綺麗に剃《そ》ってももみあげにまで繋《つな》がっているのが視認できるひげの濃さと、見せつけてくる胸板や腕に生えた毛が豊かだからだろうか。紙面から溢《あふ》れる男臭さが、とにかくすごい。

ミュリエルの翠の目から生気が抜ける。絵が上手いからこそ、いたたまれない。

『これがワタシか。うむ。気品に満ちた、なかなかによい男ぶりではないか!』

『クールな感じじゃなかったっスけど、この元気な雰囲気もいいっスね! えへへ』

『さすがリーンさんや! ボクも素敵に描いてもらいました』

和気あいあいと楽しげな三匹を、ミュリエルはやや恨めしく見た。本当はミュリエルだって一緒になってキャッキャッとはしゃぎたい。だが最後に落ちた二枚目の存在が、それを許してはくれないのだ。こうなったら誰でもいい。なんとかしてほしい。

『もう、やっだぁ!!』

再び吹き荒れた鼻息に、ミュリエルは絶望した。乙女のレグがこんな男臭い描かれ方をして、傷つかないはずがない。なんと言って落ち着かせ、どう慰《なぐさ》めればいいのだ。

ミュリエルは地面に散らばった姿絵を、今一度遠い目で眺めた。どう考えても一枚だけ異彩を放っている。

（……こ、これは、ない、わ。そ、そうよ、いくらなんでも、これはないと思うわ！　リーン様の主観だからこんな雄々しい姿絵になってしまったけれど、レグさんは私の想像だともっと女性的だもの！　背は大きくて骨格は骨太でも、レグさんならきっとアレンジを加えてでも隊服をお洒落《しゃれ》に着こなすはずだし、アクセサリーにも凝《こ》ったり、髪形だってこんな変な方向に手入れをした感じではなく、ちゃんと流行に添ったものにすると思うの。それに、それに……っ！）

『あぁん！　こんな美少年に描いてくれちゃうなんて、やっぱりアタシってば誰が見てもキレイなのねっ！　キャッ、恥ずかしい！』

「えっ……？」

ミュリエルが己の主観でレグの擬人化図を思い描いていると、その途中で幻聴が聞こえた。レグのあり得ない発言に驚き、思考がピタリと止まってしまう。茫然《ぼうぜん》と悶《もだ》えているレグと問題の二枚目を交互に見比べたミュリエルは、先の発言の内容を反芻《はんすう》し、ハッとした。視線をさらに隣に落ちている五枚目に向ける。

『でも意外なのは、ロロだわ。リーンちゃんてば、こういう男臭いのが好みなの？　ロロを描くなら、もっとのんびりおっとりした感じだと思ってたのに』

「えっ……」

ミュリエルは言葉につまった。レグは完全に勘違いをしている。そうは思ったもののレグの様子があまりに自然だったため、逆に自分の認識が間違っているのではないかと思いはじめた。ミュリエルが思い込んでしまっただけで、本当はこちらの美少年がレグで、男臭い方がロロだったのではないか、と。

『おい、レグ。こっちの美少年の絵はロ……』

ミュリエルは俊敏な動きで駆けより、ゲートから顔を出していたアトラの口に抱き着いた。脊髄《せきずい》反射といえるべき素早さだ。頭の音だけで、アトラの絵に対する認識を即座に理解したのだ。そしてそれは、ミュリエルの認識が間違っていないことを示している。

そうなると、もうこの場は無理に勘違いを解いたりせずに、レグの目の届かないところでこっそりリーンに描き直しを要求した方が角は立たない。何よりもまずミュリエルは、レグの悲しむ姿を見たくなかった。そんな強い気持ちを込めて目配せすると、より目になった赤い目と視線が合った。

「あはは。ミュリエルさんてば、絵が素敵すぎたからってアトラ君に抱き着くなんて、団長殿がやきもちを妬《や》きますよ！」

リーンが茶化してくるが、それに応えている余裕はない。決定的な言葉を発するわけにはいかないミュリエルは、口をむぐむぐさせながら必死に目で訴えた。赤い目が何かを見極めるように細められる。

ミュリエルはくるりと振り返った。アトラの口は背中と後ろ手でふさいだままだ。

(あぁっ！　クロキリさんにスジオさんにロロさんっ！　レグさんを悲しませたくないんです！　どうか、伝わって……！)

二枚の絵と三匹を順番に何往復も見てから、最後にチラッとレグを見る。すると最初にミュリエルの意図に気づいたのはロロだった。

『あっ。あぁ～。えぇと。なんや。ボクは、ボクで、ボクだからぁ。これはえらい、た、たくましく？　描いてもろうて、て、照れますねぇ。てっきりもやしっ子に描かれると思うてました。リーンさん、気ぃつこうてくれたんですかねぇ。ひ、ひひ、ひひひっ』

ロロは頑張って誤魔化《ごまか》してくれているが、冗談は言っても嘘のつけない聖獣である。ゆえに、かなりの苦しさがあった。目の泳ぎっぷりと冷や汗がすごい。

『は？　たくましく？　何を言っているのだ、ロロ君。キミの絵姿はたくましいというより、美しいではないか。リーン君の愛がうかがえるというものだ。こんなにも美少……、むぐっ』

しかしそんなロロのギリギリの言い訳を、クロキリが一刀両断しようとした。すると、すかさず動いてくれたのはスジオだった。ゲートをひらりと飛び越えて、散らばった紙を拾ってくれる振りをしつつクロキリの前に立ち、バフッと尻尾で嘴《くちばし》をふさいでしまう。

『あ、あはは。そ、そうっスね。これは羨まし……痛っ!?　ちょっ!?　クロキリさん、痛いっ、超絶痛いスっ!!』

ところがクロキリは、すぐに顔にかかった尻尾から逃れると、鋭い嘴をスジオのお尻めがけて振りおろした。そしてごっそりと冬毛を抜く。顔に尻尾を乗せられたのが相当腹立たしかったらしく、即座に涙目になったスジオに対しても容赦がない。目が完全に怒っている。

『今のは！　スジオ君が！　悪い！　だろう！　なぜいきなり尻尾などかぶせてきたのだ！』

言葉に合わせてガスガスと突き刺す嘴の勢いは止まらず、たまらずスジオが自身の馬房に逃げ帰る。それでもクロキリは収まりがつかなかったのか、一番黙っていてほしかった言葉まで止める間もなくぶちまけた。

『それにロロ君もだ！　君はこっちの美少年に決まっているではないか！　そしてレグ君こそが、こっちのガタイのいい男だろう!?　こんなあからさまな絵で、どうしたら間違えることができるのだっ！』

終わった。ミュリエルはがっくりと下を向く。

『やっだぁ！　何言ってるのよ、クロキリったら！　アタシはこっちの美少年に決まってるじゃなぁい！』

しかし、それでもまだ場にレグの明るい声が響いた。これはまだ望みがあるかもしれない。顔を上げたミュリエルの目が、その時レグの機嫌のよさそうな目とバッチリ合った。

『ね？　ミューちゃん？』

「えっ……」

同意を求められ、ミュリエルは完全に停止した。頭は真っ白で、何も言葉が浮かばない。これではロロの苦しい言い訳の方が百倍ましだ。そして何か言わねばと気持ちが焦《あせ》れば焦るほど、比例して無言の時は長くなってしまう。するとレグが半笑いで瞬きを繰り返した。

『えっ……？　うそ。……、……、……嘘、よね？』

「あ、あの、そのっ……」

レグがミュリエルを見て、クロキリを見る。そしてゆっくりとスジオを見ると、ロロを見た。最後にアトラと視線を合わせると、また視線はミュリエルに戻ってくる。

『……ミュー、もう諦《あきら》めろ。ここで誤魔化せても、結局後々まで面倒になるだけだ』

誰も決定的な否定も肯定もしていない。レグの静かな眼差しが、二枚目に向けられた。

レグは暴れなかった。それどころか微動だにしない。ただ長い睫毛の下で大きな瞳を潤《うる》ませ、そして静かに涙した。

「リ、リーン様！」

ミュリエルは拳《こぶし》を握るとリーンにつめよった。

「全体的にとても素敵な絵ですが！　レグさんだけは、描き直しを要求しますっ！」

「あれ？　ミュリエルさんの想像しているレグ君って、僕が描いたのとそんなに違いますか？」

「はい！　全然違います！」

リーンは方々に散らばった絵をやっと集め終え、問題の二枚目を一番上に重ねるとしげしげと見つめる。最初の衝撃が去ってだんだんと見慣れてきたミュリエルは、その絵をのぞき込んでやっぱりこれはないと思った。

「背は高く、骨格もしっかりした男性な点は私の想像と同じです。ですが！　レグさんってもっと美意識が高くて流行りに敏感だと思うんです。センスもよいので、身だしなみだってお洒落に整えているはずですし、性格もとっても優しいので、もっと女性的な部分があってもいいと思うんです！」

「そうですか？」

「そうですよ！」

間髪入れずに力強く首を縦に振る。そしてミュリエルは、そこでグッと声の調子を落としてリーンに対し逆に質問をした。

「しかもリーン様は大前提をお忘れです。だって、この絵姿をチャリティバザーで売るおつもりなんですよね？　これ、売れますか……？」

「っ!?」

リーンの糸目が見開かれたことに、ミュリエルは手応えを感じた。もちろん他人の趣味は多種多様で、この男臭いレグにだって需要はあるだろう。だがしかし、ミュリエルなら買わない。そして収益を目的とするならば、売れる工夫が絶対的に必要だ。極論、多少の美化は許される。

「私、アトラさんの絵姿を見て思ったんです。サイラス様と並んでもとても素敵だろうな、って。レグさんも、レイン様と並んで映える絵姿の方がいいのではないでしょうか。だって騎士と聖獣がそろってこそ、聖獣騎士でしょう？」

ガタイのいい男性が単品で女装をしていたら悪目立ちするが、隣に男装の麗人が並ぶなら話は別だ。圧倒的存在感を発揮しながら、絶妙なバランスを醸《かも》すに違いない。

「ミュリエルさんのおっしゃる通りです！　描き直します！　たとえば、ここを……」

胸ポケットから取り出したペンの先をペロリとひと舐《な》めすると、リーンは画板ごと二枚目の絵を抱え込んだ。リーンの意識が完全に絵に向かったのを見て、ミュリエルは今もさめざめと泣くレグのもとへ走りよった。

「レグさん、レグさん、泣かないでください！　リーン様、描き直してくださるそうですから。次はきっと素敵に描いてくださいますよ。ね？」

レグがパチリと瞬きをすると、大粒の涙がポロリと落ちる。

『ミューちゃん……、ほんと……？』

ミュリエルは何度も大きく頷いた。

「万が一、万が一ですよ？　また、これはひどい！　という絵でしたら、レグさんの目に触れる前に、私が描き直しをちゃんと要求します。私が厳しい目で見て素敵と思えるまで、何度もリーン様にお願いしますから！」

『……ぐすっ。えぇ、わかったわ。ミューちゃん、ありがとう……っ！』

ミュリエルとレグは、ひっしりと抱き合った。鼻にひっかかったミュリエルは、足をぶらぶらさせたまま固い毛に頬ずりをする。

「よし、わかりました！　方向性は見えた気がします！」

満足げな表情をしたリーンが、パタリと閉じた画板を小脇に挟む。

「そうそう、それで、話は変わるのですが、今日は真面目《まじめ》な用事もありまして……」

リーンがモノクルのズレを片手でスッと直す。真面目な話と言った通り新たな話題は今までとは真剣さが違うのか、いつもと変わらないはずの糸目さえ引き締まって見える。ミュリエルはレグの鼻先からストンと地面に降りた。

「件《くだん》の織物にある『竜と花嫁』の解読についてなのですが、ある部分でひっかかってしまって。それで、アトラ君達の絵を描いたりして頭に新しい風を呼んでみたりもしたのですが、やっぱり駄目なようです。そこで恥を忍んで一つ、ミュリエルさんにお聞きすることにしました」

聖獣や竜、それについての古い文献の解読において右に出る者のいないリーンに、はたしてミュリエルのような素人《しろうと》で答えられることがあるのだろうか。困った形に眉を下げたミュリエルに対し、リーンは注意を引くように人差し指を立てた。

「ミュリエルさんがあの織物の人物を竜の花嫁だと断定した時、髪に飾られた菱《ひし》の花を『青』だと言いましたよね？　あれって、どうして『青』って言ったんですか？」

ミュリエルの頭のなかを疑問が埋め尽くす。

「あれ？　わかりませんか、この不思議。僕の過去調べた『竜と花嫁』に出てくる菱の花の色は、色の記述がない場合もありますが、その他は必ず『白』なんですよね。調べ残しや思い違いがあったのかと、ここ数日で思いつくすべての文献を洗い直しましたが、やはりどこを見ても『青』との記述はありませんでした」

リーンにそこまで言われてから、ミュリエルもはたと思い返した。確かに子供向けのものから少し専門的なものまで、色の記述がある場合の菱の花は、いつだって『白』だ。

「ですが、あの織物を解読すると、確かに『青』と書いてあったんです。それは僕が知る古いものから新しいもののなかで、はじめてのことでした。ですから、不思議なんです。ミュリエルさん、貴女《あなた》はどこで菱の花が『青』だと知ったんですか?」

ミュリエルはその問いに答えられなかった。あの時は何か特別なことを考えていたわけでもなく、自然と『青』だと口が動いた。あれは完全に無意識のことだった。ただ無意識であれ、どの本にも白と書かれているものを突然青などとは言わないはずだ。ミュリエルは考えた。自分はどこで青との記述を見たのだろう、と。

「私、読んだ本についての記憶だけは、とても自信があったのですが……。どうしてでしょう。どの本に書かれていたのか、思い出せません……」

ミュリエルは地面を見つめて、両頬を掌《てのひら》で押さえた。誰かに何かを誇れるほど、ミュリエルは自分に自信を持っていない。だが、本についてだけはいつでも言い切ることができたのだ。今までならば。

「それでも白ではなく青だと思うんですか? あの時だけの言い間違いではなく?」

「はい……」

いつ、どこで読んだのか。どの本に書かれていたのか。そのどれもがわからない。ただ今は、絶対だと思う。花嫁がもらった菱の花の色は、青だ。

『菱の花の色は、青だろ』

大人しく事の成り行きを眺めていたアトラが、ギリギリと歯ぎしりをした。

『竜が花嫁に贈った菱の花でしょ？　それは青だわ』

『うむ。ワタシもそう記憶している』

『ジブンもそうっス』

『ボクもです』

そこに、ブフッピィワンキュウっと短い同意が続く。ただ彼らもまた、その根拠は語らない。ただ漠然と皆が皆、そろって青だと思うようだ。

「うーん。謎が深まりましたねぇ。では、もし思い出すことがあったら教えてくださいね？」

「はい……」

ミュリエルはシュンとした。根拠のない発言で、リーンの研究の邪魔をしてしまっている。言い間違いだと言えたら、どんなによかっただろう。それでもやっぱり菱の花の色は青なのだ。ちゃんとした答えをもらえずとも、リーンはレグの絵の描き直しを約束して笑顔で去って行く。ミュリエルはそれを、アトラ達と共に見送った。


サイラスとリュカエルが迎えに来たのは、リーンとほぼ入れ違う形だった。はじめて見るリュカエルの姿に、聖獣達はのっけから興味津々《しんしん》だ。

『確かに、顔はミューにそっくりだな。これで服も入れ替えるんだろ？　人間にはわからねぇかもな』

サイラス個人につく補佐官、という形で職務に当たることになったため、リュカエルの勤務時間内の格好は騎士団の制服ではなく、ジャケットを着用しているものの私服だ。ミュリエルと入れ替わる時のみ聖獣番の緑の制服と、馬の尻尾のように結んだつけ毛を装着することになっている。代わりにミュリエルは、今リュカエルが着ている服を着ることになるだろう。

『でも、アタシ達聖獣からすれば匂いが全然違うから、たとえ見かけがそっくりでも間違いようはないわね』

アトラからは目を細めて眺められ、レグからは鼻先をよせられたリュカエルは、道の真ん中で両脇をサイラスとミュリエルに固められたまま、静かに佇《たたず》んでいた。とくに大きな反応がないことから、リュカエルには聖獣の言葉がわかる能力はないようだ。

「この白ウサギが、私のパートナーのアトラだ。そちらのイノシシはレインティーナ・メールローのパートナーで、レグゾディック・デ・グレーフィンベルク。通称レグだな」

各聖獣の紹介をするサイラスに、ミュリエルは自分がアトラ達にはじめて会った時のことを思い出していた。あの時の自分の大混乱を思うと、この弟の冷静な様子には尊敬しかない。

「……これ、デカすぎませんか」

『あ?』

しかし、怖いもの知らずも考えものだ。挨拶より先に出てきた言葉に、白ウサギが通常でも十分に鋭い目をさらにすがめる。

「リ、リュカエル！　まずはご挨拶ですよ！」

リュカエルよりよっぽど慌ててミュリエルが促《うなが》すと、弟は胸に手をあてて綺麗に頭を下げた。

「リュカエル・ノルトです。どうぞお見知りおきください」

お手本のような礼を見てさすがリュカエルだ、と当の本人が涼しい顔をしている横でミュリエルは誇らしげな顔をする。

『ミュリエル君と違って冷静だな』

『超クールっス……』

『お顔はこんなに似てますのに、これまたずいぶんタイプの違う姉弟やな』

続いてあがったピィワンキュウという鳴き声を聞きながら、概《おおむ》ね予想していた通りの反応にミュリエルは苦笑いをした。そしてリュカエルに向き直ろうとしたところで、足が藁《わら》を踏んでいることに気がつく。

先程のクロキリとスジオのやりとりで、地面に散乱してしまったのだろう。気づいてしまえばそのままにはできない。一日の終わりは、やはりちゃんと綺麗にしてから迎えたいものだ。

ミュリエルはサイラスが続けて紹介と説明をしているところに軽く一言断り、納戸《なんど》から箒《ほうき》を取り出すと、手早く片づけはじめた。この程度の乱れは簡単に済ませられる。箒をしまって戻ってくれば、紹介を受け終えた弟のしげしげと眺めてくる目と視線が合った。

「……姉上、ちゃんとお仕事をされているんですね。驚きました。こんな大きな聖獣の世話を、お一人でこなしているだなんて」

「え？　あ、はい。ですがお世話しているというよりは、えーと、されているよう、な……？」

「は？」

あごに手を添えて首を傾げたミュリエルを見て、リュカエルの眉間にしわがよる。

ミュリエルの感覚は、実は当初よりあまり変わらない。確かに日々着実に職務をこなしているおかげで、手際はよくなった。しかし、やはりお世話をしているのではなく、してもらっている気がいまだにするのだ。

「ミュリエルは立派な聖獣番だ。ここを任せるのに、君以上の人材はいない」

ポンと肩に大きな手を置かれたミュリエルは、それまでの少し難しい顔を引っ込めて、パッと笑顔でサイラスを振り仰いだ。

『オレ達が面倒を見てやってるってのも、確かだけどな。まぁ、ミューのブラシがけの加減は、なかなかのもんだぜ』

そして、ギーリギリとアトラが凶悪な面相で歯ぎしりをすれば。

『そうそう、最近力強さもでてきて、またグッとよくなったわよね！』

ブフォッとレグも鼻息を吹き出し。

『それでいて丁寧《ていねい》さを忘れないところが、またいいのだ』

『最初を思えば、えらい成長です』

クロキリとロロにまで鳴き声をそろえて褒《ほ》められて、ミュリエルはいよいよ抑えきれない満面の笑みを浮かべた。

「しかもあの何事にも臆病な姉上が、今のこの状況を怖がっていないだなんて……」

「えっ？　今は皆さんとても友好的なので、怖いことは何もないと思うのですが……」

弟がポツリと零《こぼ》した呟きには少なくない驚きの響きがあり、ミュリエルは首を傾げた。

「そうですか。ですが、物語のなかだけでしか聖獣を知らない僕は、先程よりずっと、少なからず怖いです」

ちらりと左右に振られた視線の先には、右目の下に傷のある凶悪な面相の白ウサギに、当たれば間違いなく吹っ飛ばされることになる巨大イノシシの姿がある。

「そ、そうでした！　確かに、私も最初は怖かったです。しかも物語に出てくる聖獣は、犬とか猫などが多いですし、こんなに色んな種類がいるとは思いもよらなくて……」

出会ったあの頃がずいぶん前に思えて、ミュリエルは不思議な気持ちになった。アトラやレグ達はあの頃から何も変わっていないのに、自分が相手に抱く気持ちが今は全然違う。過ごした時間と交わした言葉の積み重なりが、毎日少しずつミュリエルを変えたのだと気づくと、自分の成長も実感できるというものだ。

「ですが、皆さん、本当に親切なんですよ？　それに、とっても優しいんです！　リュカエルも、きっとすぐに大好きになると思います！」

「親切？　とても、優しい？　僕が聖獣を、大好きに、なる……？」

今一度リュカエルがアトラ達を順に見る。とても困惑の色が強い表情だ。

そんななか、スジオがリュカエルと目が合った瞬間、クゥンと甘えるように鳴いた。

『あ、あのっ！　ジ、ジブンはオオカミっスけど、ほぼイヌっス。それならリュカエルさんも、えっと、見慣れてるっスよね？　な、ならジブンは、平気っスか？　ジブン、めちゃくちゃリュカエルさんに親切にするし、優しくするっスよ？　だ、だから……』

ソワソワとその場で落ち着きのない足踏みを繰り返すスジオは、鳴き声こそ恥ずかしそうにクンクンと控《ひか》えめだが、尻尾が隠しようもなく千《ち》切《ぎ》れんばかりに振られている。

『だから、ジブンのこと、だ、だだ、大好きになって、ほしいっス……！　だ、だって、あの、その、ジ、ジブンは！　リ、リュカエルさんのことが、だ、だ、大好きっス……！』

ポッと頰を染めていてもおかしくないほどはにかんだ様子で言いきると、スジオは耳をベタッと寝かせた。そしてチラチラと恥ずかしそうにリュカエルに視線を送る。前脚も後ろ脚も依然としてそわそわとせわしなく足踏みを繰り返しているが、かなりの我慢がうかがえた。

ただ、それだけの好意も言葉が理解できないリュカエルに伝わりきらなかったようだ。フイッと視線をそらし、口にした言葉は悲しいほどに塩辛い。

「僕、もともとそんなに動物に興味もないので、大好き、はないと思います」

その瞬間、ヘニョッと効果音が聞こえたと思えるほど、スジオのすべてが萎《な》えた。あまりの落胆ぶりに驚いたミュリエルは、急いでできる範囲で現状を伝えようとした。だが、リュカエルがまたお手本のような礼をとったことで先を制されてしまう。

「ですが、望んだ王宮の文官になるためです。お引き受けした仕事ぶんは励みますので、どう

ぞよろしくお願いいたします」

下げた頭は返事を待っているのか、上げられる気配がない。ここでいきなりスジオのフォローをはじめるのは、いくらなんでもおかしいだろう。どうしたものかとサイラスを見れば、スジオに向けていた視線がこちらに向き、軽く頷かれる。

「あ、あの、皆さん。これからも今みたいに、リュカエルに送り迎えをお願いしても、いいでしょうか……?」

項垂《うなだ》れて影を背負うスジオをチラチラと気にしながら、他の面々に今一度おうかがいをたてる。しかしスジオのこれまでの様子を逐一《ちくいち》見ていたためか、誰もが同じように口ごもった。

『いいんじゃねぇの。オレは構わねぇよ。けどよ……』

『思ってた感じとは違ったけど、アタシは嫌いじゃないわよ、リュカエルちゃん。でもね……』

『彼のような冷めたタイプの人間も、一人くらいいてもいいかもしれないないな。だが……』

『圧倒的に足りひん突っ込み要員が加入するんなら、ボクは大歓迎です。せやけど……』

そして全員の視線が、いまだしおれたスジオに向けられた。

『……リュカエルさんは、王宮の文官になりたいんスね。そう、っスか……。ジ、ジブンは、毎日リュカエルさんの姿を見られるだけで、それだけで……、幸せっス……』

キューンと切ない鳴き声が響く。全員の返答があったと判断したのだろう。サイラスに視線で問われたミュリエルは、とりあえず頷いた。するとサイラスがリュカエルの肩を叩《たた》く。

姿勢を戻したリュカエルは、場の空気がおかしいことにすぐに気がついたようだった。しかしミュリエルは、そんな弟に曖昧《あいまい》な笑顔を返すことしかできなかった。

◆◆◆

執務室への入室の許可をだすと、躊躇《ためら》う気配もなく姿を現したリュカエルは、簡潔に用件だけを告げた。

「問題なく、部屋まで送り届けました」

「あぁ。ご苦労だった」

アトラ達に紹介を終えたその足でミュリエルを部屋まで送り届けさせ、サイラスは先に執務室に戻り残りの書類仕事に手をつけていた。問題なくということは、今宵《こよい》はエリゼオとの遭遇《そうぐう》がなかったのだろう。リュカエルに話があるからと執務室につめていたリーンと一緒に、サイラスはとりあえず安堵の息をついた。

「……今夜はもう、こちらで区切った方がいいと思います。これ以上は日付をまたぎます」

「そうか？　ここまでは片づけてしまおうかと思っていたのだが」

音もなく近よってきたリュカエルが、向かいから書類の山をわける。今日は朝から書類仕事を任せていたせいか、内容を把握しているらしい。わける手つきに迷いがない。

リュカエルの顔が微《かす》かに不満げなのは、サイラスがせずともよい仕事が各所からずいぶん回ってきていることに、今日だけで気づいたからだろう。自分のために憤ってくれるのが嬉しくて、サイラスの目もとは自然と緩《ゆる》む。

ミュリエルの弟ということで、ついつい評価は好意的になりがちだ。気を引き締めなければと思っていたのに、これではさらに傾きができてしまいそうだ。だが、今の書類をわける手つきを考えれば、評価を身内贔屓《びいき》だと苦く思う必要はないだろう。

「いやぁ、ミュリエルさんのみならず、リュカエル君も優秀ですね」

応接ソファのテーブルで作業していたリーンが、明るい声をだす。サイラスはそれに淡い笑顔で頷いた。実際に今日は、書類仕事の進みが格段に速い。

「それで、リュカエル君。ちょっとお聞きしたいことがありまして。ミュリエルさんって、子供の頃から読書家だったんですか？」

脈絡のない話題に、リュカエルが怪訝《けげん》そうに振り向く。

「リュカエル君にも、読んだ本の話をしてくれたりしましたか？　その話が間違っていたり、記憶違いをしていたりってことはあったりしましたか？」

今日からついた有能な文官の視線が外れた隙に、サイラスは書類に手を伸ばす。しかし、なぜかリュカエルに感づかれてしまった。書類の束を手に取ったリュカエルは、トントンと机でそろえると、サイラスの手の届かないところに置いてしまう。

それを眺めていたリーンにふふっと笑われ、サイラスはそっと視線を外した。ずいぶんと年の離れた臨時の部下に諌《いさ》められるのは、なんだか面はゆい。

「リーン様、姉は本に関してのみ異様に記憶力がいいのは確かです。よくそこまで話して聞かせてくるなと呆《あき》れるほど、いつだって詳細《しょうさい》かつ熱心に語ってきますから」

話が見えなくても、聞かれたことに答えるリュカエルの言葉に淀《よど》みはない。顔どころか声だってこれほど似ているのに、口から出る言葉はずいぶんと違う。それが面白く思えて、サイラスは二人のやりとりを身を入れて聞くことにした。そもそも手持無沙汰《てもちぶさた》だ。

「そうですか……。いや、ね。ご本人からも本に関しての記憶には自信があるなんてお聞きしたのですが、彼女の言うことが僕の知っている話と違ったもので、失礼ながら本人の思い違いを疑って、こうして今リュカエル君に聞いてしまいました。ほら、ミュリエルさんてば時々おっちょこちょいでしょ？」

「時々とは、ずいぶんな贔屓目ですね」

家族だからなのか、はたまた性格ゆえか。容赦のない評価につい笑いが零れる。

「ですが……。事、本に関してのみは、姉の言っていることが正しいです」

サイラスの零した微かな笑い声を拾ったのか、リュカエルがチラリと視線をよこす。サイラスはペンさえも置いた両手を見せた。

「わかりました。ですが、こうなるとミュリエルさんからもっと詳《くわ》しい話をお聞きしたいところですね……」

「リーン殿、ミュリエルの本職はあくまで聖獣番ということを忘れないでくれ」

聖獣のこととなると周りが見えなくなるリーンの発言に、それまで黙って成り行きを見ていたサイラスは、しっかりと釘《くぎ》を刺した。協力を求めれば彼女のことだ、全力で応えてくれるだろう。だからこそ、こちらで見極めておかねばならない。サイラスは何においても、ミュリエルを損《そこ》ねることはしたくないのだ。

「わかっています、って。あれ？　リュカエル君、不思議そうな顔をしていますね」

リーンの指摘に、リュカエルは素直に頷いた。

「姉がここまで必要とされている姿に、衝撃を受けています」

しかし口から出る言葉は、やはり手厳しい。

「ミュリエルの聖獣番としての能力は、非情に高い。君も獣舎で、彼女の手際のよさと物怖《ものお》じしない姿に、感銘を受けたのではなかったか？」

これまでの姉に対する評価がどんなものだったのか面白いほどにわかり、サイラスはやはり忍び笑いを漏らした。

「いつだって、君のお姉さんは大変優秀ですよ。僕の研究についても、こうして大変興味深い見解をくれるわけですから」

サイラスの評価にリーンが大きく同意を示せば、リュカエルの眉間にグッとしわがよる。

「……姉はここで有益な人物、ということですか？」

「えぇ、それはもう、これ以上ないくらいに！　本当によい方に来ていただいたと思っていますよ。ね、団長殿？」

笑顔を向けられたが、サイラスは返答に一拍置いた。リュカエルの質問に、今までになかった含みを感じたからだ。ミュリエルよりずっと表情は乏《とぼ》しい。だが、心の移ろいを読むには十分な変化だ。

「……あぁ、その通りだ」

「……」

考えるような素振りを見せるリュカエルを、サイラスも静かに観察する。サイラスは思った。期間限定でしか手元に置けないのが惜しいと思う程度には、先が楽しみな人材だ。

ミュリエルが聖獣の言葉がわかるため、もしや弟であるリュカエルもわかるのではないかと、初顔合わせの場では注意深く様子を見た。しかし、その兆候は見られなかった。

だが、スジオのことがある。ミュリエルとの意見のすり合わせは必要だが、きっと間違いはないだろう。となれば能力のあるなしに関わらず、姉弟そろって囲い込むことになる。

関わりを持って間がなくとも、サイラスにとってリュカエルはすでに身内だ。何もミュリエルとの血縁関係があってのことではない。リュカエルの物事に対する姿勢にそれだけ好感を持ち、また、本人がこちらに向けてくれる気持ちに真っ直《ま》ぐ《す》なものを感じたからこそ、そう思ったのだ。ゆえに、手もとに置いて見守れるのなら、それ以上はない。

紫の瞳を向けると、翠の瞳は臆することなく視線を受け止めて静かに返してくる。

(よく似た色なのに、不思議なものだな……)

それを新鮮に感じつつ、サイラスは現時点では期間限定でしかない部下に微笑んでみせた。

「あれ？　またスジオさんが帰ってきませんね……」

リュカエルをアトラ達に紹介してより数日。いつもと変わらぬ日々を過ごし、今日も無事に終えようとする、そんな夕暮れの時間帯。いつもは呼ばずとも獣舎に帰ってきてくれるアトラ達なのだが、ここのところスジオだけがいつも遅れる。

『あぁ、言うまでもなく、オマエの弟のところだな』

アトラが長い耳をクイクイと動かして遠くの音を拾う。

リュカエルにはじめて出会ったその日から、スジオはあの冷めた弟に大変懐《なつ》いていた。朝はかろうじて馬房《ばぼう》から飛び出すことはしないが、扉から少しでも姿が見えないかと首を長くしてこちらをうかがっているし、夜はこうして馬房に帰ってこずにリュカエルの訪れを迎えに行ってしまう。姿が見えるどころか気配を察しただけで尻尾をブンブンと振り、それ以外の時間は遠くの雲を眺めながらやたらとため息が多い。それは完全に恋焦《こ》がれる者の姿だった。

「それにしても、これでパートナーに選んだわけではなく、ただ好きなだけってあるのでしょうか？」

最初の出会いを経《へ》て、ミュリエルはすぐに常にないスジオの様子で、リュカエルがパートナーなのではないかと思った。しかしスジオの反応は優れない。『いいえ』とは言わないが、『はい』とも絶対に言わないのだ。ただ問いかけの間中、目は大変泳いでいたし、意味のないそわそわした動きを繰り返していて落ち着きもなかった。

サイラスにもすぐに報告したのだが、しばらくは様子を見ようと言われている。しかし毎日そんな姿を見てしまえば、ただ見ているだけというのもなかなかに大変だ。

『そうねぇ。本当のところはスジオにしかわからないけど、あの様子はあからさまよね』

『スジオ君は遠慮がちな性格だからな。初手の対応があとを引いているのではないか』

『あの時のリュカエルはん、ずいぶんはっきり「大好きはない」って言うてましたからねぇ』

常々『ジブンのパートナーになる人は可哀想《かわいそう》っス』などと、尻尾をまたに挟んでいるスジオのことだ。好きだと思った相手ならなおさら、その相手が嫌がることは言いづらいに違いない。

文官になりたいと言っているリュカエルに対し、スジオの性格では気を引く努力や口説く熱意を持つより、遠慮が先に立ってしまうのだろう。それゆえに、はっきりと言いだせない。その可能性は十分考えられた。

『……おい、アイツら、なんだか遊びはじめちまったぞ』

「えっ!?」

スジオとリュカエルの関係を心配していたというのに、遊びはじめたとはこれ如何《いか》に。ミュリエルはアトラの続く言葉を待ったが、音を拾う長い耳は外に向けられたままだ。

「で、では、急いでお迎えに行ってきます！」

お迎えに来てもらっているはずが、逆にお迎えに行くことが日課になりつつあることに、ミュリエルは若干《じゃっかん》首を傾《かし》げながら、獣舎を背にして駆けだした。

すると探すことなく、夕焼けのなかに向かい合う二つの影を発見する。リュカエルが手にした何かを全力で遠くに投げる仕草をすると、スジオは耳と尻尾をピンッと立てたままそれを追って茂みに消えた。

「あぁ、姉上……。あの犬コロ、なんとかしてください。つい出来心で石を投げてみたら、終わりが見えなくなりました……」

何度繰り返しているのかはわからないが、リュカエルの顔がげっそりしている。私服のジャケットを脱ぎ、シャツを腕まくりした格好でだるそうに手を振っているところを見ると、かなり付き合ってくれたようだ。労《ねぎら》ってあげたくはなったのだが、ミュリエルはまず姉として、また聖獣番として言わなければならないことがあった。

「リュカエルったら、『犬コロ』だなんてそんな呼び方は……」

注意しようとして、はたと考える。ここでもしリュカエルが「スジオ」と呼べば、それがそのまま名前になってしまうのだろうか。一瞬にしてわいた疑問は、リュカエルのため息まじりの声によって遮《さえぎ》られた。

「他に呼びようがありません。だって、アレ、ですよ?」

弟の視線の先には、石をくわえて嬉々《きき》として戻《もど》ってくるスジオの姿がある。

『いいんスよ、ミュリエルさん！　ジブン、オオカミ辞《や》めて、イヌになったっス！』

「えっ……」

スジオはくわえていた石を地面にポロンと落とすと、ハッハッと舌を出しながら全力で笑った。とてもいい笑顔なのだが、言っていることがあまりにひどい。そして、お座りをした位置が微妙に遠い。

『リュカエルさん、リュカエルさん、次、早く投げてほしいっス！』

しかしミュリエルの困惑など少しも気に留めず、スジオは尻尾を振り振り伏せをすると、じりじりと匍匐《ほふく》前進のような体勢で地面を進み、鼻先だけを使って器用に落とした石をリュカエルによせてくる。

「スジオさん、先程《さきほど》から動きが、なんだかおかしくありませんか……？」

はじめて見る行動にミュリエルが思わず聞くと、リュカエルも首を傾げた。

「僕の前ではずっとこうなのですが、これはこの犬コロの癖ではないのですか？」

「えっ。私は、はじめて見ましたが……。えっと、スジオさん？」

本人に聞くのが一番早い。リュカエルとそろって視線を向ければ、スジオはなぜか口を閉じたまま「ワン」と鳴く。よって耳に聞こえる音はこもってしまい「ブフン」だ。

『リュカエルさんが怖くないようにするには、どうしたらいいかなって考えた結果っス！　そんなことより、早く石投げてほしいっスよ！』

ブンブンと振られる尻尾に合わせて、下半身だけが立ち上がっていく。それでも上半身はギリギリ伏せを保っていた。落ちている石を鼻先でさらにリュカエルの足に触れる位置まで転がすと、その後は律儀《りちぎ》に数歩後退する。

「……これ、まだやらなければいけませんか？」

言葉はわからずとも、石を投げてくれと言われているのはここまでされれば誰だってわかるだろう。なおもげっそりとリュカエルに聞かれ、ミュリエルは喜びを全身で表しているスジオと石を見比べた。

「え、えっと、では、あと一回だけお願いします」

『えっ。あと、一回っスか……？　たった一回……？』

キューンと途端《とたん》に切なげな鳴き声があがる。今までの献身的な態度に加え、この姿を見せられるとミュリエルとて弱い。ついつい甘いことを言ってしまいそうになる。

「あ、あの、名残惜《なごりお》しいお気持ちはよくわかるのですが、えっと、アトラさん達はもう馬房にお帰りになっていますし、今日で最後というわけでもありませんし……。リュカエルも、その、また付き合ってくれます、よね……？」

「……まぁ、気が向けば」

言い聞かせるたびに落ち込んでいくスジオの姿に耐えられず次の約束を促《うなが》せば、意外とリュカエルがすんなり了承してくれたので、ミュリエルはホッとした。

『……わかったっス。今日は、これで終わりってことっスね？　でも、今日はってことは、明日はいいんスよね？　それで、明後日《あさって》も、明々後日《しあさって》も、またできるってことっスよね？』

ピョコンッと耳を立てて目を輝かせたスジオの疑うことを知らぬ眼差《まなざ》しに、ミュリエルは気《け》おされる。

「あ、あ、え、えっと……。リ、リュカエルは、明日も明後日も明々後日も、ここに来てくれます……、か？」

「はい、そのつもりです。だって、そもそもそういう約束ではありませんか。それとも姉上は、明日以降に有休でもとるつもりですか？」

「い、いえ、その予定はないです」

「では僕は、明日も、明後日も、明々後日も、さらにその次の日も、次の次の日もここに来ます。ご不満ですか？」

「だ、大満足です。よろしくお願いし……」

『明々後日も!?　その次も!?　その次の次も!?　わーい、幸せっス！』

ミュリエルの発言にかぶせるように、スジオが嬉《うれ》しげに鳴く。お尻だけを高く上げた格好で、尻尾が過去最高の振り幅を見せている。

『じゃあ、リュカエルさんっ、石、投げてくださいっス！』

「では、あの、最後の一回を投げてあげてください」

『思いっきり遠くにお願いするっス！』

「その、できるだけ遠くにお願いできますか？」

『あっちの方向がいいっス！』

「あ、あちらの方向が、いいようです」

なおも怪訝《けげん》な表情を崩さないリュカエルだったが、これ以上スジオが興奮すると収まりがつかないと思ったのか、さっさと投げの姿勢に入った。

「あっ！」

しかし、ミュリエルが来るまでに幾度となくその動作を繰り返していたからか、そろそろ限界だったらしいリュカエルの手から石がすっぽ抜けた。あちらと示した方向へ飛んでいったものの、下生《したば》えのなかに紛《まぎ》れてしまう。だが、スジオは嬉々として尻尾をふりふり追いかけてしまった。

ガサゴソガサゴソと茂みを漁《あさ》る音がしばらく響く。そして、ほどなくしてスジオは戻ってきた。前回同様、微妙な距離を置いて伏せをする。だが。

「スジオさん……。そ、そのお姿は……」

スジオは、えへへと笑っている。しかし前脚どころか、鼻先まで土で真っ黒だ。いったい鼻まで使って何をしてきたというのか。

『リュカエルさんに遊んでもらった石は、また使えるように大事に隠してきたっス！　代わりにジブンの宝物を、リュカエルさんにあげようと思って掘ってきたんスよ！』

どうやらあちらと指定した理由は、石を埋める代わりに宝物を掘り返してきたかったからのようだ。終業の時間なのに、汚れがひどい。だが、いじらしい。ミュリエルはそんなスジオの気持ちを、ぜひともリュカエルに伝えなければならないと思った。

「えっと、スジオさんは石を埋めて、代わりに宝物を掘り返してきたみたいですね」

スジオからはこれ以上近づかないだろうと踏んで、ミュリエルは弟の手を引いて傍《そば》へよる。

「リュカエルは、スジオさんが怖いですか？」

「ガバリと来られたら死ぬしかないと思ったので、初見は怖かったのですが……。この犬コロに関しては、今はそうでもありません」

それを聞いた瞬間のスジオの喜びように、ミュリエルも一緒になって笑顔になる。

怖くないと言われたことで直接宝物を渡す勇気を得たのか、スジオはそっと顔を持ち上げた。そこからさらにゆっくりとした動作でお座りの姿勢をとる。真意に気づけないリュカエルに、ミュリエルは口添えを欠かさない。

「スジオさんは、リュカエルが怖くないようにずっと気を遣っていたみたいですね。それに、宝物をリュカエルに渡そうとしています」

ミュリエルは引いていたリュカエルの手を放し、スジオに向けるように促す。するとリュカエルは眉をよせながらも、掌《てのひら》を差し出した。そこに、べっとりとよだれが付着した物体が落とされる。夕日がキラキラと反射するが、それは大量のよだれのせいばかりではない。

「……、……、……へぇ。スモーキークォーツ、かな」

黒水晶と呼ぶには透明度のあるその石は、煙るような色が味わい深く格好いい。しかも片手で持っていてははみ出す大きさの、立派なものだ。

素敵な宝物だなとミュリエルが見ていると、リュカエルはポケットからハンカチを取り出してよだれのついた手を拭《ふ》き、そのまま石を丁寧《ていねい》に包んだ。そしてミュリエルに渡してくる。

「え？　えっと、これはスジオさんがリュカエルに、って」

「えぇ、ですが僕は姉上を部屋に送ったあと、まだ仕事があります」

ハンカチに包まれた石を両手で受け取ったミュリエルは、パチパチと瞬《まばた》きをした。

「まだお仕事があるんですか？」

「はい。閣下、いえ、団長がまだお帰りにならないですから」

こうして送り迎えをしてもらっているものの、リュカエルの本職は今現在文官としてのサイラスの補佐だ。当然サイラスが帰らないのなら、帰りづらいだろう。

しかし話し込んでしまったからか、もう日もすっかり落ちてしまった。ここからまだ仕事を続けるのかと、ミュリエルはサイラスと弟のことが心配になった。

「そんな遅くまで、大丈夫ですか？」

「全然大丈夫じゃないですね。まぁ、今はチャリティバザーの仕事が上乗せになっていますが、それでも完全に働きすぎです。しかも、団長はお一人でできてしまうから始末が悪い。体が資本の騎士様は、休息だって大事な仕事でしょうに。僕はかなり呆《あき》れています」

たった数日だが、どうやらサイラスの仕事の仕方が、すでにリュカエルの目にあまるらしい。憮然《ぶぜん》とした顔に、ミュリエルは弟なりの思いやりを見つけた。ただ、ミュリエルに言わせればサイラスだけではなく、リュカエルのことだって心配なのだ。しっかり者の弟にすれば、姉に心配されるほど落ちぶれていないと憤慨《ふんがい》するかもしれないが。

そこまで想像してふふっと笑ったミュリエルは、そういえばすっかりスジオが大人しくなっていることに気がついた。そして隣を見てびっくりする。

「ス、スジオさん!?　ど、どうしたんですか!?」

『リュカエルさん、いらないっスか……。はぁ……』

がっくりと下を向いたスジオは、クンクンヒンヒンと小さく鼻を鳴らしていた。つぶってしまった目もとに涙が光っている。スジオの涙に動揺したミュリエルは、両手で持った石を二者の間で意味もなくゆり動かしながら、右往左往した。

「い、いえ、違いますよ？　これからお仕事があるから、持っていられないだけで……」

ミュリエルとリュカエルは姉弟ゆえに、言葉が足りなくても通じる面がある。そのため素っ気ないリュカエルの言葉も、より簡素になってしまう傾向にあった。どうやらそのせいで、スジオに勘違いさせてしまったようだ。ミュリエルは慌《あわ》てて言い募《つの》った。このままでは出会い頭以上のショックをスジオが負いかねない。

「スジオさん！　だから違うんです！　リュカエルは……！」

『ジブンの宝物だったたんスけど、クールなリュカエルさんにはガラクタだったっスかね』

「いえ、そうではなく……！」

すでに一番底まで落ち込んでしまっているスジオには、ミュリエルの声は届かない。あまりに可哀想でミュリエルのあたふたが止まらなくなると、その一部始終を見ていたリュカエルが静かに声をかけてきた。

「姉上……」

今はスジオの方が大事なため、リュカエルには少し待っていてもらおうと思ったのだが、弟の顔がいつになく真剣で思わずそちらに体を向ける。

「は、はい？」

「当初よりおかしいおかしいとは思っていたのですが、もう我慢できないので聞きます。ですが、僕らしくない荒唐無稽《こうとうむけい》で馬鹿な発言なので、どうか笑って違うと言ってください」

「は、はい」

笑ってくださいと言われたが、今までの経験上なんとなく怒られそうな気配を察して、ミュリエルは思わず生唾《なまつば》を飲み込んだ。

「姉上は、そこの犬コロと言葉が通じて会話をしているのですか？」

「えっ……」

怒られはしなかった。しかし、これは怒られた方がよかったかもしれない。

「不安になるので、早く否定をしてください」

「あ、あの、そのっ……」

ここでリュカエルの希望通りに笑い飛ばせるだけの対応力があれば、ミュリエルは今ここに立ってはいなかっただろう。誤魔化《ごまか》すことがまったくできずに、あらぬ方に視線を流す。

「……、……、……姉上が、聖獣番として重用されているのはその能力のせいですか？　他の聖獣とも言葉が通じる？　いやいや、そんな物語みたいなことが実際にあるはずがないですよね。だって非現実的すぎます。ははっ。僕もずいぶん姉上に毒されているみたいだ。ねぇ？」

「ひぐっ」

にっこりと笑われたが、もはや逃げ場はない。これ以上は許してほしい。そんな意思を持って、ミュリエルは預かったスモーキークォーツで顔を隠した。しかしリュカエルの視線は刺さり続けたままだ。隣ではなおもスジオがクンクンヒンヒン鳴いている。ミュリエルももう一緒に泣きたい。

「……これでは、僕の頭がおかしくなった方がマシでした。いいえ、違いましたね。姉上について考える時、『どうして』『なぜ』と常識的に問うても答えがでないのは、わかりきったことでした。姉上はそういう存在でそういう生き物なのだと、ここ最近少しばかり離れただけで、どうやら僕は失念してしまっていたようです。突っ込みたくなる常識をねじ伏せた方が、精神衛生の観念から言えば最善だということを。ですが、えぇ、もう大丈夫です。ちゃんと思い出しましたから」

一気に畳みかけられて、ミュリエルはダラダラと冷や汗を流す。これはとても怒っている時のリュカエルだ。

「このことを、団長はご存じなんですね？　リーン・クーン様に、レインティーナ・メールロー様は？」

怒っているリュカエルに向かって言葉を発することが躊躇《ためら》われ、ミュリエルは思わず石の陰からチラリと合わせた視線を再びサッと隠した。その動きで、リュカエルはすべてを悟ったらしい。ここ一番の深いため息をつかれてしまった。

「……知られているんですね。なるほど」

「い、いえ！　知っているのはサイラス様だけです！　それで、絶対に秘密にするように言われているので、リュカエルも誰にも言わないでください！」

まるごと知られてしまったからには口止めが必要だ。ミュリエルは大慌てで実情を訴えた。しかし、より温度の下がった視線を向けられてしまう。ミュリエルは背筋をピンッと伸ばすと息まで止めて、リュカエルからの冷たい眼差しを甘んじて受けた。伸ばしすぎた背筋がプルプルと震えだすまで我慢してから、再度口止めのお願いを申し入れる。

「あ、あの、い、言わ、言わないで、くださ い、ね？　ひ、秘密にして、ください、ね？」

「……」

「お、お願い、しま、す」

「……」

無言の圧力にさらされ、弟相手にミュリエルは本気の涙目になる。

「……リュカエル、お願い」

石を握り込んで涙をため、拝むように見つめることしばし。

「……、……、……はぁ。姉上の立場を悪くしたいわけではありませんので、わかりました」

「っ！　あ、ありがとうございます！」

約束したことを違《たが》える弟ではない。この返事さえもらえれば、リュカエルの口から外に漏《も》れることは絶対にないだろう。ミュリエルは安堵《あんど》から全身の力を抜いた。

「ですが、嘘《うそ》のつけない姉上が、よく今まで隠してこられましたね。僕にこれだけあっさりバレたのに」

「それは、リュカエルだから……」

そしてミュリエルは、今までの色々を思い出す。思いつく限り、弟相手に何かを隠し通せたことはただの一度もない。

「まぁ、いいでしょう。それで、その犬コロはなぜクンクンヒンヒン鳴いているのですか？」

「あ！　せっかく贈った宝物を、リュカエルにいらないと言われたと思っています！」

早く否定してあげないと、とミュリエルが弟に視線で促すと、リュカエルは諦《あきら》めたようにもう一度ため息をついた。

「はぁ、そうですか」

「えっ。そうですかって、それだけ……？　早くスジオさんに……」

ミュリエルの言葉を、リュカエルが掌を見せて遮る。

「いえ。わかったので、これ以上はいいです」

「そんな！　だって……」

「いいんです。……だから、今日はもう帰りましょう。すっかり遅くなってしまいましたし」

少しだけ強く打ち切られた言葉は、続く力のない声色のせいかきつくは聞こえず、切なく響いた。それ以上口を開かなくなってしまったリュカエルに、ミュリエルもかける言葉が見つからない。そしてリュカエルが歩きだしてしまえば、ついていくしかないのだ。

スジオと共に先を行くリュカエルのあとを、トボトボと歩く。暗くなった帰り道は、いつもよりずっともの悲しい。


そんなこんなでスジオを獣舎に送り届けたミュリエルとリュカエルは、きっちり入れ替わりの格好をして部屋に戻ることとなった。だがその途中で、懸念していた事態に遭遇《そうぐう》することになる。そのためミュリエルは自室までの帰り道を無事に終えることができないまま、現在、全速力で走っていた。目指すはサイラスの執務室だ。

走ってきた勢いのままノックをしようとすれば、その前に扉が開いてしまいつんのめる。転びはしなかったのだが、その代わりに顔が何かに激突した。

「どうした。何があった？」

ミュリエルを抱き留めたサイラスが、周囲に視線を素早く走らせる。そして何もないのを確認してから、部屋に招き入れて扉を閉めた。

「ミュリエル、大丈夫か？　ゆっくりでいい。話せるか？」

息のあがるミュリエルの背をサイラスが大きくなでてくれる。

「はぁはぁ、へ、部屋に、帰る途中で、キラン様が、あ、会いにいらして……。はぁはぁ、それで、い、今、リュカエルがつかまってしまって、会話を……」

ミュリエルは真《ま》っ直《す》ぐ立っているのもつらくて、思わずサイラスの胸に手をついた。そんなミュリエルの途切れがちな説明を聞いたサイラスは、すぐに扉に手をかける。現場に向かうつもりなのだろう。背に添えられた手で同行を促されたミュリエルは、首を振った。

「ご、ごめんな、さいっ。はぁはぁ、息がまだ……。サイラス様、先に行ってくだ……、っ⁉」

「君を一人にするわけにはいかない」

ひょいっと幼子にするように、ミュリエルを片腕に座らせる形で抱き上げたサイラスは、そのまま返事を待たずに走りだした。

「で、ですが……！」

戸惑いを口にしながらも、ミュリエルは反射でサイラスの首に抱き着く。

「リュカエルの格好をしていることが気になるのなら、大丈夫だ。この時間は人通りが少なく、他人の目に触れる心配はない」

ミュリエルが気にしたのは抱き上げられること自体だったのだが、サイラスはリュカエルの格好をしていることの方を問題ととったようだ。そこでミュリエルは、そういえばサイラスは入れ代わりの格好をしている自分を最初から間違えなかったな、と思った。

そしてわずかに他所事《よそごと》に気を取られている隙《すき》に、サイラスの走るスピードはあっという間に速くなってしまう。降ろしてくれと言える時分は、過ぎてしまったようだ。

それに、何より今はリュカエルが心配だ。ミュリエルは自分の恥ずかしさを抑え込んで、大人しくサイラスに運ばれることにした。

駆けつけた場所はこちらが風下なのか、距離はあるものの声はよく聞こえる。サイラスとミュリエルは柱の陰に身を潜《ひそ》ませた。やや見おろすような角度のリュカエルの顔が正面に見える位置で、それに向かい合うエリゼオはオリーブ色の髪の毛、つまり後頭部しか見えない。もちろん騎士であるエリゼオの方が、リュカエルより圧倒的に背が高い。それなのになぜリュカエルの顔を正面から見ることができ、さらにはエリゼオを見おろす角度になっているのか。それはエリゼオが正座をしていたからである。

庭に面した外廊下でエリゼオと遭遇した時、ミュリエルは即座にリュカエルから後ろ手で追っ払われた。そこから、いったい二人の間に何があったというのか。ベージュ色の瞳を人懐っこく細めたエリゼオの姿を思い出しながらも、ミュリエルの頭のなかは疑問でいっぱいだ。

「ミュリエル、それ以上身を乗り出しては気づかれる」

サイラスがミュリエルの身を柱の陰に戻すために、おなかに腕を回してそっと自分のもとに引きよせる。しかしミュリエルは、近くなった距離にも触れる背中と胸板にも、目の前のことに集中していて気がつかなかった。

「確認します。貴方《あなた》は平民の生まれながら剣の実力を買われ、子供のいなかったキラン伯爵家に養子に迎えられた。しかしキラン夫妻に実子が生まれたことで邪魔になった貴方は、近々隣国ティークロートの伯爵家に養子に出されることが決まっている。ここまで、いいですか？」

「いや、そう言われると父母が非情なだけの人間に聞こえて、事実と異なる……」

「貴方に求める返事は『はい』または『いいえ』のみです。はじめにそう言いましたよね？」

「……はい」

　シュンと縮こまったエリゼオの背に、ミュリエルは同族の香りを感じた。そして思ったのは、リュカエルがもうリュカエルでしかないということだ。パンツスタイルの聖獣番の制服に、髪形もつけ毛でミュリエルを模してはいるが、表情の取り繕《つくろ》いがまったく抜けてしまっている。

「そして貴方は、このたび開催される武芸大会で華々しい成果をあげ、ついでに嫁も見つけてからティークロートに向かえたら最良だと思っていた」

「はい」

「さらに、かねてより手合わせがしたかった、聖獣騎士団団長のサイラス・エイカー公爵が武芸大会に出場してくれればいいな、と考えていた。それを周りに話していたところ、それならば先日の夜会より噂《うわさ》のあるミュリエル・ノルトを餌《えさ》にすればいいと提案があった。貴方はそれに従い、ノルト家に招待状を送った」

「いや、俺は餌などと……！」

「はい？　いいえ？」

「……はい」

ミュリエルはリュカエルの対応に感心してしまった。今日はじめて会ったはずの、しかも自分よりずっと体格がよく年上のエリゼオに対しても、対応がまったくブレない。

「周りに囃《はや》し立てられて拒否もせず、実行した時点で餌にしたのと同義ではありませんか。貴方はミュリエル・ノルトという一人の女性の人格を、軽んじたんですよ」

「はい」

「最低ですね」

「はい……」

そして見おろすどころか見くだす勢いで、リュカエルの目が冷たくなっていく。対してエリゼオの広い背は、どんどん縮む一方だ。

話を聞く限り、ミュリエルはエリゼオの勝手な都合に巻き込まれたらしい。されど目の前で繰り広げられるやりとりを見ていると、リュカエルが悪役に見えるのはなぜなのか。

そんなことを考えながら成り行きを眺めていると、サイラスが小声で話しかけてくる。

「他に気になる点がまだあるが、ひとまずは安心材料が増えた。彼が君の魅力の虜《とりこ》になって、横やりを入れてきたのではないとわかったから」

耳もとで聞こえたサイラスの声があまりに近くて、ミュリエルはビクリと肩を震わせた。身じろぎをしようとすれば、おなかにがっちりと腕が回っていて、距離をとることもできない。

「ミュリエル、気づかれてしまう。静かに」

曲げた片腕をミュリエルの頭上につき、もう一方の腕はおなかに回したままの状態で、さらにはサイラスの顔が耳もとに近づく。ミュリエルは瞬時に発火して固まった。

そういえばここ数日、サイラスとこんなにも近い距離になることがなかったように思う。何かとリュカエルが傍にいるためか、サイラスと顔を合わせる時も二人きりにはならず、甘い雰囲気が流れる隙間がなかったせいかもしれない。

意識してしまえば、どうにも動悸《どうき》と息切れが止まらない。サイラスの吐息が、熱を失わない距離でミュリエルの耳に触れる。もはや抱き込まれているといってもいい体勢に、体温は天井知らずに上がっていった。

（ち、ちち、近い、恥ずかしい、近い……。で、でも……。こんなに意識しているのは、私だけ、なの……？　サイラス様は何も、か、感じていないの、かしら……？）

サイラスの意識は、変わらずリュカエル達に向けられているような気がする。ミュリエルは潤《うる》みはじめた瞳で、頑張って前を見据えた。サイラスとの距離に一人で慌てて、勝手に浮《うわ》ついている場合ではない。リュカエルがミュリエルのために体を張ってくれている最中なのだ。ミュリエルが身の入らない状態でいては、申し訳が立たない。

「それでこういった場合、まず相手にかける言葉といったらなんでしょうか？」

リュカエルの声が、冷たく突き刺さってくる。今の台詞《せりふ》が自分に向けられたもののように感じてしまうのは、直前の己の胸中ゆえだ。ミュリエルは心のなかで猛烈に謝った。気持ちが即座にシュンとする。そして言葉をかけられた張本人であるエリゼオも、正座をしたままペコリと頭を下げた。

「すみませんでした」

「頭《ず》が高いですね」

「申し訳ございませんでした」

全面的にリュカエルの主張を飲み、エリゼオが地面に両手をつけて深々と頭を下げる。それを面白くなさそうにリュカエルは眺めた。とりあえずミュリエルも、一緒になってもう一度謝る。弟の悪役ぶりが、普通に怖い。

「事情はわかりました」

「わかってくれたのか⁉」

ガバッと顔を上げたエリゼオに、リュカエルの視線はまだまだ冷たい。

「っ！　は、はい！」

その視線を受けて、エリゼオはすぐに返事をやり直した。しかし、できあがった従順な騎士に満足することなく、リュカエルはしごく面倒臭そうに深いため息をつく。

「はぁ。とりあえず、招待状を取り下げてください。団長には、このまま武芸大会に出場するように進言しますから。それで問題ないでしょう」

「いや、それだと、嫁が……っ！　はいっ、じゃない、いいえっ！　ここは、いいえ、ですっ！」

リュカエルの冷たい視線にさらされ続けても、まだ自己主張できるのはやはり騎士としての精神力のおかげなのか、はたまたエリゼオの性格ゆえか。律儀に正座は崩さないのだが、その体勢から精一杯挙手する姿に気持ちの強さが表れている。

「……嫁は、何度も言いますが、こちらに貴方と結婚する気はありません。今からでも他を当たったらどうですか。その方が、確率が高いと思います」

エリゼオは挙手していた手を、今度はおおげさに動かしはじめた。どうやら「はい」と「いいえ」だけでは答えられず、しかしリュカエルからの命令があるため困っているようだ。

「……いいですよ、話しても。ですが、だらだらと話さないで簡潔にお願いします」

お許しが出た途端にエリゼオは拳《こぶし》にした両手を膝《ひざ》に置くと、グッと姿勢を正した。

「結婚してください！」

「は？」

もしミュリエルがリュカエルからこの「は？」をくらったら、もう何も言えなくなる。それくらい冷たい声だった。とはいえ、ミュリエルも気持ちはリュカエルと一つだ。今までの流れからどうしてその言葉が出てきたのかわからない。

「この短い会話の間に貴女《あなた》に惚《ほ》れました！　結婚してください！」

そして聞き間違いではなかったらしい。エリゼオはわずかな説明を足して、もう一度同じ言葉を繰り返した。

「住む場所が変わっても、貴女のような冷静な女性と一緒にいたら、なんでも乗り越えられる気がしました！　そしてどうも、俺は貴女に叱《しか》られるのが好きみたいです！」

エリゼオは後頭部しか見えないので、表情はうかがい知れない。だが、声の調子からは頬を紅潮させキラキラとした目を向けている様子が想像できる。ちなみにリュカエルの表情筋は死んでいた。もはや冷たさもない。

「小耳に挟んだことによると、ノルト嬢はティークロートの姫君である、グリゼルダ・クロイツ殿下のお気に入りだと聞きました。あちらが所有している黒鶏《こっけい》の聖獣とも、良好な仲なんですよね？　ということは、今の仕事を続けたいのなら、あちらでもちゃんと職があります。俺は貴女に就職の意思があるならば、絶対に反対しません！」

リュカエルからの拒否の言葉がないことに、エリゼオは勢いを得たようだ。自分と結婚した場合の特典を矢継ぎ早にあげていく。

「そして、ここはあえて公爵閣下と比べてみてください！　俺は見た目も身分もさえない一般騎士ですが、そのぶん、公爵閣下とは違った平凡な毎日をあげられると思います。煩《わずら》わしい貴族の駆け引きや付き合い、嫉妬《しっと》による嫌がらせとは無縁です。何しろそんなものは、今まで一度も受けたことがありませんから！」

長所とはいえない部分を前向きに捉《とら》える姿勢に、エリゼオの素直さがうかがえる。確かに平凡を愛する者には、この上ない長所といえるだろう。そしてかく言うミュリエルも、物語は好きだが、物語的展開が我が身に起こることは好まない。同じ趣向を持つ者として同調できる内容に、ミュリエルはうんうんと頷《うなず》いた。

そんなふうにすっかりエリゼオの演説に聞き入っていたため、この時おなかに回っていたサイラスの腕にわずかに力が込められたのも、ミュリエルにとっては意識の外のことだった。

「それと、俺はパッとしない見た目でしかもマメな性格でもないので、浮気は絶対にしません。そんな面白味のない男なら、逆に浮気に誘われることもないでしょう。ほら、公爵閣下は色気垂れ流しの美丈夫《びじょうふ》だから、その辺すごく心配じゃないですか？」

エリゼオが息継ぎも慌《あわ》ただしく、そこまで一気にまくしたてる。他人のものを羨まず、自分が持つものに価値を見出《みいだ》す。それはとてもよいことだ。そう思い、ミュリエルはもう一度頷く。

「ミュリエル」

おなかに回されていた腕に、さらに力が込められる。せっかく目の前のことに集中して忘れていたのに、これではサイラスとの距離を思い出すしかない。頬が簡単に熱を持ってしまう。そして名前を呼ばれれば、返事をしないわけにはいかないだろう。そろそろと顔だけで振り返ると、なぜかサイラスはいたく真剣な表情だ。

「私は浮気などしない。心配しないでほしい」

再び近づいた距離に慌てていたはずなのに、サイラスの突拍子もない台詞に虚《きょ》を衝《つ》かれる。突然のことにミュリエルは反応をとれないでいたのだが、その間もエリゼオの熱弁はお構いなしに続く。

「体は健康なので長生きしますし、真面目《まじめ》に働いて一生貴女を大切にします」

背後から抱きしめられていた体勢が、サイラスによりくるりと体ごと向かい合う形に直される。突然の回転運動に軽く目を回すミュリエルだが、紫の瞳はあくまで真剣だ。

「私だって健康には自信がある。もちろん職務を疎《おろそ》かになどしないし、だからといって君を蔑《ないがし》ろにすることもない。大切にすると約束する」

片手は腰に回され、片手は柱についたサイラスに覆《おお》いかぶさるようにされて、ミュリエルの混乱は深まる。しかし、エリゼオの売り込みも止まらない。

「変な趣味嗜好《しこう》もないですし、酒はほどほど、ギャンブルには今後も手は出しません」

そうなると、やはりサイラスも。

「変な趣味嗜好はないつもりだが、目につけば言ってほしい。改める。酒は嗜《たしな》むが悪い酔い方はしないし、ギャンブルは……、たまに合法のものを付き合いでする。しかし、身を崩すような遊び方はしていない。君が嫌なら今後は断ろう」

なぜサイラスは、エリゼオと張り合うように切々と訴えているのか。意味がわからず困ってしまったミュリエルは、いつもと違う心持ちで反応がとれないでいた。だが。

「そして！」

今までも声は大きかったが、それをさらに超える発声でエリゼオの声が響き、ミュリエルはサイラスに抱き込まれたまま思わず振り返った。

「そして俺は、貴女の命令があればいつでもすぐに正座をします！」

エリゼオは今まで以上に美しい正座の姿勢で、今までの利点とは比べものにならないくらいどうでもいいことを誇らしげに叫んだ。ミュリエルは身をひねってその様子を見たが、リュカエルの表情は相変わらず死んでいる。

するとそこで今まで抱き込まれていた体が離されたので、ミュリエルはサイラスに視線を戻した。

「正座は……」

「っ⁉　いりません、いりませんよっ⁉」

おもむろに姿勢を低くしだしたサイラスに、ミュリエルは間髪入れずに答えた。

「君が望むなら、私とて正座などいくらでもでき……」

「いいえ、まったく、これっぽっちも！　そんなことは、いっさい望んでおりませんので！」

サイラスの大真面目な様子に危機感を持ったミュリエルは、膝を折らせてなるものかと大急ぎで腕につかまった。サイラスの体は腕につかまったくらいではびくともしないが、とりあえずミュリエルの必死の訴えにそれ以上身を低くすることはなかった。

「なぜ、急に正座だなんて……。サイラス様が正座をする必要は、まったくないではありませんか……」

リュカエルの調教によりエリゼオは変な性癖に目覚めはじめているが、もとをたどれば正座は反省のためだと思う。となれば、サイラスには正座をする必要性はまったくないのだ。

しかしミュリエルがこんなにも繰り返し必要性のなさを訴えているのに、サイラスはどこか懐疑《かいぎ》的だ。

「君が、彼の提示した条件に心を動かされたようだったから」

「えっ。こ、心を動かされた？　いいえ、ただ共感しただけ……」

途中まで言ったところで、ミュリエルはハッとした。共感すること自体が、心を動かすと同義になるような気がしたからだ。現にサイラスの綺麗《きれい》な顔が悲しげになっていく。

「ち、違います！」

ミュリエルは全力で否定した。

「わ、私が好きなのは、サイラス様です！」

否定ついでに勢いで気持ちが口をつく。しかし突発的に勢いのよい部分が飛び出しきってしまえば、あとに残るのはいつものミュリエルだ。途端にもごもごと歯切れが悪くなる。しかも咄嗟《とっさ》のこととはいえ、好きだと大きく主張してしまったことがとても恥ずかしい。

「そ、それなのに、サイラス様には、私がそんな条件なんかで、あの方のところに行ってしまうように、その、見えるのですか……？」

もごもごとまとまらない想いを口にすれば、だんだんと言葉にした気持ちを自身でも飲み込みはじめる。そうなると言えば言うほど悲しい気持ちがわいてきて、ミュリエルは翠《みどり》の瞳を潤ませた。

（今までの行いが、悪いからなの？　悪女みたいなことばかりしてきたから、サイラス様を少しのことで不安にさせてしまうの？　どうしたらいいの。どうしたら私のこの「好き」を、ちゃんと届けることができるのかしら……？）

自分では、とてもサイラスのことが好きなつもりでいる。それなのに、その想いは伝わっていないのだろうか。それともサイラスにしてみれば、恋愛初心者のミュリエルの想いなどまだ軽いものなのだろうか。そう考えれば考えるほど悲しくなる。

「こ、こんなに、好き、なのに……？」

恥ずかしいのにそれしか言いようがなくて、結局ミュリエルはもう一度気持ちを口にした。たった二文字の言葉には、言い表せない複雑な想いがこもっている。的確な表現でその二文字を飾ることができないミュリエルは、ただただ涙目でサイラスを見つめた。

ミュリエルにはわからないのだ。はじめての恋心ゆえに、この想いを何かと比べることがそもそもできないし、だからこそ最後は疑問を投げかける形になってしまう。

胸の痛みと苦しみに、見つめ続ける翠の瞳がわずかに歪《ゆが》む。すると何か言葉を返されるより早く、ギュッと抱きしめられた。抱きしめた腕は徐々に力が強くなっていき、すぐに苦しいほどになる。

「サ、サイラス様、く、苦しい……っ」

窒息《ちっそく》してしまいそうなほど胸に押しつけられていた顔を、もぞもぞと動かしてなんとか上向く。涙のわいていた右の目尻に柔らかい感触が落ちたのは、すぐのことだ。続けて左にも。

「すまない。君にそんな顔をさせたかったわけではないんだ。ただ、慢心すれば足もとなど簡単にすくわれてしまうかもしれないと、急に不安になってしまって……」

涙はサイラスの唇に拭《ぬぐ》われたのだと遅れて気づいたミュリエルは、悲しい気持ちを忘れて羞《しゅう》恥《ち》に震えだした。きつく抱きしめられた体は少しも動かなくて、綺麗な顔は吐息をわけあうほど近い。しかし、ミュリエルは決死の覚悟で気絶を踏みとどまった。サイラスの苦しげな様子を目にして、脳裏に標語がよぎったからだ。

（だ、駄目《だめ》よ、ミュリエル。気絶しては、駄目。思い返して反省したのは、いつだってこんな場面だったじゃない。悪女になりたくないのなら、ちゃんとしなくちゃ。で、でも、こんな時、どうしたらいいの……？）

サイラスが今、胸を痛めているのはわかる。しかも苦しい痛みの方だ。ならばその痛みを取り除いてあげたい。

（わ、私は涙を、く、唇で、拭っていただいたら、悲しい気持ちなんてすぐに吹き飛んでしまったわ。そ、それなら私も、お、同じよう、に……？）

しかし、サイラスはいくら悲しそうな顔をしていても涙を流すことなどなく、拭ってあげる涙もない。至近距離で切なく揺れる紫の瞳に、ミュリエルの胸は締めつけられた。

わずかに緩《ゆる》んだ腕のなかで自分の胸もとを握れば、肌身離さずそこにある葡萄《ぶどう》のチャームの感触がして、ミュリエルはふと対となる青林檎《あおりんご》のチャームのことを思う。自然と目線がサイラスの胸もとにいけば、サイラスも同じように胸もとに手をやった。

その仕草が、そこに青林檎のチャームがあるのだと教えてくれる。いつでもそろいで身につけた二人だけの秘密。恥ずかしいが確かに嬉しくてサイラスを見上げれば、淡く微笑《ほほえ》みながらもいまだ紫の瞳の奥には憂《うれ》いが残っている。憂いの色にミュリエルの胸は締めつけられるだけではなく、急激な痛みを訴えた。体が中心に向かって縮んでいると錯覚するほど、痛い。

（サ、サイラス様に、直接、く、唇で触れるなんて、できないけれど……。じ、自分の瞳になら……）

サイラスの感じている痛みを自分の痛みに置き換えて感じていたミュリエルは、必死だった。自身の胸もとを押さえるサイラスの手を両手でキュッと握っておろすと、高さを合わせるために広い胸につかまる。そして衝動に任せて青林檎のチャームに唇を押しつけた。

目を固くつぶってしまったため、目測が少し怪しかったかもしれない。しかも勢いがよすぎたせいで体勢を立て直すことができずに、鼻を潰すほど強くサイラスの胸になだれ込んだ。

「ミュリエル……」

広い胸も大きな手も安定感抜群で、ミュリエルが倒れかかったくらいでは驚くこともないしびくともしない。しかし名前を呼ぶサイラスの声は、ひどくかすれていた。ミュリエルはハッとした。

「あ、あ、あのっ、そのっ、これは、なんというか……！」

胸の痛みに我を忘れたとはいえ、なぜこんな衝動的なことをしてしまったのか。ミュリエルは自分で自分がわからなかった。

(わ、わ、私、なんて大胆なことをしてしまったのかしら！　手を繋《つな》ぐところからって自分でお願いをしたのに！　サ、サイラス様に、はしたないと思われたら、ど、どうしましょう……)

「君は今、どこにキスをくれた……？」

「えっ？」

絶賛大混乱中のところに、茫然《ぼうぜん》とした声が降ってくる。あまり聞くことのない驚きを含む声につられてサイラスを見れば、紫の瞳は瞬きを忘れていた。

「あ、あ、あの、そのっ、青林檎のチャーム、ですっ」

ミュリエルは言葉を示すように、視線を青林檎のチャームがあると思われる場所に向ける。続けて謝ろうかと口を開きかけたが、サイラスの方が早かった。

「……そう、か。そうだな。青林檎のチャーム、その通りだ」

まるで自分に言い聞かせるように納得したサイラスは、緩く首を振る。驚かせてしまった様子に、ミュリエルに後悔が押しよせた。

「……喉《のど》に、されたのかと思ったんだ。だから驚いた」

予期せぬサイラスの言葉に、翠の瞳を瞬《またた》かせる。勘違いしたことがおかしかったのか、サイラスは微《かす》かに笑っていた。大胆な行為を呆れられたのではないとわかったミュリエルは、たった今キスを贈った場所を思い起こす。勢いに任せて、しかも目をつぶっていたせいで、そんなにずれた場所にしてしまったのだろうか。それにしても、喉とは。

(喉……？)

サイラスとミュリエルがはじめて同じ本を読んだ時、そのなかにあったのがキスはする場所で意味が変わるという描写だ。それになぞらえて、サイラスからはこれまでいくつかの場所に唇を贈られた。

指先に手の甲。この二か所は賞賛、それに敬愛を表す。次に髪、おでこ、そして頬。こちらはそれぞれ思慕、親愛、そして友情だ。耳にされたこともあるが、これは本来の誘惑という意味でなく、二人の間でのみ秘密に意味を変えている。さらには、掌。こちらは求愛。そして、唇。ここへの口づけを許し受け入れるのは、言うまでもなく愛情以外にはない。

そして今サイラスが言った、喉にするキスが表すもの。それは。

（……じょう、よく。情、欲、だわ。喉へのキスの意味は、情欲。……、……、……そ、そそ、そんなっ！　わ、私、そんなつもりは、全然なくてっ！　だ、だって、サイラス様があまりにも悲しそうだったから！　だから、よ、邪《よこしま》な気持ちなんて、まったく、これっぽっちも……！）

プルプルと震えだしたミュリエルは、すぐさま涙目になってサイラスを見上げた。大胆どころか破廉恥《はれんち》だ。あまりの事態に出てこない言葉の代わりに、小刻みに首を振る。

「ミュリエル、そんな目で見つめてはいけない。君の否定を、なかったことにしたくなってしまう。それとも君は、私がこのまま勘違いの方を信じてしまっても、いいのか？」

サイラスらしい言い方だ。だが、絶賛混乱中のミュリエルは、勘違いを信じるとどうなるのか一瞬考えてしまった。それがしばらくの沈黙を二人の間に落とす。

「返事がないのは、恥ずかしがり屋な君の、遠回しな了承だろうか」

そして考えているところに、同じようなサイラスらしい言葉が重ねられる。優しい紫の瞳の奥が、熾火《おきび》を抱えたようにゆらゆらと艶《つや》めいている。まだ遠くに感じる熱も、そこにあると知ってしまえば、ミュリエルの肌を確かに火照《ほて》らせていった。

「っ!!　ち、違っ、違うんです！　わ、わわわ、私、そんな！　の、のの、喉になんてしたつもりは、まったく、なくてっ！　ほ、本当に、本当に違うんです……っ！」

サイラスが、ゆっくりと瞬きをする。そして次に開いた時には、瞳の温度がやわらいでいた。

「あぁ、わかっている。だが、君からはじめて口づけてくれたことには、変わりはない」

噛《か》みしめるように言われて、ミュリエルはとうとう我慢できずにうつむいた。喉にしたという勘違いは解けたが、自分から唇で触れた事実は消えない。

女性からの大胆な行動は、悪女への入り口に思える。ミュリエルは軌道修正の必要を、強く感じた。するとちょうどサイラスの手が目に入る。

（こ、今度こそ、順番を間違えず……！）

ミュリエルはキュッとサイラスの手を握った。そして上目遣いでサイラスをうかがう。

「……、……、……今いるのが、こんな場所なのが、やはり悔やまれるな」

「えっ？」

「せっかく、君からはじめてキスをもらったんだ。本当は、私からもお返しがしたい」

「っ!?」

「それとも、こっそり続けてしまおうか？」

ミュリエルの視線がついついサイラスの唇に向かう。ゆったりとした微笑みをのせた唇が妙に色っぽく見えてしまうのは、ミュリエルがその柔らかさを知っているからだ。そして温度も。

触れることを想像しただけで、ミュリエルの心臓は爆発寸前に追い込まれた。唇がわなわなと震えだして、眉を最大限まで下げた大変情けない顔になる。するとサイラスの大きな手が、何かを確かめるように火照る頬をゆっくりとなでていった。

「……冗談だ。それに、あちらの会話もそろそろ佳境《かきょう》だ」

サイラスの一言に、ミュリエルはまたまた忘れかけていた現在の状況を思い出した。リュカエルが嫌々ながらも女装してまで精一杯エリゼオの相手をしてくれているというのに、自分はいったい何をしているのか。誰の目もないとはいえ、あろうことかリュカエルの格好でサイラスと抱き合い、あわや口づけまでしようとしていたなんて。罪悪感が半端ない。

そしてそんな現状を思い出せば、今までまったく耳に届かなかったリュカエルの声も聞こえてくるようになる。

「……話が、長いです」

もちろんリュカエルはエリゼオに言ったのだが、先程同様まるで自分に向かって言われたような気がして、ミュリエルは引かない羞恥に体を熱くしたまま猛省した。

「すみません。怒られるかな、とは思ったのですが、貴女に怒られるのはとても好きで、あと、今売り込まないと次がいつになるかわからないと思いました」

そしてエリゼオはミュリエルと違って悪びれない。

「こちらとしては、貴方の気持ちを受け取る気がありません」

「今は、ですよね？」

さらには、打たれ強い。

「武芸大会、頑張ります！」

「興味がありません」

「いいえ！　貴女に俺の全力を見てほしいんです！」

「見ません」

「勝利を捧《ささ》げますから！」

「いりません」

見事な一言拒否が続き、エリゼオがそこで一拍おきつつ首を傾げた。

「じゃあ、押し売りますね！」

「……」

ついにリュカエルを黙らせたのは、邪気のない満面の笑顔だ。エリゼオの後頭部しか見えないはずのミュリエルがそうわかるほど、語尾がとても弾んでいた。

ミュリエルはエリゼオの押しの強さに感心せずにはいられない。だが当のリュカエルは、これ以上の会話は放棄《ほうき》することにしたようだ。くるりと背を向けてしまう。

「……帰ります」

「送りま……、っ！」

即座に立ち上がろうとしたエリゼオだが、体勢を崩して地面に転がる。そして不自然な格好のまま固まった。どうやら長時間の正座で極限まで足が痺《しび》れてしまったらしい。

「結構です。さようなら」

スタスタと歩きはじめてしまったリュカエルには、見えていないだろう。しかし全容を見ているミュリエルは思った。誠に失礼ながら、エリゼオの格好はまるで道の真ん中で力尽きた虫のようだ、と。

背中を地面につけて、足の裏を天に向け、手は足に伸ばされているが触ることはできずに、同じように空中で停止させている。そして痺れが強すぎるのか、ピクリとも動かない。

そこで肩越しに振り返ったリュカエルが、やっと無様なエリゼオの姿を見てフッと鼻で笑う。

「そこでお一人、心行くまでご堪能《たんのう》ください。正座が大好きな貴方には、ご褒美でしょう？」

リュカエルの顔は、やはり完全に悪役だった。

「えっ？　いや。あ、ちょっ、ま！　待って⁉　ノ、ノルト嬢ーっ‼」

声だけは元気だが、体勢は死んだ虫のエリゼオが必死に呼び止める。

「俺、勝ちますからっ！　ここから貴女に現《うつつ》を抜かして頻繁《ひんぱん》に会いに来るようなことはせず、鍛錬に打ち込みますからー！　だから、当日、絶対に来てくださいーっ‼」

そんな熱い叫びも、リュカエルの心には少しも響かないらしい。去っていく歩みに合わせて、馬の尻尾のように結んだ栗色《くりいろ》の髪が揺れる。後ろ姿だけは完全にミュリエルだ。だが、遠ざかる背からは氷点下の風が吹いている。

「ここから出ては、キラン殿に見つかってしまうからな。こちらから回って、あちらでリュカエルと落ち合おう」

見捨てられた死んだ虫をなんとなく切ない気分で眺めてしまっていたミュリエルは、サイラスに手を引かれたことで、やっと柱の陰から体を離した。

繋いだ手は、歩きはじめてからも放されることはない。少し前を行くサイラスの顔は見えないが、これくらいがミュリエルにはちょうどいいように思えた。極度な羞恥に苛《さいな》まれず、安心してむず痒《がゆ》い「好き」という気持ちを噛みしめることができる。そんな距離だ。

後ろ姿だけでも素敵なサイラスを、そっと息をつきながら眺める。思わず繋いだ手にキュッと力を込めてしまえば、軽く振り返って微笑んだサイラスにより強く握り返されてしまった。

ミュリエルは途端に視線を地面に向ける。そして慌てて思い直し、すぐに顔を上げて言葉の代わりにさらに指先に力を込めた。するとサイラスの微笑みがさらに深まる。

「あ、ああ、あの、サイラス、様……」

「ん？　どうかしたか？」

どこまでも優しいサイラスの眼差しに、ミュリエルは再び地面に向けたくなる視線を必死に固定した。

「じ、実は、お伝えしておきたいことがありまして……」

そしてこんな時は、違うことに意識を向けるに限る。報告しなければならないことがあったはずだ。まずは弟に、聖獣の言葉がわかるとバレてしまったことからだ。

「……すみません。リーン様やレイン様にだって、秘密にしたままなのに」

「いや、黙っていることを了承してくれたのだろう？　ならば問題はない」

気を遣ってそう言ってくれているのかもしれないという気持ちが、ミュリエルに眉を下げさせる。

「本当に問題ない。リーン殿やレインを信用していないから、秘密にしているわけではないんだ。もしリーン殿に君がロロの言葉がわかるのだと知られたら、どうなると思う？」

サイラスの言葉から、ミュリエルは容易にリーンとロロの間に置かれて放してもらえない自身の姿を想像した。一気に遠い目になる。良識ある大人の男性としてそれはない、と言ってあげたいが、ロロが関係する場合に限り、リーンの大人な男性としての評価は地に落ちる。

「日常に支障がでるのは明白だろう？　そしてリーン殿に言わないのなら、レイン達にも言うわけにはいかない。そういう判断だ」

納得しかない説明にミュリエルは深く頷いた。そしてこの件の懸念がなくなれば、気になることはあともう一点となる。

「それと、リュカエルとスジオさんのことなのですが、やはりまだ見守っているべきなのでしょうか。スジオさんが健気《けなげ》すぎて見ていられないんです。ですが、だからってリュカエルに強要するようなこともできなくて……」

スジオを思えば、リュカエルには王宮の文官になる道を諦めてほしい。しかしリュカエルを思うと、望む道に進んでほしい。一番よいのはリュカエルが自分の意思でスジオを受け入れて絆《きずな》を結んでくれることだが、あの塩対応を思うと難しそうだ。

「今までの例が必ず当てはまる保証はない。だが通例から考えれば、スジオがリュカエルを選んだのだから、リュカエルもスジオを選ぶことになるだろう」

本当に？　ミュリエルは手を引き続けてくれるサイラスを、そんな気持ちを込めて見つめる。大好きで可愛《かわい》い弟だが、あの冷めた顔がスジオに向けて優しく微笑む姿が想像できない。

「心配するな、と言えば優しい君には無理があるかもしれない。だが、気持ちを楽にしていていい。今回の組み合わせであれば、このまま見守るだけでも差し支えないと私は思っている」

微笑ましいと言わんばかりの表情でサイラスに見おろされて、ミュリエルは眉を下げた。

「君が心配しているのは、一見すると冷たく見えるリュカエルについてだろう？　だがその実、彼はずいぶんと情にも厚いのだと、私は感じた。だから、大丈夫だ」

リュカエルは芯《しん》の部分ではとても優しい。ミュリエルは姉だからそのことを知っているが、他の者がそれに気づいてくれるかが心配だった。しかし、サイラスはわかってくれている。

そのことに、ミュリエルは心から安心した。こうしてしっかりと弟を評価してくれるサイラスが言うのだ。だから信じて見守ろう。きっと今はそれが大事なのだ。

◇◇◇

次の日。ミュリエルはサイラスとリーンの誘いで、アトラ達も一緒になって敵情視察をすることになった。そう聞くと大仰《おおぎょう》だが、実際は一般公開されていない個人戦の予戦会をこっそりのぞいてしまおうというものだ。

なんでも例年は、個人戦の希望者はそう多くはないらしい。だが今年に限ってはサイラスが参加することで、参加希望の騎士があとを絶たなくなり、予選が必要となったようだ。

そういえば今回の騒動も、エリゼオがサイラスとの対戦を望んだことがきっかけだったなとミュリエルは思い返す。予選を行うほどの希望者がいるということは、エリゼオもまた、その他大勢から餌にされた一人であったのかもしれない。

こっそり観戦するために一行が訪れたのは、王城を囲む迷路と奥に広がる山野、そのちょうど境目にあたる場所だ。スジオやクロキリが見合いをする広場に近く、城壁を兼ねる迷路の高い位置に歩哨所《ほしょう》が設けられている場所でもある。

昨日のことがあり朝からずっと元気のなかったスジオも、場所が変わって気分が変わったのか、耳も尻尾も平常の形を保っている。今は、前脚を城壁にかけて予選会の会場となった一般騎士の鍛錬場を、熱心に見ていた。ただ、リュカエルが仕事を優先してこの場に来ていないため、当然勘違いは解けていない。姉として弟の弁明は今朝もしたのだが、スジオのへこんだ気持ちが深すぎてミュリエルの言葉は素直に届かなかった。

他の聖獣達も城壁の上に座ったり、スジオと同じように前脚をひっかけたりして会場を眺めている。その隣で、ミュリエル達も歩哨所からオペラグラスをのぞき込んだ。

「あ、よかったですね。レインさんとスタン君にシーギス殿は、組がわかれたようです。話題のキラン殿も……、三人とは違う組ですね。皆さん出番はまだ先、かな？」

目敏《めざと》く目的の人物を見つけたリーンに教えてもらい、ミュリエルも既知《きち》の者達を見つけていく。遠くにいても強烈な吸引力のあるレインティーナはすぐに見つけられたのだが、他の三人がなかなか見つけられなかったのだ。

大体の位置を確認したミュリエルは、いったんオペラグラスをおろした。

「ミュリエル、これが武芸大会とチャリティバザー当日の予定だ」

サイラスが渡してきたのは、各競技の見出しが蔓草《つるくさ》の縁どりで飾られている、黄緑色の紙でできたプログラムだった。会場の地図も載っており、蛇腹《じゃばら》に折りたためるようになっている。

「色々な種目があるのですね。えっと。最優秀者になるには、すべての種目で勝たないといけないのでしょうか？」

武芸大会の競技に目を留め呟《つぶや》くと、サイラスが横から紙面をのぞき込んでくる。プログラムは上から順に、馬術、個人戦、団体戦、と書かれていた。

「いや、個人戦で優勝すれば、例年であれば最優秀者に選ばれる。建て前上は、団体戦や観客と関係者による投票も、順位に加味されるようだがな」

説明を聞きながら種目の横に書かれた但《ただ》し書きも読むと、個人戦は模擬剣によるトーナメント制、団体戦は東軍と西軍にわかれて行うとある。

「では、この『馬術』というのは、最優秀者になるには関係ないのですね」

「あぁ。そちらは演芸種目だ。馬術に長《た》けた者が、余興として披露することになっている」

すべての競技で勝たないといけないのかと最初の時点で思ってしまっていたミュリエルは、必要なのは個人戦の優勝だけと知って、少し安心した。

「それで、アトラ。実は、頼みがある。今話に出た馬術に、一緒に参加してくれないか？」

レインティーナ達の出番がまだまだだとわかったアトラ達は、城壁から脚を放して芝の上でまったりしていたのだが、急に話を振られて顔を上げた。飽《あ》きずにオペラグラスをのぞいていたリーンも、会話に参加するべく振り返る。

「主催者から打診がありましてね。こちらも急遽《きゅうきょ》出場をねじ込んだ手前、お土産《みやげ》が必要なようです。馬術、まぁ、障害物走なんですけど、今年はぜひ団長殿とアトラ君にお願いしたい、ってお話で。僕達のこれからの方針的にも、願ったり叶《かな》ったりではあるんですが」

二人からお願いされたアトラの返事は、気のない歯ぎしりだった。

『ふぅん。いいぜ。出ても』

しかし、風にそよぐばかりだったひげがピンと張ったのを、ミュリエルは見逃さなかった。サイラスも微笑んでいるので、アトラが色よい返事をしたのはちゃんと伝わっているようだ。

『えー。いいわねぇ。楽しそう。でもアタシはお誘いがないし、出られないのよね？』

うずうずとした様子でスクッと立ち上がったレグが、前脚で地面をかく。

『レグ君は目立ちたがり屋だな。まぁ、選ばれるというのは、気持ちがいいことではあるが』

『ジ、ジブンは怖いっス。失敗したらって考えただけで、尻尾とお尻がキュッってなるっスよ』

『ボクも見てるだけがええなぁ。そういうのは、お好きなお人に任せるのが一番です』

毛繕いを続けるクロキリに耳を倒したスジオ、そしてまったく動かないロロを見れば、言葉がわかる必要はない。サイラスは微笑ましげに眺め、リーンはクスクスと笑っている。

「それで実はもう一点、無茶振りがありまして。ね、団長殿？」

「あぁ。最優秀者とは別に、団体戦での勝者側にも賞品が出るのだが、それを今年は『クロキリ、スジオ両者との見合い』にしたいと申し出があった。新たに場を設けるのではなく、その場限りの短時間の顔合わせで構わないから、と」

名前を呼ばれてクロキリとスジオがそろって瞬きをする。ミュリエルも二匹のその様子を見てから、サイラスに顔を向けた。すぐに思ったのはリュカエルのことだ。それに常なら決められた手順があるものを、曲げてしまうことにも不安がある。

しかしそんなミュリエルの戸惑いを、サイラスとリーンは見越したようだった。

「クロキリとスジオが了承してくれるのなら、私としては受けてもいいと思っている。今回の見合いは、武芸大会に合わせた示威《じい》行為の側面が強い。だから、君が今思い浮かべたことに害はないと私は考えている」

「それに万が一武芸大会中にパートナーが見つかったとしても、我々に不利益をもたらす者が選ばれることはないので、ご安心ください。群れを尊重する聖獣が和を乱す者を選ぶなど、今までの例からも考えにくいですから」

疑問を持ったままだと不安がふくらんで、本来であれば問題のない場面でも慌てかねない。こうして事前にちゃんと説明をしてもらえるのは、とても有《あ》り難《がた》い。

「そもそも事前の書類審査などは、人間側の都合に重きを置いたものだ。本当に聖獣のことを思うのなら、広く見合いの場を設けるべきなのだと思う。しかし……」

「えぇ、それが広く知られてしまえば、人間同士の派閥争いの火種になります。よって事前の書類審査は、今後もなくすことはできません。そこから目をそらさせる意味合いも兼ねていますので」

手間を惜しまず説明してくれる二人に、ミュリエルは現状を飲み込んで頷いた。その様子に軽く微笑んだサイラスは、会話の相手を二匹に移す。

「クロキリにスジオ、こちらの都合に巻き込んでしまうが、引き受けてくれないか？　気に入らなければ、見合い開始と同時に手の届かぬ位置に行ってしまっても構わないから」

『うむ。ワタシは引き受けよう』

『えぇー……。ジブンは気乗りしないっス。正直……、出たく、ないっス』

胸を張るクロキリに、項垂《うなだ》れるスジオ。サイラスに意思を確認された二匹の答えが割れる。性格的に予想できたことだが、スジオがはっきりと拒否の言葉を使ったことが少し意外だった。

『いいではないか、スジオ君。その立場があれば、武芸大会を堂々と観戦できるのだぞ？　安いものではないか』

『で、でも。だって、ジブンは……。そ、それに、いつもよりずっといっぱいの人間がいるところに行くんスよね？　そんなの、怖いっス』

ミュリエルのみ会話の内容がわかる状態だが、二匹が何事か相談している様子はサイラスとリーンにも伝わる。よって、二人が急《せ》かすことはない。

「そういえば、僕、さすが団長殿だと思ったんですよね。ほら、相手の無茶振りにも、絶対にただでは応えないじゃないですか」

相談を待つ間、黙っているのもなんだと思ったのか、リーンから裏話がはじまった。

「アトラ君だけじゃなくクロキリ君やスジオ君も武芸大会に出るのなら、聖獣番が傍にいなければならない、っておっしゃって。結果、お見合いが行われるのなら、ミュリエルさんの席を我々の待機場所と同じところに移してもらえそうなんですよね」

ミュリエルはハッとした。今の言葉を裏返せば、現状、自分だけ皆から席が遠いことになる。固まってしまったことで、リーンはミュリエルが席の問題に思い至っていなかったことに気づいたらしい。困ったように首を傾げた。

「ほら、本来であればミュリエルさんは特別招待枠なので、そういった方々が集まる区画にお一人で座らなければならないんですよ」

「っ⁉」

はっきりと事実を突きつけられて、ミュリエルは息を飲んだ。

「でも我々と同席になれば、リュカエル君もつめてくれますから、より安心でしょ？」

『っ‼』

そして続く言葉に、スジオも一瞬前のミュリエルと同じように息を飲む。ミュリエルは城壁の縁につかまるようにして、スジオに向かってすがる視線を投げた。するとスジオもすぐにミュリエルの傍まで来て、鼻先を近づけてくる。

「ス、スジオさん……っ！」

『で、でで、でも、ジブン、行っても嫌がられないいっスかね？　傍にいても大丈夫っスかね？

ほ、ほんとは匂いもめっちゃ嗅《か》ぎたいんスよ。そんでもって、頭もなでてほしいんス。だって、だってジブンは、ジブンは……っ！』

言葉で返せないミュリエルは、ありったけの想いを込めて全力で何度も頷いた。リュカエルも血の通った人間だ。冷めてはいるが、こんなにキュンキュンヒンヒン鳴くスジオを見て、頭の一つもなでてくれないような冷血漢ではない、と信じたい。

『じ、じゃあ、ジ、ジブンも、その、参加するっス。いいっスか、ね……？』

ピョコンっと城壁にかけられた前脚にミュリエルは両手を添え、目力を込めて最後に大きく一つ頷いた。決心してくれたスジオの心意気を称《たた》えたいが、それにより席を皆と一緒の場所に移れることに、多大なる感謝の念が禁じ得ない。

「どうやら、スジオも決心してくれたようだな。では、二匹とも当日はよろしく頼む」

これでそろって武芸大会に参加できる。そう喜んだミュリエルは、だがすぐに思いとどまった。

「あの、一つ質問なのですが、競技やお見合いのないレグさんとロロさんは、その、お留守番でしょうか？」

「えへ。僕の立場と団長殿の口添えで、ちゃんと席を確保してあります。参加する聖獣騎士団のメンバーは、そろってパートナー同伴ですよ。大会本部からも、盛り上がりそうなのでぜひ、なんて言葉もしっかりいただいておきましたし。なので、みんなで行きましょう！」

ちょっと可愛らしく照れ笑いするように言ったが、リーンの手の回し方は抜かりない。

『普通に行く気満々だったから、今のミューちゃんの話聞いて驚いちゃったわ！　あぁ、よかった！　リーンちゃん、ありがとう！』

『わぁ、それは有り難い。武芸大会の会場まで穴を掘るんは、めっちゃ手間やなぁって思ってたとこやったんです。リーンさん、ありがとう！』

　留守番を言い渡されたら暴れそうだったわ、と怖いことを言うレグと、さらっと脱走計画を暴露しながら、可愛らしくつぶらな瞳をパチパチさせるロロ。問題児の本領を発揮せずに済んで、ミュリエルはひと安心だ。

「ロロー！　いつだって一緒ですよー！　愛してますー！」

『ボクもー！　リーンさん、めっちゃ好きー！』

　抱き合える機会があれば逃さずつかんでいくリーンとロロに、ミュリエルは笑顔になった。これだけ素直に好きな気持ちを見せられれば、誰でも心が温かくなるだろう。

　スジオがあまりにも羨ましそうに眺めているので、下あごをなでてみる。どんなに似ていてもミュリエルはリュカエルの代わりにはなれないが、気持ちを紛らわせるお手伝いはどんな時もしていきたい。

「話がまとまったようで、よかった。それと、ちょうど出番のようだな」

　柔らかな笑顔で見守っていたサイラスが、会場にオペラグラスを向ける。すっかり予選会のことを忘れていたミュリエルは、いそいそとそれに倣《なら》った。

　そして四人が本戦の切符を手にするまで、時に歓声や悲鳴をあげながら皆でそろって観戦に熱中した。

観戦が終わって庭に戻る途中、サイラスに「見せたいものがある」と言われたミュリエルは、アトラと一緒により道をすることになった。リーンとレグ達は連れ立って先に帰っている。

もじもじとしながらアトラに二人乗りして訪れたのは、城壁の数カ所ある出入り口のうちの一つだ。そこには一台の馬車があった。ミュリエルはサイラスの手を借りてアトラから降り、すぐに駆けよる。

「これ、チュエッカさんとキュレーネさんが引く馬車ですよね？　とっても可愛いです！」

そわそわと馬車の周りをひと巡りしてから正面に戻ってくると、ミュリエルはとびきりの笑顔を浮かべた。

『もとの馬車を知らねぇから比べようがねぇけど、これならアイツらも喜ぶだろ』

アトラの言う通り、これなら乙女三匹からも不満の声はあがらないだろう。使い古した荷台の面影が微塵《みじん》もないどころか、ミュリエルが想像した夢の馬車にだって引けを取らない。

車体は黒塗りなのだが、飾られているリボンは黄色やピンク、白といった淡い色だ。それがまたほどよい具合で、甘くなりすぎない可愛らしさを演出している。さらには小さな前輪と大きな後輪には、軸にビーズが留められており、きっとクルクルと車輪が回れば色とりどりに目を楽しませてくれるのだろう。想像しただけで心が躍《おど》る。

「当日はここに、生花も飾りつける予定だ。どうだろう？　合格点はもらえそうか？」

「合格点だなんて！　もしつけるとしても、百点満点のところに二百点をつけたいくらいです！　あの、ですが、私の提案のせいで、余計なお手間をおかけしてしまったでしょうか？　お忙しいところに、すみません……」

最初は大喜びで答えたが、ちょっとした不安がよぎり最後は眉を下げる。しかしサイラスは笑顔で緩く首を振った。

「私がしたことなど多少の提案と、うちで所持していた馬車を一台おろすように指示しただけだ。ここまですべての調整をこなしてくれたのはリュカエルで、バザー後に寄付する先まで手配を済ませてくれている。だから、労いはリュカエルに。本当によくやってくれている。彼を評価するのに、褒め言葉には困らない」

ミュリエルは今のサイラスの言葉を、絶対にリュカエルに伝えようと思った。直接褒められるのはもちろん嬉しいが、第三者から褒めていたと聞かされるのも絶対に嬉しいはずだ。

「では、なかも見てもらえるだろうか。若い女性の好みに合うか、聞いておきたい」

馬車のステップに足をかけたサイラスが、流れるように手を伸べる。ミュリエルは誘われるままに手を重ねようとして、後ろにいたアトラのガチガチと歯を鳴らす音にふと振り返った。

『停まってる馬車にただ乗って、それって楽しいのかよ？　他人を乗せるならご免だが、乗るのがサイラスとミューなら、オレが引いてやる』

「えっ！　本当ですか⁉」

『おう』

食い気味に喜んだミュリエルに、アトラが赤い目を細める。アトラにとってサイラスが特別なのは当たり前として、そのなかに自分まで含んでくれたことがあまりにも幸せすぎる。ミュリエルはキラキラとした翠の瞳を白ウサギに向けた。嬉しすぎて言葉が出てこない。サイラスの手を取るのを忘れて、アトラに抱き着く。

『あっ、おい！　オレはいいんだよ、まずはサイラスに伝えろって！』

抱き着いて柔らかさを堪能する間もなく、グイグイと鼻先でサイラスに向かって押される。ミュリエルは促されて振り返った。そして、自分に向かって手を伸ばしたまま待っているサイラスを見つける。

「っ！　サ、サイラス様！」

三歩の距離を慌てて駆け戻ったミュリエルは、サイラスの手を両手で握った。

「あ、あのっ、すみません！　サイラス様の手を取らずに、アトラさんに抱き着いたのは、サイラス様が嫌だとか、そういうことではまったくなくて！」

必死に訴えるミュリエルに対し、サイラスは悲しげな様子を見せない。そのため、ミュリエルはいくぶん落ち着きを取り戻した。

「それで、えっと、なぜ抱き着いたかといいますと、アトラさんが、乗るのがサイラス様と私なら馬車を引いてもいい、と言ってくださって。それで、私、とても嬉しくて……」

こうした時、サイラスはいつも急かさずに言葉を待ってくれる。そのためミュリエルも、どう思ったのかをちゃんと伝えようと頑張ることができた。

「あ、あの、私、アトラさんにぜひお願いして、サイラス様と一緒に馬車に乗りたいのですが、いかがでしょうか……？」

　忙しいサイラスの邪魔になってはいけないと、最後は任せる気持ちを持って首を傾げた。

「……それは、嬉しい申し出だな」

　ふわりと微笑むサイラスの背後で、黒薔薇《くろばら》が咲きはじめる。途端に漂う色香に、ミュリエルは手を握ったままピシリと固まった。何がサイラスの色気放出の琴線《きんせん》に触れたのかわからない。

　サイラスは黒薔薇を背負いながら馬車のステップから降りると、一度キュッとミュリエルの手を握ってから離し、アトラと馬車を繋ぐために背を向ける。しかしすぐに肩越しに振り返り、深く微笑んだ。

「二人きりで過ごしたいと、君から言ってもらえるとは思わなかった。アトラの気遣いにも、感謝しなければならないな」

　ミュリエルはクラリと眩暈《めまい》に襲われた。そんな意図を込めて言ったわけではなかったが、否定するのも違う気がする。そして何かを訴えるより先に、サイラスの視線はとうにアトラと馬車に向かってしまった。

　ここからの展開を考えれば、いたたまれない思いで体中がいっぱいになる。何かをしなければならないという焦燥《しょうそう》がわくが、何をしたらいいのかわからないし、そもそもミュリエルの体はすでに自由が利《き》かない。それでも物理的距離があるうちに、せめて深呼吸くらいはしておくべきだ。ミュリエルはぎこちない動きで、一生懸命吸って吐いてを繰り返した。

（だ、大丈夫よ、ミュリエル！　大丈夫、大丈夫だから！　何がどう大丈夫かはわからないけれど、大丈夫よ！　……って思わないと、だって、全然大丈夫じゃないものっ！）

もう思考が全然大丈夫ではない時点でかなり危ないのだが、とにかくミュリエルは大丈夫大丈夫とひたすら念じ続けた。

「うわぁ！　うわぁ！　とっても素敵です！」

緊張の面持ちで馬車に乗り込み、カチコチで向かい合わせに座ったというのに、その緊張はどこにいってしまったのか。素敵な馬車をアトラが引いてくれている、その特別感の競演に、ミュリエルは早々と歓声しかあげられなくなっていた。

馬車は外装の高級感に負けず、内装も素晴らしかった。藍色《あいいろ》の壁や天井は落ち着いた雰囲気だが、同色の糸で刺繍《ししゅう》がされているし、クリーム色の座面にだって見ているのが楽しくなるほど草花や鳥の刺繍が施されている。とても手が込んでいるのに色の組み合わせのためか、主張しすぎない華やかさが品格の高さを物語っていた。

そんな車内から外を見れば、流れる景色は窓枠の装飾と相まって美しい絵画のようだ。緑が多いだけの景色も、とても贅沢《ぜいたく》なものに思える。本来は御者が座る面にも大きな窓があり、誰が馬車を引いているのかわかる点など、乗る者の興味をしっかり押さえてあるところはさすがだった。

アトラの後ろ姿をサイラスの肩越しに飽きずに見ていたミュリエルは、遮らずに入ってきた日の光が眩《まぶ》しくて思わず目をつぶる。するとサイラスが厚手のカーテンは残し、レースのカーテンだけを引いてくれた。

「喜んでもらえたようで、よかった」

サイラスが穏やかに微笑んでいることに気がついたミュリエルは、途端に恥ずかしくなった。緊張をあっさり忘れてはしゃいだ自分の単純さ加減に、今さらもじもじとする。

「それで、景色だけではなく、こちらももう目に入っていたと思うのだが……」

そう言ってサイラスが手に取ったのは、上が白いリボンで閉じられたピンク色の袋だった。クッションと並ぶように置かれていたので、言われた通り、乗った時からミュリエルの目にも留まっていた。それをサイラスが差し出してくる。

「君にプレゼントだ」

「えっ……？」

驚きながらも、膝に乗せられた包みに触れてみる。重くはなく、感触も柔らかい。

「あけてみてくれ」

促されてミュリエルは数度サイラスと包みを見比べてから、リボンを解《ほど》いた。

「恋人になって最初の贈り物が布団になるのは、私としては避けたかったんだ」

あけた瞬間に見えた色は、白だった。

「こ、これは！」

触れてみれば予感に胸がざわめき、そっと取り出して目にすれば、今度はときめきに胸がキュンとした。

ミュリエルが手にしたもの、それはウサギのぬいぐるみだった。しかも、ただのぬいぐるみではない。この目つきの悪さに、右目の下の傷跡。間違いなくアトラを模したぬいぐるみだ。

「コトラさん！」

即座に名前をつけて、ぬいぐるみを抱きしめる。しかも、手触りは間違いなくリアルファー。この最高級の感触を、ミュリエルが間違えるはずがない。

「年頃の女性にこの手のものはいかがなのかと悩んだのだが、君なら喜んでくれるのではないかと思って」

「と、とても！　とても嬉しいです！　ずっと抱っこしていたいくらい……！」

「では、正しい選択だったな」

ミュリエルの勢いにサイラスが微笑む。優しい紫の眼差しが向けられ続けるなか、ミュリエルはもうコトラに夢中だ。抱きしめては感触を楽しみ、離しては眺めて楽しむ。抱きしめては、離し。抱きしめて、離す。

「あっ……。ですが、この赤い目が……」

何度か同じ動作を繰り返してコトラの顔を見ていると、不機嫌そうな赤い目がお高い輝きであることに気づく。これはルビーではなかろうか。そう思ってしまって言い淀《よど》む。

「あぁ。アトラの瞳の色に近いものを、私なりに吟味《ぎんみ》したつもりだ。だが、君から見ると違和感があっただろうか？」

「い、いえ！　この赤は、そっくりそのままアトラさんの瞳の色です！」

ただ赤いだけではなく、淡さと深さを合わせ持つ綺麗な赤い色は、見れば見るほどアトラの瞳と同じ色だ。吸い込まれそうになる。

「そうか。よかった」

まじまじとルビーの瞳を見つめていると、サイラスがほっとしたように息をつく。そんな安心した様子を見てしまえば、遠慮の言葉は早々に出せなくなってしまった。

「あ、あの、本当にありがとうございます。……大切に、しますっ！」

ミュリエルはコトラをギュッと抱きしめた。頬をくすぐる柔らかい毛の感触は、やはり最高級だ。そして短くない時間うっとりと頬ずりをしながらなでまわしていると、頭にいい考えが閃《ひらめ》く。その勢いのまま、向かいのサイラスに笑いかけた。

「私、一人の夜は、これからコトラさんと一緒に寝ることにします！」

布団も約束してもらっているので、遠くないうちに手にすることができるだろう。しかし布団はあくまでかけるもの。そして暑い時期は使用が厳しい。しかし、ぬいぐるみなら季節関係なく年中無休だし、昼も夜も気兼ねなく共にすることができる。

「そうか。それは少し妬《や》けるな」

「えっ？」

「だから、これももらってくれないか」

サイラスのなかでどういった気持ちの流れがあったのか。それを量る前に、おもむろに隣に座る場所を移動してきたサイラスに、左手を取られる。身構える間も止める間もなかった。

次の瞬間には薬指に、大粒のアメシストがあしらわれた指輪がはめられていた。オーバル型のアメシストは、ダイヤを使った細身のパヴェリングの真ん中で、深く優しく紫の輝きを放っている。

「こ、ここ、こ、これっ！　い、い、いた、いただけませんっ！」

鶏《にわとり》になりかけながら、ミュリエルは指輪の輝きを凝視《ぎょうし》した。驚きで、すべての指がピンと張ってしまっている。

「いつでも同じ色を、傍に置いてくれると約束しただろう？」

夜会で心細さに吐露《とろ》した心の内を、サイラスに言われて思い出す。だが、あの時は普段しない豪華なエメラルドのネックレスをしていたからこそ、そう言ったのだ。

「ですが、今は……」

ミュリエルはサイラスに握られていない方の手で、胸もとを押さえた。服の下には葡萄のチャームがある。

「それは二人だけの秘密だ。これからも隠しておきたい。だから、誰の目に触れてもいいものを、別に用意しておきたかったんだ」

サイラスもミュリエルの仕草を真似て、青林檎のチャームがあるだろう場所を軽く押さえる。そして次にはなぜか、ミュリエルの膝に乗るコトラに手を伸ばした。

「そして指輪を外す時は、こちらに」

コトラの首もとを探っていたサイラスの指先が、今まで毛に隠れていた銀のチェーンをひっかけている。言われた言葉と一緒に考えると、指輪をしていない時はこのチェーンに通して、コトラのネックレスにしておけということだろう。その意図は察することができたミュリエルだったが、サイラスの本当の考えはそこから一歩以上踏み込んだところにあった。

「君なら、ぬいぐるみを贈れば、身近な場所に置いてくれるのではないかと考えたんだ。そして、君の指にない時の指輪の定位置がここならば……」

サイラスの微笑みに、ふわりと黒薔薇が香りだす。ミュリエルはすぐに息をつめた。同時に体にも力が入り、指輪のはまっている手で図らずも強くサイラスの手を握り返してしまう。

「目につくたびに、私を想ってくれるだろう？　先程言ったように共に眠るのなら、君は一日のはじまりも終わりも、私を思い出してくれることになる」

ミュリエルの指にピタリとはまった指輪を、サイラスが親指を使ってゆっくりとなでてくる。ゆらゆらとアメシストの光が揺れるのと同じように、紫の瞳も艶めいて色を深くしたように思えた。

「この腕に抱いて」

甘い声音は囁《ささや》くようで。

「共に夜を重ね」

真昼にあってすら、密《ひそ》やかな星の瞬きを想像させる。

「目覚めたその時すらも」

夢から覚めてなお。

「一番に君の瞳に映る」

二人の間で流れた時間はあとを引いて、濃く香る。

そんな想像を否応《いやおう》なしに駆り立てる言葉を連《つら》ね、大輪の黒薔薇を背負ったサイラスはゆったりと微笑んだ。その途端、ミュリエルは空気の動きなどないはずの車内で、柔らかい風が繋いだ手から順にふわりと体をなでていったように感じた。色めく気配を含んだ風が、ゆるゆると肌を愛《め》でるように包んでいく。

「宝石箱にしまったままにせず、いつでも傍に置いて、私を想ってほしい」

甘くかすれた声で強請《ねだ》られて、ミュリエルはフルフルと震えだす。恥ずかしくて苦しくて、気絶したくて逃げ出したくて。ないまぜになった想いが爆発してしまいそうだ。しかし、耐える。じりじりと近づく限界を感じながらも、ミュリエルはただひたすらに耐え続けた。

有り難くない悪女の名をいただいてしまうのは、こうした時に我慢しきれない己の軟弱さが一因となっていることを、ミュリエルはもう自覚している。それに何より、ここまでサイラスの話を聞いていて、ミュリエルにはどうしても伝えたいことができてしまっていた。

「わ、わ、私、指輪がなくても……。もう、ずっと前から……。い、いつでも、サイラス様のことを、想って、います……。も、もちろん、一日のはじまりも、終わりだって……」

恋心を自覚する前からすでに、サイラスのことを考える時間はずいぶん長くなっていたように思う。それがこの気持ちを自覚してからは、加速度的に増した。

「た、たぶん、サイラス様が何も思ってない時でさえ、傍にいてもいなくても、一人で勝手にサイラス様を想って、いつだって、ドキドキして、いま、す……」

今だってもちろん例外ではない。重なる手からサイラスに伝わっているのではないかと心配になるほど、鼓動は激しく脈打っている。

「君と二人でいて何も思わない時など、私とてないよ」

柔らかく微笑んだサイラスが、重ねていただけの手を滑《すべ》らせるようにして、指をからませた繋ぎ方に直した。

「こうして手を繋いだだけでも、とても嬉しく思う」

言葉だけでなく表情も、間違えようもなく嬉しそうにしてくれるサイラスに、ミュリエルの顔が真っ赤に茹《ゆ》であがる。しかし、ここで恥ずかしさを言い訳に逃げてはいけない。そんなことをしてサイラスに悲しい顔をさせてしまっては、悪女の道へまっしぐらだ。

ミュリエルは自らも指をからませるため、手に力を込めた。そして生唾を何度か飲み込んでから、とてもとても小さく呟く。

「わ、私も、嬉しい、です……」

フッと吐息を零《こぼ》して笑うサイラスに、小さすぎる返事がちゃんと届いたことを知る。やり遂げた充足感がじわじわとわいてくると、自然と微笑みが浮かんだ。繋いだ手がわけあう温度が、体と心を満たしていく。広がる羞恥の熱に唇が震えるが、それも嫌な感覚ではない。色んな感情が入り混じって上手に表す言葉が見つからないだけで、嬉しいと思う気持ちは本物だ。

「あ、あのっ、ゆ、指輪を、ありがとう、ございます。大切に、します……」

「あぁ、こちらこそ、もらってもらえてよかった」

変わらず恥ずかしいが、二人の間に流れる空気は優しい。ミュリエルは引かない熱に頬を火照らせながら、目をつぶった。ままならない体と心を受け入れようと細く息をつく。慌てず騒がずしていれば、苦しいほどの「好き」という感情もこうして向き合うことができる。

「……今日も青林檎にならず、君の唇をもらえるか？」

「えっ⁉」

ミュリエルは即座に目をかっぴらいた。じりじりと恋心を味わっていたはずなのに、逆にガバリと飲み込まれた気分だ。

いままでのむず痒い触れ合いは、サイラスにとっては前振りでしかなかったのだろうか。ミュリエルには十分満足のいくものだったので、できればここまでにしておきたい。しかし、しごく当然というようにサイラスは微笑みを絶やさない。

「手を繋ぐところからはじめて、次はそれなのだろう？」

ミュリエルは引きつった。あれは衝動的にしてしまっただけで、手を繋ぐことから求めたミュリエルには破廉恥すぎる行為だ。

「ち、違っ、違います！　あ、あれは、サイラス様の悲しいお顔を見て、衝動的になってしまったと言いますか、順序を飛び越えてしまったと言いますか、体が勝手に動いたと言いますか……。と、とにかく、き、今日はできそうにない、です……！」

　必死で訴えると、サイラスは首を傾げる。

「では、どこなら触れてくれる？　私は、どこになら触れてもいい？　君が嫌なことはしないから、教えてほしい」

　どうやら引く気はないようだ。しかも無茶振りがひどい。触れる場所を選んで教えろなどと、難易度が高すぎるのではないか。ミュリエルは瞳を潤ませ小刻みに首を振る。

「……君にそうして見つめられると、心が騒ぐ」

　ミュリエルは自分がどんな顔をしているかなど、わかっていない。ただ見つめ続けては危険なのだと気づき、うつむく。そうすれば目に入るのは、繋いだ手だ。

　アメシストの光はまるでサイラスに見つめられているようで、下を向いても心の大騒ぎは落ち着かない。どちらを向いても注がれる紫の色に、進退窮まったミュリエルはすがるものを求めてコトラを持つ手に力を込めた。すると、慣れ親しんだ毛の感触がミュリエルを励ます。

　サイラスを前にして選ぶべき言葉は、進むべき道はどちらなのか。存在感を増した迷路の岐《き》路《ろ》に立ち、ミュリエルは湯気のでそうな脳みそを必死に働かせた。

　想いを通じ合わせた男女の、次なるステップはなんなのか。手を繋ぐことからお願いする時に、ミュリエルはもう一つ違う候補をあげて頭を悩ませていたことを思い出す。

「あ、あの、私……。い、今は、手を繋ぐだけで、とても幸せで……。まだ、それ以上は恥ずかしくて、考えられなくて……。ですが、あの、よ、よ、よろしければ、触れるのではなく、お出かけに、しませんか……？　ど、どこか、ご一緒に……」

勇気が欲しくてコトラを握りしめ、誘い文句を口にする。すると頭上で、サイラスが微笑む気配がした。

「あぁ、先を越されてしまったな。ちょうどチャリティバザーの二日目を、君と一緒に回れればと考えていたんだ」

「そ、そうだったんですね。で、では、一緒に回りたい、です……」

顔が上げられないままに、それでもしっかり行く意思を示す。うつむいたままのミュリエルには、サイラスがどんな表情をしているかなどわからない。それでも馬車内の空気が優しさのなかに甘さを含んでいるのだけは、よくわかる。

「そうだな。では、こうして手を繋いで回ろう。この指輪もつけてきてくれると、嬉しい。職務中は、コトラに預けておいて構わないから。それ以外では、必ず」

「は、は、はい……」

つむじに、サイラスの艶やかな紫の瞳が視線を注ぎ続けている気配がする。それに加えて繋いだ手の親指が、ミュリエルの手の甲を何度も優しくなでていった。二人を埋めてしまうほど空間いっぱいに咲き乱れた黒薔薇の深い香りに、酩酊《めいてい》するように心も体もフワフワと覚束《おぼつか》なくなっていく。

触れているのは手だけのはずなのに、全身が熱かった。熱を逃すには車内は狭く、せめて深呼吸だけでもと思っても、吸い込めば肺を満たすのは濃厚な黒薔薇の香りだ。

ミュリエルはコトラをさらに強く握った。優しくなでられるのが役目のはずのコトラは、ミュリエルの手によってギュウギュウと締め落とされようとしている。強く握っているために生地が引きつっているだけなのだが、心なしか表情が苦しげだ。そんなコトラの苦境を、サイラスは気づかずに続けて囁く。

「それまで、二人で過ごせる時間はまた少なくなると思う。だから……」

静かで穏やかな声音は、痺れるほど深く体に響いた。しかし甘いなかにわずかな寂しさを感じて、ミュリエルは思わず顔を上げた。目もとを緩めたサイラスが、空気感に違わず潤むほどの色気をまとってこちらを見つめている。

「今のうちに、もっと手に触れることに慣れておこうか。当日もちゃんと、繋げるように」

繋いでいない方のサイラスの手が、ミュリエルの頬に触れる。ピクリと体を強張《こわば》らせたミュリエルの様子を見るように、指先だけがそっと頬をなぞっていった。

「……嫌、か？」

ミュリエルは微かに首を振った。震えだと勘違いされかねない小さな動きだったが、サイラスが見逃すはずはない。そもそも触れた指先からも、きっと伝わっただろう。

掌全体で頬を包まれる。自分の頬が熱いのか、サイラスの手が熱いのか、ミュリエルにはもうわからなかった。唇から途切れがちにする呼吸さえ、熱いように思える。

「君の望み通りに、ちゃんと順を踏むつもりでいるから……」

頬を包んでいた手がするりと動き、わずかに親指がミュリエルの下唇に触れた。しかし、それは一瞬のことだったので、サイラスが意図したものかどうかは判然としない。自分が意識しすぎなだけならば、ここで変に反応してしまえば恥ずかしさは倍増だ。

真っ赤になってうつむいたミュリエルは、コトラを強く強く握りしめた。あまりに強く握るものだから、もはや爪が食い込んでいる。コトラからは声なき叫びが聞こえるようだ。

その叫びが形を同じくする者に届いたのか、それは定かではない。

ガタン、と馬車が揺れて、ミュリエルはサイラスの肩に頭を乗せるように体を傾かせた。体勢を立て直そうとすれば、頬を包むサイラスの手にひときわ優しくなでられて動きが止まる。肩に乗せたミュリエルの頭に、サイラスが頭を傾げるようにして自らの頬をよせた。隙間のないほどに、二人の距離は近くなる。

プシュゥウゥゥ、と限界を越えたミュリエルから、とうとう湯気と共に力が抜けた。カチコチだった体はくてっと、ちょうどよい感じにサイラスの体にしなだれかかる。ついでにミュリエルから鯖折《さばお》りを受けていたコトラもようやっと解放され、膝の上でくてっと倒れた。

「しばらく、このままで」

ミュリエルをなでるサイラスの手は、休むことを知らない。抱きよせた方の手は頬や耳、そして髪を。繋いだ方の手は親指で、掌に甲、そして指輪を。繰り返し飽きることなく触れ続け、優しく優しくミュリエルの熱を煽《あお》る。抜けてしまったぶん以上の熱がミュリエルを苦しめるようになるまで、たいした時間はかからなかった。

絵画のような景色の流れる車内で、ひと時の甘い時間を邪魔するものは、何もない。

4章　衆人環視で大舞台に立つ主役は誰だ

　とうとうチャリティバザー当日を迎えた。天気にも恵まれ、辺りにはすでにそこそこの人出がある。開始の時間まではまだ遠いが、周りはもう浮かれた熱気に包まれていた。

　聖獣騎士団のブースは、初日に限り武芸大会にかかりきりになってしまうため、今日は割り当てられた区画にテントの設営だけをすることになっている。聖獣馬車を走らせる都合で、バザー会場のなかでも獣舎よりの最も奥まった端にミュリエル達のテントはあった。

「リーン様、こんな感じでどうでしょうか？」

「いいですね！　こっちはどうですか？　もっと盛った方がいいでしょうか？」

　両手で持つだけでは間に合わないのか、リーンは飾りつけのために用意した花を両耳にまで挿《さ》している。大変浮かれた格好だが、今日に関しては気に留める者もいないだろう。

　何よりミュリエルも、白いラナンキュラスを一輪、耳横につけている。幾重《いくえ》にも重なる花弁が可愛《かわい》らしいラナンキュラスは、ミュリエルのお気に入りの花でもあった。ついつい目を向けて楽しんでいたら、サイラスがすぐに気づいて挿してくれたのだ。もったいなくてそのままにしているが、動くたびに花弁が耳に触れて少しくすぐったい。

　ちなみに今は、入れ代わりの変装もしていない。エリゼオも大会で忙しく、ミュリエルに構っている暇《ひま》はないだろうから問題ないとの判断だ。

武芸大会に参加するサイラス達も、テントだけを立てるとすぐに会場に行ってしまった。リュカエルは雑務を引き受けるために、サイラス達と行動を共にしている。そのためこの場を任されているのは、ミュリエルとリーンだけだった。もう少ししたら、クロキリとスジオにロロを獣舎に迎えに行き、会場入りしなければならない。

「リーン様、そちらの絵は、もう並べてしまうのですか？」

「いえいえ、見本です。無人でも、なんの店だろうとのぞいてくれるお客さんはきっといるでしょう？　その時に宣伝になればいいかな、と思いまして」

リーンが長机に並べているのは、言うまでもなく聖獣達を擬人化した絵だ。並べられている絵は全部で六枚。あの時はなかった一枚に、可愛い女の子二人が向かい合わせで両手を合わせ、おそろいの服を着ているものがある。

二人の服装は聖獣騎士団の制服なのだが、下はフリルたっぷりの膝丈《ひざたけ》スカートにソックスを履《は》き、一人はストラップシューズ、もう一人はショートブーツをあわせている。ほぼおそろいと見せて、ところどころにある違いに遊び心があった。

オレンジのガーベラの髪飾りをつけた子は丸いシルエットのミディアムボブ、ピンクのガーベラの髪飾りをつけた子は高い位置で先をクルンと巻いたポニーテールをしており、二人とも唇をツンと尖《とが》らせたキュートな表情をしながら、首を傾《かし》げてこちらを見ている。

「チュエッカさんとキュレーネさん、とっても可愛いですね！　お顔はもちろんなのですが、お衣装も可愛いです。ですが、これ、リーン様が考えたのですか？」

旧版レグのような男性を上手に描けることに違和感はないが、この一枚は違う。何せ年若い少女の好みを、あまりに熟知している描写だ。

「いやいや、いくら僕でもそこまで手広い才能はありませんよ。ミュリエルさんの助言から、服も流行《はや》りによせた方がいいと思って各所に意見をいただいたんです。手間は余計にかかりましたが、その甲斐《かい》はあったでしょう？」

納得と同意を込めてミュリエルが頷《うなず》けば、リーン自身もクオリティには大変満足しているようで、あごを上げて胸を張り、とても得意げな様子をみせる。

「レグ君の出来栄えだって、かなりのものだと思うんです。ね？　そうでしょう？」

絵の話題に触れておきながら、一番の問題作に触れずに通り過ぎることはできない。

新生レグを下描きの時点で許可したのは、ミュリエルだ。レグにも見せて、喜びの鼻息も浴びている。そのため、大きく変更がない限りは大丈夫なはずだ。ミュリエルは他の絵と同様に並べられた一枚に、厳しい視線を向ける。

「……、……、……はい、ばっっちりだと思います！」

ミュリエルは完全に別人となった一枚に向かって、力強く頷いた。

新生レグは、長身で肩幅も広く骨格も骨太だ。しかし、そこはかとなく女性的な気配を漂わせた、巧《たく》みな仕上がりとなっている。

癖のある茶髪は片側だけサイドで編みこみがされており、長く伸ばした後ろの髪へと続く。

さらされた片耳には大振りのイヤリングが輝き、笑みの形に曲がる大きな口もとは、まるで紅を差したように赤みが強い。長い睫毛《まつげ》は天然の上向きで、女性なら誰もが羨ましがるだろう。

肩にかけただけの上着は、赤いスカーフと薔薇《ばら》をモチーフとした銀のブローチで留められている。フリル調にアレンジされたシャツの袖口からは、中指にはめた指輪へと繋《つな》がる黒レースのグローブが見えていた。どこをとっても細部まで抜かりなく、個性的な仕様だ。

現実的に考えたら、あり得ない風体ではある。だが、絶妙なハーモニーを奏でてもいる。

それらを総合的に評価した結果、ミュリエルのなかでレグを擬人化するのなら、これ以上のものは今後ないと思われた。何より、これなら銀髪に空色の瞳を持つ男装の麗人、レインティーナと並んでも見劣りしないだろう。むしろ二人セットであればこそ、さらなる人気が予想された。サイラスとアトラが黒と白ならば、レインティーナとレグは青と赤だ。

「控《ひか》えめに言っても、完璧だと思います。リーン様は、天才画伯です！」

ミュリエルは真剣な顔で、リーンに向かってもう一度頷いた。惜しみない賛辞に、本職は学者の天才糸目画伯は花を抱えたままクネクネとし、照れ笑いをしている。

通りかかった一般人に不審な目を向けられているとも露知らず、ミュリエルとリーンは絵についての会話でその後も盛り上がり、最後の仕上げにせっせと精を出していった。

◇◇◇

武芸大会が行われるのは、王城に隣接してある円形闘技場だ。聖獣達には縁のない場所だが、折に触れて行われる催し物にはよく使われているらしい。

もちろんミュリエルもはじめて足を踏み入れたのだが、あまりに壮大な造りだったために目を見張り言葉も失ってしまっていた。そもそも人の多さがすごい。競技がはじまるのはまだま だ先だというのに、バザー会場が目ではない熱気と喧噪《けんそう》に包まれている。

円形闘技場は一階部分がぐるりと壁で、観覧席が設けられているのは二階部分からだ。それがすり鉢《ばち》状に三階、四階部分へと広がっていく造りになっている。

南北には身分の高い者の特別席があり、とくに北側は王族専用の席になっているらしい。ワーズワース王国を象徴する三日月に一等星の紋章が描かれた旗が掲げられ、豪奢《ごうしゃ》な天幕と広くゆったりととられた豪華な席が設《しつら》えられている。

東西には四階部分にまで届く、力強い彫刻が施された巨大なアーチ型の門があり、大きな聖獣を連れた聖獣騎士団はこの東側部分を待機場所として与えられていた。過剰な視線を遮《さえぎ》るためか、天幕も張られている。待ち時間を快適に過ごせるように、ベンチ四つとテーブル二つが臨時で置かれた踊り場は、石畳と階段により競技場より高い位置にあった。観覧席ほどの高さはないが、競技を見るのに不足はないだろう。

リーンやクロキリ達とその場所をやや離れたところから確認したミュリエルは、聖獣騎士団の紋章の入った額《ひたい》あてと鞍《くら》をつけたアトラにレグ、それにチュエッカとキュレーネを見つけて、いそいそと近よった。大きな体に隠れて最初は見えなかったが、サイラス達も勢ぞろいしている。出番までまだ間があるためか銀の鎧《よろい》を軽く身に着けただけの姿なのだが、やはり何度見てもとても素敵だ。

サイラスはいつも通り、左側の防御を重視したアシンメトリーな造りの鎧を用いていた。それが機能性を考えての形だということは、ミュリエルもちゃんとわかっている。だがしかし、ここは不真面目《ふまじめ》な観点になってしまっても言っておきたい。とにかくお洒落《しゃれ》で格好いい。サイラスの洗練された出で立《い》ちに、ミュリエルの口からはもはや感嘆のため息しか出てこない。

皆がいる踊り場へ続く階段は二股にわかれており、正面は土埃《つちぼこり》をよけるために衝立《ついたて》となる壁がある。他が目に入らない勢いでサイラスを見つめてしまっていたからだろうか。階段のはじまりの一段に足をかける前に気づかれ、紫の瞳がこちらに向けられた。目が合った途端《とたん》に微笑《ほほえ》まれたミュリエルは、心臓を撃ち抜かれた。足を思わず止めて、胸を押さえてしまう。

サイラスが微笑みを深めながら軽く手を上げると、そこに太陽の光がちょうど差して鎧が光を弾《はじ》く。あまりの素敵さにミュリエルがその場に縫い止められて動けないでいると、見かねたクロキリに仕方ないとばかりに頭で押されてしまった。

「いやぁ、お天気に恵まれてよかったですね！　皆さん、調子はどうでしょう？」

覚束《おぼつか》ない足取りのミュリエルをわずかに置き去りにして、リーンが元気に声をかける。

「いつも通りだ。問題ない」

「もちろん、絶好調です！」

サイラスに続き、常と変わらない様子を見せたのはレインティーナだ。いや、レインティーナに関してはいつもよりさらに溌剌《はつらつ》としているかもしれない。何しろずっと出場したかった武芸大会だ。そうなるのも頷ける。

「レインに絶好調じゃない時があるのかよ。まぁ、俺だって絶好調だけどな！」

「だが、スタン。願かけの赤い靴下に穴があいていたって、さっきまでへこんでなかったか？」

「っ！　おい！　シーギス！　お前、なんでそういうことを思い出させるんだよ！」

どうやらスタンとシーギスも変わりはないようだ。打てば響く会話の応酬に気負いは感じられない。そんな気安さに笑いを誘われて、サイラスの素敵さを目の当《ま》たりにして体に変な力が入っていたミュリエルも、顔をほころばせた。

「あの、アトラさん達も、調子はいかがですか？」

そう聞いたものの、ミュリエルは今朝だって会っているため皆が元気なのは知っている。当然アトラ達からの返事もそれに準じるものだ。

『まぁ、いつもこんなもんだろ』

『ふふん。アタシはレインと一緒！　絶好調よ！』

アトラとレグの返事が、互いのパートナーと似ているのが面白い。

『うむ。まぁ、アトラ君は頑張りたまえ。だが、レグ君は頑張る必要はなかろう』

『力がありあまってると怪我《けが》するっスよ』

『いやいや、レグはん出番ないし、大丈夫でしょ？』

場所が変わっても集まる面々が同じならば、雰囲気に大きな違いは生じず、ミュリエルにはそれがとても心地よく感じられた。

『アタシは楽しみすぎて落ち着かなくてー！　ね？』

『うんうん、はじまるのが待ち遠しくてー！　ね？』

チュエッカとキュレーネは今日も仲良しで、今現在すでにとても楽しそうだ。そのまま止まらないおしゃべりに突入してしまう。キャッキャッとはしゃぐ二匹にとっても、互いがいれば場所はやはり関係ないらしい。

「いやはや、今やお二人ってば、自然と並んで立っちゃうんですねぇ」

リーンにニコニコとして糸目を向けられたミュリエルは、一瞬キョトンとした。そしてひと呼吸おいて、サイラスと自分の立ち位置を揶揄《やゆ》されたのだと気づく。知らず知らずのうちにより添う位置に進んでいただなんて、なんて恥ずかしいのだろう。赤くなりながらもサイラスの様子が気になって隣を見上げれば、嬉《うれ》しそうに微笑まれてしまった。

明るい陽射《ひざ》しのなかで、綺麗《きれい》なサイラスの顔がキラキラと輝いて見える。赤くなっていた顔にさらにボッと熱が集中したが、あまりの素敵さにミュリエルは目が離せなかった。

いつだってサイラスは素敵だ。だが、今日は素敵さがいつもと少し違う。鎧を着ているせいなのか、妖しい艶《つや》っぽさよりも凛々《りり》しい麗《うるわ》しさが際立《きわだ》っている。いつもよりずっと年齢制限の緩和《かんわ》された出で立ちにミュリエルの罪悪感は薄れ、ついしっかりと見つめてしまった。

（あぁ、でも素敵なことには変わりなくて……。駄目《だめ》だわ、なんだかのぼせてしまいそう……)

艶っぽくても凛々しくても、結局ミュリエルが発火するのは変わらない。いつもと違って視線が切れないことに、サイラスはフッと吐息を零《こぼ》して笑うと、耳の横に挿したままになっている白い花に指先でそっと触れた。ただし引き際を心得て、すぐに話題を変える。

「そういえば、ここに来るまでにリュカエルに会わなかったか?」

サイラスの切り替えに、ミュリエルは瞬《まばた》きをする。そしてリュカエルがこの場にいないことは最初から気になっていたので、すぐに首を振った。スジオに視線で問うと、顔を上に向けてクンクンと空気の匂いを嗅《か》ぐ仕草をしたが、見つけたという反応は返ってこない。

「大会運営の方の雑用に駆り出されたまま、帰りが少し遅い」

弟に限って迷子は絶対にない。ならば何か問題があったのかもと心配になったが、ここでスジオが空気中の匂いを嗅ぎわけたようで耳をピンと立てた。同時に一方向に顔を向ける。

「あ!　リュカエル、お帰りなさい。今、遅いと聞いて心配していたところ……」

人をよけながらこちらに向かってくるリュカエルは、すぐに階段をのぼってくる。しかし声をかけている途中で、ミュリエルの脇を大きな体がすり抜けた。スジオが言葉もなくリュカエルに近づいたのだ。

あれだけ傍《そば》に行くことに躊躇《ためら》いを見せていたはずなのに、どういう心境の変化だろうか。スジオはそのままリュカエルの周りをグルグルと三周ほど回ると、今度はフンフンフンフンフンと鼻を鳴らしながら脇目も振らずに匂いを嗅ぎだす。

「ス、スジオさん？　どうしました……？」

『……知らない、匂いが、するっス』

フンッ、と短い鼻息を間に挟みながら、なおもスジオの厳しい匂いチェックは続く。

『なんか……。いつもしない匂いがするっスよ。これ、誰っスか。フンフンフンフン……』

スジオがピタリと体をよせてリュカエルを中心にグルグルと回るものだから、肝心の弟の姿がまったく見えない。

「あの、リュカエル、どなたかと会ってきましたか？」

そこにいると信じてミュリエルが声をかければ、数歩の距離にいるというのに聞こえたリュカエルの返事はスジオの体に遮られてやや遠い。

「えぇ、キラン殿につかまりました。あの方、今日は入れ替わりの格好もしていないのに、僕に求婚してきたんですよ。目が腐っていますよね」

声だけで表情の想像がつく、なんともげんなりした声だ。エリゼオははじめて遭遇《そうぐう》した時の宣言通り、あれ以降会いにくることはなかった。そのためスジオがエリゼオの匂いを嗅いだのは、これがはじめてだったらしい。

「犬コロが嗅いでくるのはそのせいですか？　嫌だな。そんなに臭《にお》うのか……。あまりにもこちらの話を聞かないので意識を飛ばしていたら、うっかり手を握られてしまったんです。だから念入りに洗ってきたつもりだったのに、はぁ……」

いつになく難しい顔をして匂いを嗅ぎまくるスジオに、しばらく我慢していたリュカエルだったが、とうとう横っ面《つら》をグイッと押しのけた。やっと姿が見える。

しかしその手がどうやらエリゼオに握られた方の手だったらしく、スジオは濡《ぬ》れた鼻先をピチャと一度くっつけてから、それはもう一心不乱に舐《な》めだした。リュカエルが手を動かしても、まるで張りついたようにどこまでも離れない。

「うわっ。ちょっ、やめ……！　犬コロ、お座り！」

ビッ、と音がしそうな勢いで、今までの奇行が嘘《うそ》のようにスジオがキリリとお座りを決める。それをよく見もせず、リュカエルはため息をつきながらビショビショになった掌《てのひら》をハンカチで拭《ぬぐ》った。

『最初はどうなんだと思ったけどよ。面白い組み合わせだよな』

『そうなのよ。噛《か》み合っていないようで、意外とピッタリはまってる感じがするのよね』

アトラ達の言う通りだ。それに最初は怖いと言っていたリュカエルが、スジオにだけはずいぶんと気安い。何度かした触れ合いのなかで、スジオが常にリュカエルを気遣っていたからだろうか。

『ワタシは……、ワタシはただひたすらに羨ましい！　羨ましいぞ、スジオ君！』

『クロキリはんの叫びが、えらい切実です……』

カッと目と嘴《くちばし》を開いて訴えるクロキリに、スジオは照れたように笑いながらヒラリと尻尾を振った。より添って歩く大きなオオカミの存在を、リュカエルは気にした様子もない。

それがとても自然で、ミュリエルは微笑ましく見つめた。誰の目から見ても、リュカエルとスジオは今やもう仲良しだ。

(だけれど、リュカエルはどう思っているのかしら。私はどうしても、スジオさんの想いが報われたらいいなと思ってしまうけれど……)

人と聖獣の結ぶ絆《きずな》は目に見えないものだが、組み合わせのぶんだけ形があるとミュリエルは感じていた。となればリュカエルとスジオの絆も、互いでしか作り上げられない形のはずだ。

だから気にかけてあげることはできても、そこにミュリエルが手を加える余地はなく、結局はサイラスがはじめに言っていたように見守るしかない。ミュリエルはもどかしい思いに大きく息を吸い吐き出した。見守るという行為は、とても難しい。

そして、ふと気づく。サイラスがミュリエルに対し、いつも穏やかに待つ姿勢を崩さずに見守ってくれていることを。それがどんなに得難《えがた》いことなのかを。

ミュリエルは傍《かたわ》らのサイラスを見上げた。すぐに優しい眼差《まなざ》しがおりてくる。周りが気軽な雰囲気でいるため過度な緊張は起きないが、今日の武芸大会は自分にだって深い関わりのあるものだ。しかし、信じて待つ。

ミュリエルはこっそり辺りを見回し、誰の目も向いていないことを確認してから、そっとサイラスに一歩近づいた。相手の体温は届かないが、服が擦《す》れ合う距離だ。

大会の開始を告げるシンバルが鳴る。続いて打楽器が体の芯《しん》を揺らすほど打ち鳴らされると、高らかな管楽器の音が青空いっぱいに広がった。

聖獣騎士団が待機場所として陣取った東門の下、ミュリエルは障害物走のために競技場に向かったサイラスとアトラを落ち着きなく目で追っていた。ベンチがあるため座ったまま観戦できるのだが、出番が近づけばついつい立ち上がって食い入るように見つめてしまう。

ミュリエルだけではなく観客も落ち着かない様子なのは、なかなかお目にかかれない聖獣であるアトラを見る機会を得たからだろう。注目されていることにミュリエルの方が緊張してしまうが、当の白ウサギは遠くで「くあっ」とあくびをしている。

「ねぇ、姉上、あそこを見てくださぃ」

サイラスとアトラばかり見ていたミュリエルは、リュカエルに言われて競技場の円周に添うように設置された、南西からはじまり南東で終わるコースを見る。すると、高さの不ぞろいなハードルやジグザクに走るために立てられた太く長い丸太、傾斜のつけられた大きな踏み台に悪路にするための泥の水たまり等が目に映った。しかし弟が指をさしているのは、各所でなぜか手に弓を持ち待機する者達だ。

「あぁ、あれはですね、コース途中から弓矢での妨害があるので、そのための人員ですね。ですがご安心ください。矢尻部分はインク袋で、当たっても色がつくだけですから」

「えっ!?」

リーンの説明に、ミュリエルは驚いて思わず声をあげた。いくら矢尻がインク袋でも、当たれば絶対に痛いと思う。当たりどころが悪ければ、怪我だってあり得るのではないだろうか。

それにアトラは明言していないが、かなりの綺麗好きでもある。日々の触れ合いで簡単に気づける程度には、常に汚れを嫌っていた。それなのにインクの矢が降るなかを、駆けるというのか。そもそもあの白い綺麗な毛並みに色がつくところを、ミュリエル自身が見たくない。

しかしそんな戸惑いなど意に介さず、サイラスとアトラが出走ラインに立つ。待ち遠しかったような、まだ来ないでほしかったような、そんな不思議な思いを胸にミュリエルは手に汗を握った。あの場を走るのは自分だと錯覚してしまいそうなほど、緊張感が高まる。

スタートの合図を送る係が、持っている旗を地面に向かって斜めに構えた。

姿勢を低くしたアトラに合わせて、サイラスも上体を倒す。どうやら開始と同時にトップスピードに乗るつもりらしい。ピンッと緊張の糸が限界まで張ったのを感じた。

係が手にした旗を、バッと振り上げる。力強い後ろ脚が、地を蹴《け》りだした。

土で作られた山坂に、丸太で区切られたジグザグ道、点々と作られたぬかるむ地面。すべての障害をいっさい無駄《むだ》のない動きでアトラは駆け抜ける。浮き上がらずに低く保たれたしなやかな白い肢体《したい》からは、風をまとう様子さえ伝わってくるようだ。

「さすが団長とアトラだな。無駄のいっさいないあの動き、見惚《みほ》れてしまう」

「あの域に達したら、どんな景色が見えるんだろうな。最高に格好よくて、やばい」

「何度も目にしてきた我々でこうだから、はじめて目にする者達は衝撃を受けるだろうな」

レインティーナにスタン、そしてシーギスは目を釘《くぎ》づけにされながらも、会話ができるのだからまだ余裕がある。ミュリエルはサイラスとアトラの走りを見るのははじめてではないが、やりとりを聞くだけで感想を口にする余裕まではなかった。自然と祈る形に組んでいた指に、唇をあてる。

中盤を越えると障害物に加え、弓矢による妨害がはじまった。体を汚してしまう姿が頭をよぎり、顔が強張《こわば》る。ところが、心配を他所《よそ》に次々と射かけられる矢さえ、アトラは軽々かわしていった。白ウサギの駆けたあとの地面に、次々とインクの花が咲く。

「……観戦しているだけでも、意外と力が入ってしまうものですね」

ミュリエルが瞬きも忘れて食い入るように見つめていると、座ったままのリュカエルが呟《つぶや》きながら前のめりになっていた体を背もたれに預けた。気づいて体の力を抜けるだけでもすごい。ミュリエルなどは、組んだ指先が力の入りすぎで白くなっている。ついでに息も止まっている。

雨あられと降り注ぐ矢を、身をひねってかわし続けるアトラ。矢の飛んでくる方向は右側のため、古傷により不自由となったアトラの右目では動きを追い切れないこともあるだろう。それなのに迷いもなく、いっさいの無駄をそぎ落とした動きでよけられるのは、きっとサイラスの細やかで的確な指示があるからだ。

そして、白い体がちょうどミュリエルの正面に来た時。今まで地面すれすれを鋭く駆けていた体が大きく飛びあがる。途端に会場から悲鳴に近い歓声があがった。狙ってそうしたのだと気づけたのは、確かに目が合ったからだ。しかも紫の瞳も赤の瞳も、笑うように細めていくほどの余裕さえみせる。

あまりに格好のよい姿に、ミュリエルは胸に苦しさを覚えるほどだ。だがそれらは一瞬の間に起こったことで、二者の姿はもう遠い。

降る矢の数は最後まで減らない。白ウサギの疾走スピードを読んで先に先にと射かけられる矢の、さらにその先をアトラは行く。誰も目にしたことも体感したこともない速さで、サイラスとアトラは停止線を越えた。くるりと宙返りした体は柔軟に勢いを逃がし、それまでの全力疾走が嘘のようにピタリと止まる。

アトラがまとっていた風が一拍遅れてほどけ、辺りにいる者達に強く吹きつけた。距離があり直接風を感じられないミュリエルにも、審判を務める者達のはためく服と顔をかばうように交差させた腕の固さから、巻き上がるような風圧があったのが見て取れた。

会場中から歓声があがったのは風が凪《な》ぎ、サイラスを背に乗せたままのアトラがスタスタと自陣に帰る様子を見せてからだ。その段になってやっと、ミュリエルも一緒になって満面の笑みで精一杯の拍手を送る。

『もう！　悔しいくらい格好いいわね！』

『圧巻の一言だな』

『完璧だったっス！』

『格の違いを見せつけられた感じや！』

レグ達の言う通りだ。アトラにはインクの染み一つない。純白の体は日に照らされて、毛先は透き通るほどで、それ自体がまるで光っているようにさえ見える。それなのにアトラも背に乗るサイラスも、とても自然体だ。周りの興奮を意に介さない姿は、かえって他の者達により強い印象を残した。

神々しいまでの姿に胸が高鳴る。何か伝えたい気持ちはふくらむが、なんと声をかけていいのかわからない。サイラスとアトラがここに帰ってくるまで、まだわずかばかり時間がかかるだろう。それまでに、少しは気の利《き》いた台詞《せりふ》を思いついておきたいとミュリエルは思った。


ところが、大会は無駄な隙間《すきま》時間ができないように工夫されているため、連続で出番のあるサイラスは忙しい。アトラを帰すとたいした言葉も交わせずに、すぐに行ってしまった。もちろんレインティーナ達も連れ立って競技場に向かっている。

ここから、問題の個人戦がはじまる。ミュリエルは、会場中の誰よりも体に力が入っていただが。

「ちょっと、団長殿。簡単に勝ちすぎですよ……。実力的にそうなるのはわかるんですが、あまりにお強くて、何も知らない人からヤラセ疑惑が出てしまいそうです」

蓋《ふた》をあけてみればリーンの言う通り、サイラスが他の追随《ついずい》を許さずに圧勝した。あっさり優勝を決めたサイラスは、涼しい顔で待機場所に戻《もど》ってきている。

「こうした場での演出の必要性は、私もわかってはいたのだが……」

途中で言葉を切ったサイラスが、ミュリエルを見おろして微笑む。

「それを理由に、ミュリエルに不安を抱《いだ》かせたくなかった」

自然と伸ばされた手は耳横の白い花を通り過ぎ、頭をなでる。ミュリエルは頬を染めた。サイラスの言葉通り、不安を感じる隙間はどこにもなかった。何しろ、ひと試合につきサイラスの剣が三度以上振られることはなかったし、時間にしても体感的には一分とかかっていない。

準決勝でサイラスとレインティーナが、スタンとエリゼオがそれぞれあたり、勝ったのはサイラスとエリゼオ。シーギスは準々決勝でレインティーナに負けている。

決勝でサイラスとエリゼオがあたる事態となった時は、どうしても冷や冷やしてしまったが、それも試合がはじまるまでだった。二人の試合内容は、それまでサイラスが見せた戦いと比べても特記するほどの違いがないもので、サイラスの圧勝。ミュリエルは拍子抜けしてしまった。

決してエリゼオが弱いわけではない。スタンとの試合は見応えがあるものだったし、聞けばスタンも聖獣騎士団内でレインティーナに次ぐ実力の持ち主だという話だからだ。要するに、サイラスが強すぎるのだ。嘘みたいに強い。

ちなみにレインティーナとスタンの激しい三位決定戦は時間内に決着がつかず、会場をおおいに沸かしたが、最終的にはあみだくじにより勝敗が決められた。当たりを引いたのはレインティーナだ。そのあとの一喜一憂する二人らしい姿に、彼らの日常が垣間《かいま》見えたりもした。

『ま、当然だな。サイラスにとってあの程度のヤツは、噛ませ犬にもならねぇよ。せいぜい羽虫ってとこだ』

『うふ。アトラったらここで余裕ぶっても駄目よ。個人戦の間中、ずっと力が入っちゃってたじゃない。今はサイラスちゃんが一位になって、安心したのが顔に出ちゃってるわよ！』

『あ？　オレの顔はいつもこんなもんだ』

　ミュリエルは振り返って白ウサギを見た。いつもの顔にしか見えない。そもそも、アトラは誰よりもサイラスの強さを理解し信頼しているので、余裕がなくなることなどないはずだ。

『サイラス君が「膝一つ、手一つでも地面につけたら、アトラの等身大ぬいぐるみをプレゼントする」などと、ミュリエル君と約束していたからな。そのせいだろう』

　クロキリが言っているのは、個人戦がはじまる前の話だ。どうしても不安から眉を下げてしまうミュリエルに、穏やかに微笑んだサイラスが確かにそんな約束をしていった。

　ただそれは、負けない自信を直接的な言葉ではなく、気持ちをなごませる話題をもって示してくれただけだ。しかし、ミュリエルは首を傾げる。そこに二つの話の繋がりが見えない。

『おい、クロキリ、それは……』

　ギリッとアトラが歯ぎしりをすると、すかさずスジオがかぶせて鳴く。

『ミュリエルさん、わからないって顔っスね。あれっスよ。小さいぬいぐるみをジブンらに嬉しそうに見せてくれた時も、アトラさん不機嫌になってたじゃないっスか。等身大なんて見せられた日には、そのぬいぐるみ、一日ともたず抜け毛と綿に戻る可能性大っスよ』

　続くスジオの発言にミュリエルは首を傾げつつ、馬車でコトラをサイラスからもらったあと、大喜びで聖獣達に見せて回った時のことを思い出す。どちらかというと指輪についてをからかわれた記憶が強く、ぬいぐるみについて触れられた記憶は薄い。

『スジオも余計なこと言ってんじゃゃ……』

ギリギリと苦虫を噛み潰したような顔で言いかけるアトラを、今度はロロが遮った。

『ヤキモチ妬《や》いて、ぬいぐるみについての会話はソッコーで切り上げましたからね。ミューさんがぬいぐるみに夢中になってるの、寂しいし嫌だと思うてたってことです。だってアトラはん、ミューさんのこと大好きやから』

最後まで綺麗に説明されて、ミュリエルは期待に満ちた目で白ウサギを見た。するとすぐに、赤い目がスッと細められる。たったそれだけの仕草で、ミュリエルはレグ達の観察眼が的外れでないことを知った。嬉しすぎて、大きく息を吸い込む。

万が一、本当に万が一サイラスが膝をつくような事態となり、アトラの等身大ぬいぐるみをもらったとしても、ミュリエルとしてはアトラの存在は別格だ。兎《うさぎ》布団をもらう約束をした時も、コトラをもらった時も大変喜んだが、それはあくまでアトラがいてこそ代替品《だいたいひん》として価値があるにすぎない。

胸いっぱいに息を吸い込みきると、ミュリエルはアトラに抱き着く用意をする。しかし、一歩進みつつ両手を広げたところでギッと歯をむき出しにされてしまった。思わずビタッと止まると、サイラスがミュリエルとアトラを見比べた。

「アトラ、もしやお前も私の戦いぶりに不満があったのか?」

『……、……、……戦いぶりにはねぇよ』

ミュリエルの後ろに立って聞くサイラスに、アトラはギリギリと歯を鳴らした。その様子に通訳を求めて見比べていたサイラスの視線がミュリエルに留まる。

「え、えっと、戦いぶりではなく、等身大ぬいぐるみにご不満があっ……」

「ガッチン!!」

「ひえっ」

説明途中で盛大に鳴らされた歯音に、ミュリエルは首をすくめた。サイラスは微《かす》かに首を傾げて思案してから、ふっと微笑むと後ろからミュリエルの両肩を両手で押してアトラの前まで進む。

「絶対に膝をつけない自信があったからこそ、した約束だ。お前の代わりは、私にとってもミュリエルにとってもいない。わかっていると思っていたが？」

隠すことなく笑いを含んだ声音で言うと、サイラスはミュリエルの手を取って自分の手とまとめて白い毛並みをなでた。ミュリエルは、サイラスがアトラとの関係の間に自分も含めてくれたことに気づき、嬉しさと恥ずかしさからおでこを白い体にくっつけてグリグリとこすりつけた。ちなみに赤い目は、とうの昔にそっぽを向いている。

何はともあれ、個人戦の優勝者はサイラスだ。まだ団体戦が残っているものの、前例から考えてもサイラスが最優秀者に選ばれるのは固い。ミュリエルとしてはすっかり肩の荷がおりた気分で、一人と一匹からのサンドイッチを甘んじて受けた。

しかも、プログラムの順ではここでいったん休憩《きゅうけい》が挟まれることになっている。となれば、常に保っていた緊張感すらプッツリと切れてしまっても仕方がないだろう。

「ミュリエル、私はこのあと大会本部に呼ばれていて、そちらに向かわなくてはならない。君は休憩の間、ここにいるか？」

「えっと、投票だけ行こうと思っています」

大会中であれば、いつでも一般の観客は気に入った騎士に投票をすることができる。プログラムの一部が切り離すと投票用紙になるのだが、ミュリエルは最後まで見るまでもなく、もちろんサイラスに投票するつもりだ。

「過保護かもしれないが、一人にならないように。いいだろうか？」

サイラスに聞かれて、ミュリエルは頷いた。エリゼオのこともあるが、これだけ人出の多い場所を上手にうろうろする自信がない。ここで大人しくしている方が身のためだろう。

素直なミュリエルの様子に安心したのか、サイラスは軽く微笑むと本部に向かう。レインティーナ、それにスタンにシーギスは、休憩になってすぐに参加者のために設けられた給水所に行ってしまったのですでにいない。

そこでミュリエルが真っ先にしたのは、投票用紙に「サイラス・エイカー」と迷いなくはっきりと記入することだ。記入が終われば残ったリーンとリュカエルと一緒に提出に向かおうと思っていたのだが、リーンが全員ぶんまとめて引き受けてくれるというので、お言葉に甘えることにする。任せてしまえば、ミュリエルができるのは弟と共に留守番をすることだけだ。

「負けたくせに、しつこいですね」

「えっ？」

ボソッと言われたリュカエルの言葉の意味がわからず、ミュリエルは聞き返した。

「キラン殿ですよ。こちらに向けて手を振っています。一度も応えていないのに、大会開始からめげずに何度も振ってきているんですよね」

「えっ！」

個人戦中はいざ知らず、その他の場面では正直まったく眼中になかったため、リュカエルに言われるまでミュリエルはエリゼオがそんなことをしていたなんて気づきもしなかった。慌《あわ》てて辺りに視線を走らせ姿を探す。

しかし四肢《しし》をしまって伏せていたアトラが、立ち上がらずに前脚だけを伸ばし、ミュリエルの前方に寝そべった。するとベンチに座っていたミュリエルの前を、白い二本の脚と顔がふさいでしまい、前が見えなくなってしまう。ついでにリュカエルの横では、後ろ脚を投げ出していたはずのスジオが、伏せの状態に体を起こして同じように外からの視界をふさいだ。

「しかもそのたびに、アトラさんと犬コロがこうやって僕らを隠すんです。姉上、気づいていなかったんですか？」

「は、はい、全然気づきませんでした……。アトラさん、そうだったんですか？」

赤い目をのぞき込むように聞けば、ひげがそよぐ。否定されないので、どうやら何気ないふうを装ってずっと守ってくれていたらしい。嬉しくてミュリエルは笑顔になったのだが、ふと見た弟は思案顔だ。

「リュカエル、どうしました？」

「アトラさんは、何も言わずとも姉上を守るんだな、と思いまして」

「ふふっ。リュカエルのことは、スジオさんが守ってくれましたね」

アトラとスジオが身構えたのは同時だった。ならば、リュカエルが言った言葉はそのまま本人にも通ずる。

「……そう、ですね」

歯切れの悪い返事をしながら、リュカエルはスジオをなでようと手を途中まで伸ばして引っ込めた。スジオはなでられる用意をして瞬時に耳を開いて待っていたので、かなり残念そうにしている。

「僕、ちょっと所用を思い出したので席を外します。団長もリーン様も帰ってきたので、大丈夫ですよね？」

スジオを残して立ち上がったリュカエルは、ミュリエルがサイラスの姿を探して振り返った隙に、返事も待たずに行ってしまう。仕方なく呼び止めるのは諦《あきら》めて、階段ですれ違うようにして戻ってきたサイラスとリーンを出迎えるためにミュリエルはベンチを立った。

「サイラス様、リーン様、おかえりなさい」

「はいはい、ただいま戻りました。つつがなく投票をしてきましたよ。それより、団長殿の方はなんの呼び出しだったんですか？」

階段をのぼりきったリーンが、隣に並ぶサイラスに問いかける。

「次の団体戦における、人員配分の相談だった」

「あー……。もしかして、そのご様子だと何か無茶振りでもされましたか？」

サイラスの様子に何かを感じたのか、リーンが眉をよせた。

「まぁ、そのようなものだな。私の個人戦の実力が本物ならば、この配分が妥当《だとう》だ、と言われた。伝える者は申し訳なさそうにしていたから、どこからか圧力がかかったのかもしれない」

言葉をかける代わりに白ウサギをひとなでして、サイラスは会話を続ける。

「私を含め、レイン、スタン、シーギスは東軍になった。エリゼオ・キラン殿は西軍だ。そして今大会で目立った活躍をした者と、普段からよい働きをする者も残らず西軍だな。代わりに東軍は新兵がそろった形だ」

団体戦は東軍と西軍にわかれ、ぶつかりあう。その際、騎士達は体に数個のインク袋をくくりつけ、それが破れて色がつけば負傷したとみなし、外野へ移動するのが決まりだ。勝敗は各軍共に一人だけいる旗持ちの騎士から旗を奪い、先に竿の先端で輝く金の冠頭を地につけた方が勝ちとなる。そんなルールを考慮しても、ずいぶんと偏りのある人員配分に思えた。

「遠回しにヤラセを疑われたってことですか？　嫌な感じですね。団長殿の最優秀者については決まったようなものなので、団体戦では勝つ必要はありませんが……」

「いや、私は勝つ気でいる」

リーンとミュリエルが顔を曇らせていると、サイラスは気にする様子もなく微笑んだ。

「実のところ、私にとってこの人員配分は悪くない。レイン達がそろって東軍に集まっているだけで十分だ。言い渡された瞬間に作戦は決まったし、上手く機能すれば勝機もある。だから問題はない、大丈夫だ」

不利な状況だとサイラスはまったく感じていないようで、いつも通り落ち着いている。ミュリエルはリーンと見合ってから、すぐに表情を改めた。サイラスが問題ないと言うのなら、真実そうなのだろう。実際、個人戦においても最初に約束した通り、膝をつかないのはもちろんのこと、まったく危なげなく勝ってみせてくれた。これまでだって大丈夫と言って大丈夫ではなかったことなど一度もない。

ところが、今回に限って「レイン達がそろって、上手く機能すれば」との限定が必要だったために、不具合が生じることになる。騒々しい三人組が近づいてきたと思ったら、声の主は聖獣騎士団の面々だ。

「おい、シグバートを呼んでこい！」

「無茶言うな！　任務に出てる！」

「じゃあ、コレ、どうすんだよ!?」

「目を離した俺達が悪いとしか、言いようがないだろうが！」

スタンとシーギスのそんなやりとりが間近に来てまで続けられれば、自然と視線は最後の一人へと向かう。

「む。私は酔っていないぞ。いたってシラフだ」

キリッと本人は言ったつもりだろうが、擁護《ようご》することを躊躇ってしまう。レインティーナはどう見ても顔がほろ酔いだ。しかもこの手の台詞は、酔っ払いにありがちなものでもある。

「……うぃっ、く」

そして本人が意図せずに出たしゃっくりに、その場にいる者すべてが半眼になった。

「わかりやすい酔っ払いだな、おい！」

「悲しいほどにレインらしい……」

何があったとサイラスが問えば、説明はスタンとシーギスからなされた。どうやら二人が目を離した隙に、レインティーナがジュースと間違えてグイッと一杯、とは言えないかなりの量のお酒をひっかけてしまったらしい。大会中ということもあり、出されていたのは景気づけ程度の度数が低い酒で、普通に考えれば酔うような代物《しろもの》ではない。

だが、個人戦でスタンと激戦を繰り広げ、女性でありながら三位となったレインティーナは、この大会で大変目立っている。よって、給水所にいるお姉様方からも絶大な人気があった。そのため我先にとお姉様方のおかわり合戦がはじまり、あれよあれよという間に杯を重ねてしまったのだという。

『おい、一気に雲行きが怪しくなったぞ。大丈夫か、コレ』

『もぉう！　レインったら！　締めておいてほしい時に、ガードが緩《ゆる》いんだから！』

『これまでといい、レイン君は一番武芸大会を謳歌《おうか》しているな』

『いかにもレインさんらしいっス』

『まぁ、負けても平気やし、目くじら立てるほどではないんちゃう⁉』

あくまでも悲壮感はなく、アトラ達はただ呆《あき》れている。

『レイン姉って酔っ払うと、いつもの五倍くらい面白いよねー！』

『わかるー！　それに巻き込まれるシーギスさんとか、見てるの楽しいよねー！』

チュエッカとキュレーネにいたっては、『ねー！』と楽しむばかりだ。

そもそも酒癖の悪いレインティーナが、一口でも飲んでしまった時点で周りは諦めるしかない。とはいえ誰彼構わず抱き枕にして寝るのではなく、自分の足で歩いて会話も一応成り立っていることを考えると、最悪の事態ではないのかもしれない。最悪ではないだけで、困った事態であることに変わりはないが。

「レイン、次の団体戦に出られるか？　勝つためには、君の力が必要なのだが……」

サイラスに声をかけられたレインティーナは、ドンと胸を叩《たた》いた。

「はい、団長！　私は、大活躍する気でいましゅよ！」

先程《さきほど》まで大丈夫だったはずの語尾が、なぜか怪しくなっている。どうやら飲んだ酒はまだ回り切っておらず、ここからさらに酔いが進む余地がありそうだ。

「……役目は、旗持ちだ。任せてもいいか？」

「えぇ、もちろん！　お任せくだしゃい！」

旗持ちなのになぜかファイティングポーズをとったレインティーナは、右に左にパンチを繰り出しはじめた。大変キレのある動きだ。

「……うぃっ、く！」

しかし右ストレートを振りぬいたと同時に、しゃっくりを忘れない。

「レインさん完璧に酔っていますね。ただ、身体能力が衰えないのはさすがです。旗持ち、任せられそうですかね。ね、団長殿？」

「あぁ。他の者よりは、酔っていてもレインに任せた方がいいとは思うのだが……」

サイラスの視線が、団体戦のために集まりはじめた東軍の面子《メンツ》へと向けられる。何かを探すようにひと通り騎士達を眺めて、視線はレインティーナに戻った。実績や経験の浅い新米騎士か、酔ったレインティーナか。最終判断はどうしたって後者だ。

司会によって、団体戦の開始が間近であることが会場に告げられる。レインティーナの酔いをさます時間は、どうやらない。


東軍、西軍が出そろった場で、レインティーナはスタンによって両肩をつかまれ、緊張感なくガックンガックンと振り回されていた。頭と首はすごい勢いで揺れているが、体幹はしっかりしており、大地を踏みしめた両足も一歩も動かない。そして身長の倍はある竿《さお》に掲げられた旗も、風に揺れるだけでなんら影響を受けていなかった。

「おい、レイン！　死んでも旗を放すなよ⁉　わかったな⁉」

「やめろ、スタン！　これ以上酔いを回すようなことをするな！」

「くそー！　可愛いお姉ちゃんにチヤホヤされやがってぇ！　なんでお前ばっかりモテんだよ！　俺だって、お姉ちゃんに次々酒を渡されたかったよ！」

「スタン、やめろって！　本音の方が漏《も》れてるぞ！」

レインティーナとスタン、どちらが酔っ払いかわからないやりとりを、耳のよい聖獣達の吹き替えつきでミュリエルは見ていた。動かぬ旗に希望を持ったが、やはり心配しかない。

唯一の救いは、サイラスが大変落ち着いた様子でいることだ。レインティーナ達の会話をいつもと変わらぬ表情で、淡く微笑んで眺めている。

しかしミュリエルはハッとした。あのサイラスの表情は落ち着いているのではない。仲間に入れずに悲しんでいる時のものだ。そのため即座に遠くから、誰か気づいてあげてください、と祈りを込める。

「俺とお前で何が違う⁉ 身長か！ 身長だな⁉ それ以外は断じて劣ってるつもりはねぇ！」

「いや、お前、身長も、だろうよ……。もう、やめとけ。な？ 傷口が広がるから……」

もう酔っていることなどどうでもよくなったのか、スタンの難癖がなんだか切ない。そしてやはり、サイラスも気づいてもらえない。ミュリエルは二重に切なくなった。しかし、おかげで心配と不安が薄れている。

そこで、ずっと二匹でおしゃべりを途切らせずに続けていたチュエッカとキュレーネが、パートナーである二人の会話を聞いて明るい声をあげた。

『アタシはスタン君の背が低いところ、めっちゃ好きだよ！ 気にして色々試してる姿が可愛いもん！』

『わかるー！ シーギスさんは、年とって見えるからって目尻のしわを気にしてるの！ でもアタシもそこが好き！』

　そして本人のコンプレックスをさらっと暴露しつつ、まるごと愛するチュエッカとキュレーネの真っ直《ます》ぐすぎる姿に、ミュリエルはさらなる切なさと脱力感をもらう。

『心配だわぁ。心配だわぁ。大丈夫かしら、レイン……』

『ワタシには違いがわからん。あの程度の酔い、彼女の日常を思えば通常の範囲内ではないか』

『足取りはしっかりしてたっスからね。戦闘能力には問題ないっス。それより、リュカエルさんの帰りが遅いっス』

『もともと理論より勘で戦ってるお人やから、むしろいつもより強いかもしれへんよ？　そんでもって、リュカエルはん、そういえば遅いですね』

　特務部隊の面々も、心配しながらもやはり楽観的だ。周りの様子がこれでは、ミュリエルだけが心配しすぎても仕方がないだろう。そして確かにリュカエルの帰りが遅い。

『アイツはミューと違って迷子にはなんねぇだろ。それより、前衛のヤツら見ろよ。腰が引けてるじゃねぇか』

　冷静なアトラの言葉に、ミュリエルは頷いた。素人目《しろうとめ》に見ても、戦いを前に東軍の前衛は浮き足立っている。それは西軍から放たれる威圧が肌で感じられるほどすごいからだろう。離れて見ているミュリエルの肌にも、ビリビリした空気感が伝わってくるほどだ。

　陣形の展開は、多少の差異はあるがほぼ同じだ。西軍は旗持ちの一人が最奥《さいおう》に立ち、それを十数名が守るように周りを固め、残りは前衛に厚みを出すように並んでいる。

東軍は旗持ちにレインティーナを配し、その周りにサイラス、スタン、シーギス、の三名がいるのみだ。西軍のエリゼオは、旗持ちを護衛する位置に立っている。

「団長殿ってば攻め重視にするかと思ったら、ずいぶんと守り重視な感じですね」

「えっ？」

「ほら、前衛の持っている武器が見えますか？　西軍は剣ばかり目立ちますけど、東軍は大盾を持っている者ばかりでしょう？」

リーンに言われてはじめて気づいたが、確かにサイラス率いる東軍の前衛は、体が隠れるほど大きな盾をそろって持っている。これがサイラスの言っていた勝つための作戦なのだろうか。

そろそろ団体戦の開始時間が来るらしく、合図をだす楽団が動きを見せはじめる。

『リュカエルさん、戻ってこないっスね……』

それなのにまだリュカエルが戻っておらず、スジオはずっとそわそわとしていた。

「スジオさん、匂いで追えませんか？」

喧噪《けんそう》に紛《まぎ》れるほどの小声で聞けば、スジオは空中を嗅ぐ仕草をする。

『近くにはいるんスけど、人の動きが多いせいか匂いがまざっちゃって、探しきれないんス』

そんなスジオの呟きをかき消す勢いで、管楽器のファンファーレが響いた。騎士達がそれに合わせて足を踏み鳴らせば、ざわざわとした会場の喧噪が二つの音に巻き込まれていく。種類が違うバラバラなはずの音がまとまっていく不思議な感覚は、そのまま会場全体の雰囲気をもー つにした。

ファンファーレがやみ、最後の足並みがザッと土を蹴る。真ん中で振られた大きな旗により、鬨《とき》の声と共にとうとう両軍の闘いの火蓋が切られた。

『あっ!!　リュカエルさん、いたっス!!』

「えっ!?」

開始と同時に大声で鳴いたスジオの顔は、西軍に向けられている。ぶつかり合うために動き出した騎士達のいったいどこにリュカエルがいるのか、鎧を身に着けて似たような格好ばかりでミュリエルはなかなか見つけられない。

「ミュリエルさん、どうしました?」

「あのっ!　リュカエルが西軍にいて……!」

東軍ではなく西軍を真剣な顔で見ているミュリエルを不思議に思ったのか、リーンが一緒になって同じ方向に目を向けた。

「あぁ。もしかして、数合わせでつかまっちゃいましたかね」

「そ、そんな……!」

「ですが、大丈夫だと思いますよ。数合わせで参加された方って、大抵《たいてい》自分でしれっとインク袋を潰して外野に移動しますから。リュカエル君はそういうの、問題なくできるでしょう?」

リーンに説明してもらい、確かにリュカエルならば真面目に参加して怪我をするなんてことには絶対にならないと安心する。とはいえ、やはり目は弟を探してしまう。

しかし、その間も戦局は動いている。リュカエルがいると思われる西軍の前衛は、雄叫《おたけ》びをあげながら突っ込んで行き、その後ろをゆっくりと旗持ちと護衛が続く。対してサイラス率いる東軍は一歩も動かない。そして、最前列の騎士がぶつかるその間際。

『「全軍後退」だってよ。サイラスが指示してる』

この喧噪のなか、ただ一人の者の声を拾うとは、さすがアトラだ。しかし言われた内容が解《げ》せない。意味を問う相手がいないまま、眼前の騎士達が指示通りの動きをはじめた。しかも、それはゆるやかな後退ではない。西軍が見せる攻めの勢いと同等の速さで、東軍が引いていく。

『ミュリエルさん！　リュカエルさん、外野に移ったっスよ！　これで安心っスね！』

スジオの報告を耳だけで拾って、頷く。リュカエルへの心配がなくなれば、すべての関心は東軍の動きに向けられた。

「あ、なるほど！　ミュリエルさん、ここからですよ！　見逃さないように！」

わくわくするようにリーンは声を弾ませているが、あっという間にこちらに向かって追い込まれた東軍は、壁を背にして隙間なく前衛が半円を描く形に足を止めている。こうなってしまえば、あとは西軍の猛攻を大きな盾でひたすら防ぐことしかできないだろう。事実、東軍の前衛は大盾を地面にドシンと置いて、全身で相手方を押しとどめる体勢に入っていた。

そんな東軍の消極的な姿を見た西軍の勢いが増す。さらに加速して迫り、互いが最初の接触を果たす時が目前となった。

「っ⁉」

ミュリエルは息を飲み、目を見開いた。東軍と西軍が接触した瞬間、サイラス、スタン、シーギスの三人が、仲間の騎士を踏み台にして人垣を大きく飛び越えたのだ。そして、ぶつかり合って互いしか見えていない両軍の前衛を置き去りにして、一気に走りだす。

　東軍が後退したのを勢いよく追いかけた西軍の前衛と、旗持ちの間には大きな距離ができていた。その距離を瞬《また》く間に三人はつめていく。旗に迫る三人に西軍の前衛は気がつかない。

「あとは時間との勝負ですね。団長殿達が護衛を突破して旗持ちを倒すのが先か。大盾が崩されてレインさんが囲まれてしまうのが先か」

　リーンの言葉で、夢中になってサイラスの動きを追っていた目を、レインティーナに向ける。前衛達の激しいぶつかり合いもなんのその、レインティーナは渦中にありながら堂々と仁王立ちをしていた。自分の身長の二倍はある旗竿を片手で持って、ドンと石突《いしづき》を地面にめり込ませ、もう片手は腰にあてて前を見据えている。酔いがさめたかどうかはわからないが、今のところは問題なさそうだ。

『サイラスが敵の騎士とぶつかるぞ』

　アトラにガチンと歯を鳴らされて、ミュリエルは慌てて視線を戻した。サイラスは走りながら次々と騎士のインク袋を破っていく。向かって行く騎士のなかにはエリゼオの姿があり、個人戦で一度相対しているからか、他の騎士のように突っ込むことはせず、距離をとるようにして粘りを見せる。

　しかし距離をとったエリゼオを、サイラスは相手にするのをやめた。旗に向かう動きを見せる。それに慌てたエリゼオが斬りかかれば、サイラスはわかっていたように受け流した。やり

合う気満々だったらしいエリゼオは、力をかける場所を急に失ってバランスを崩す。

完全に旗への道があいたサイラスは、再び駆けだした。それはスタンとシーギスも同じだ。

「東軍の大盾が崩されましたよ！　団長殿、急がないと！」

どちらの局面も目が離せない。せわしなく視線を動かしながら、ミュリエルはいつの間にか祈りの形に組んでいた手にますます力を入れた。

「あ！　レインさんが囲まれてしまいました！」

東軍の守っていた半円のなかに入り込んだ数人の騎士が、レインティーナに狙いを定める。にらみ合ったのは一瞬で、そのうちの一人が剣を振り上げてレインティーナに向かっていった。剣を持たないレインティーナに何ができるのだろう。ミュリエルは見ていられなくて、目をギュッとつぶった。

「お！　さすがレインさん！」

絶体絶命の場面で言うには不似合いのリーンの台詞に、ミュリエルは恐る恐る目をあける。するとなぜか剣を振り上げていた騎士は地面に倒れ、胸をインクで染めていた。

レインティーナが旗の竿部分を使って応戦したのだ。その証拠に、レインティーナは腰を落として竿を両手で握り、構えの姿勢をとっている。

「あ、あれは、ルール的に大丈夫ですか⁉」

「えぇ、もちろんです。冠頭を地面につけたら負けとはありますが、旗で戦ってはいけないという文言はありませんからね」

レインティーナの思いっきなら危険だが、リーンのお墨《すみ》付きがあるなら安心だ。その後もレインティーナは姿勢を低くしたまま、竿を武器代わりに騎士達を薙《な》ぎ払う。一撃にどれだけの力を込めているのか。大胆な動きにあわせて大きな旗が華やかに空を切れば、囲んでいた騎士達は足もとをとられて次々と横転し、インク袋を破裂させた。

『キャー！　レイン、素敵ぃ!!』

レグの黄色い声援が飛ぶ。観客席からもレインティーナの名前がしきりに呼ばれていた。その声は老若男女を問わないが、悲鳴をあげながら熱狂的に手を振っているのは主に女性陣だ。

『もともと得手が槍《やり》だからな』

『槍も旗も、持ち手が長いっスからね』

『手慣れたもんやね。見てて安心です』

ミュリエルもうんうんと頷く。個人戦三位の実力は伊達《だて》ではない。

『おい、サイラスの方も佳境《かきょう》だぞ』

盾が突破されても、レインティーナは持ち堪《こた》えてくれる。そんな信頼を胸に、ミュリエルは競技場中央のサイラス達に視線を移した。

『スタン君、見せどころだよー！』

『シーギスさんも、頑張ってー！』

いつでもおしゃべりに夢中なチュエッカとキュレーネでも、今口から出るのは声援のようだ。サイラスとシーギスの二人が目配せをし、かなり減らした敵騎士の攻撃の合間を縫って接近する。そしてすれ違い様に手を繋ぐと、旗へ向けて腰を落とした。その繋がれた手はジャンプ台だ。全速力で走り込んできたスタンが飛び上がる。スタンの踏切に合わせて、サイラスとシーギスが大きく手を振り上げた。そしてそのまま手を放すと交差するようにすれ違い、護衛の騎士達と再び斬り結ぶために剣を構えた。

身軽に空中で体勢を整えたスタンは旗のてっぺんギリギリに片手でつかまると、飛びついた反動に全体重さえも乗せて旗を地面に向かって引き倒す。旗持ちは後ろに向かってかけられた力にのけぞり、そしてついには柄を放さないまま一緒に倒れた。西軍の冠頭が土に汚れる。

終了の合図は開始と同様、管楽器のファンファーレだった。無事に勝利をつかんだ安心感から、同じ音色もずっと晴れやかに聞こえた気がした。リーンが笑顔で手を出してきたので、ミュリエルも笑顔のハイタッチで応える。

そして試合の終了を告げる審判が壇上に立ち、高らかに結果を告げた。

「勝者、西軍！」

ミュリエルを含め、その場にいた全員が笑顔で固まった。会場も騒然としている。サイラスが率いているのは東軍だ。冠頭が地面についている西軍と違って、東軍の冠頭はいまだレインティーナが堂々と掲げた旗の先で輝いている。それなのになぜ、西軍の勝利が宣言されているのか。すると壇上の審判が、こう続けた。

「東軍の旗持ちが竿にて応戦した際、冠頭が地面と接触したことを確認しております。その瞬間が西軍の冠頭が地面についた時より早かったため、先程の宣言同様、団体戦の勝者は西軍といたします」

ミュリエルは驚きに開いてしまう口を両手で覆った。

「そ、そんな……！」

「まさかの、自爆……！」

リーンも驚きで糸目の奥の瞳が見えている。

審判はレインティーナのしくじりをやんわりと伝えたが、どうもその瞬間を目撃した者の話しを漏れ聞くと、竿を逆手に持って自ら冠頭を地面に打ちつけたらしい。それも見栄を切るように竿を大回転させたあと、思いっきり力強くだ。それが本当なら物言いをつける隙間もない。

『あぁぁあああぁぁあっ！　もぉう、レインったらぁっ！　みんな、本当に、本当にごめんなさいっ!!　アタシの、アタシのレインがぁぁあああぁぁ！』

だっばーっと涙を噴き出したレグが、足を折ってその場に伏せる。

『なんて言えばいいんだ。まぁ、もう、笑うしかねぇよな？』

『うむ。レイン君は期待を裏切らないな』

『やっぱり酔っ払ってたんスね』

『身体能力が衰えへんのがまさかの敗因でした』

レグの本気の謝罪を軽くアトラ達が流すと、チュエッカとキュレーネは慣れた動作でチョロチョロと巨体をよじのぼった。

『レグ姉、どんまいだってー！』

『レイン姉は、さすがだよー！』

涙を零すレグを慰《なぐさ》めるように、小さい口と手を器用に使って毛繕《けづくろ》いをしていく。我が事のように気落ちするレグを皆で慰めていると、一番最初に戻ってきたのはリュカエルだった。

「リュカエル！　とても驚きました！　怪我はありませんか？」

開始早々外野に移動したリュカエルに怪我があるとは思えないが、ミュリエルは弟の姿を上から下まで見回す。

「大丈夫ですよ。最後の賭けだからと団体戦参加なんて、思い切ったことをしたなと自分でも感じていますが、まぁ、それであっても怪我をするなら僕は出ません」

「えっ？　賭け？　それって、いったいなんの話……」

リュカエルが何を意図しているのかわからなくて聞き返そうとしたのだが、賑《にぎ》やかな声が後ろからしてきて振り返る。比較的遠いところにいたサイラス、スタン、シーギスが、途中でレインティーナを回収して階段をのぼってくるところだった。肩を組んだレインティーナの耳もとで、スタンが何事かを大声でずっと語りかけている。

レインティーナはどうやら酔いがさめてきたのか、酔っ払いの顔ではない。ただ、スタンが言葉を重ねるごとに徐々に顔がしかめられていく。ミュリエル達のいる踊り場に到着した時には、眉間《みけん》と鼻の上にしわまでよせていた。

「申っし訳、ございませんでしたぁっ！」

スタンから懇々《こんこん》と己の失態を言い聞かせられたのか、レインティーナは集合した面々を前にいきなりガバリと土下座をした。

「馬っ鹿、この馬っ鹿、バカレイン！　綺麗なお姉ちゃんと仲良くなんてしてたからだろっ！」

「スタン、お前はガキか。やめろって。真剣に見苦しいから！」

しゃがんだスタンがバンバンと背中を叩くと、すかさずシーギスが止めに入る。

「レインティーナ様、女性が膝をつくのはどうかと思います」

レインティーナを慰めようと傍に行こうとしたミュリエルだったが、意外にも真っ先に立つのを促《うなが》したのはリュカエルだった。出遅れたミュリエルは、弟が見せた気遣いに笑顔を向ける。

「リュカエル、優しいですね」

「えぇ、僕は勝たせていただきましたから」

しかし、動機は優しさからきたものではなかった。

「レイン、そんなことはしなくていい。そもそも君だけの責任ではない。我々が、もう少し早く相手の旗を倒すべきだった」

まだ地面に膝も手もついたままのレインティーナだったが、サイラスから声をかけられて土下座を正座に変えた。そこにレグが鼻っ面を押しつける。

『もーぅ！　レインったら！　途中まではとっても格好よかったのにっ！』

「レグ、お前も怒っているのか？　そうだな、怒って当然だ」

『怒ってないわよ！　怒ってるんじゃなく、むしろ一緒に謝りたい気持ちでいっぱいよ！』

「あぁ。もっと叱《しか》ってほしい。だが、どうか嫌いにはならないでくれ」

『何言ってんの！　嫌いになんてならないわよ！　とっても好きだもの！』

「もちろん、深く反省している。怒りの体当たりも、全身で受け止める所存だ」

『だから！　怒ってないんだってば！　好きなの!!　大好きよっ!!』

　レインティーナはあくまで神妙な様子だが、ムギュッと押しつけられたレグの鼻面で顔が潰れてしまっている。この二者の会話が噛み合わないのはいつものことで、ミュリエルは生温かく見守ることにした。周りの者達も、いつであっても関係性の変わらないレインティーナとレグを笑って眺めている。

「ミュリエル」

　いつの間にか触れるほど近くに来ていたサイラスに呼ばれ、ミュリエルは隣を見上げた。

「は、はい……」

　返事をしたものの、サイラスの顔は噛み合わないままじゃれているレインティーナとレグ、それを囃《はや》し立てる者達に向けられている。そして視線が合わないままに、サイラスの人差し指がそっとミュリエルの小指に触れた。

「勝つなどと大口を叩いたのに、このような結果を見せてしまい、すまない。呆れてしまったか」

　ミュリエルの気持ちをうかがうように、サイラスが軽く人差し指をミュリエルの小指にひっかける。ごく軽い触れ合いだというのに、ドクンと一度大きくなったミュリエルの心臓は、そのまま速度をあげた。

「い、いいえ！　その、結果は残念でしたが、と、とても……、格好よかった、です……」

サイラスの顔は変わらず前を向いているが、ミュリエルは横顔すら眺めていられなくて下を向いて告げる。

「そうか」

「は、はい」

サイラスとミュリエルは、どちらからともなくひっかかっていただけの指を深くからませる。レインティーナとレグの大騒ぎはまだ終わらない。全員の視線がそちらに集まっているのをいいことに、二人はしばらく人差し指と小指を繋ぎ続けた。


表彰式となり、聖獣騎士団の四人はそろって競技場中央に造られた表彰台に呼び出され、順次賞品を受け取っていた。サイラスは個人戦一位。レインティーナは三位でスタンが四位、シーギスは五位だ。抜けた間の二位は、もちろんエリゼオである。

最終的に、サイラスが今年の最優秀者に選ばれるのは間違いなく、ミュリエルは心穏やかに拍手を送りながら表彰式を見ていた。面白いのは、渡される賞品が多様なことだ。

名工の手がけた剣はわかるのだが、高級ワインの詰め合わせだとか、食堂の食事券一年分だとか、街で人気のお菓子屋さんでの優先購入権だとか、食べ物関係が不思議と多い。

残るは最優秀者の発表と、団体戦の賞品となったクロキリとスジオのお見合いのみとなり、観戦者のなかには帰り支度をする者の姿がちらほら見えはじめる。そんな雰囲気にミュリエルもすっかり肩の力が抜けていたのだが、エリゼオの招待状からはじまった今回の騒動は、まだ終わりを迎えてはくれなかった。

「ご来場の皆様に、ここでお知らせがございます。例年ではこの後、最優秀者の発表になるのですが、今年は異例の事態となりました」

司会者の文句が不穏で、ミュリエルは途端に耳を澄ます。

「今年の武芸大会の最優秀者は、同点にて二人となっております」

続く言葉は考えてもみないものだった。ミュリエルが驚きに体を硬直させている周りで、アトラ達もいっせいに体を起こし、リーンとリュカエルも目を見張っている。

「肩を並べましたのは、サイラス・エイカー、そしてエリゼオ・キラン、両名となります」

驚きに声もあげられないミュリエルだが、会場全体は喧噪に包まれた。個人戦の結果に、建て前上は観客の投票も加味されるとサイラスは言っていた。であれば、よっぽど一般の投票がエリゼオにだけつぎ込まれたなら、万に一つ、いや、億に一つの可能性はあるかもしれない。だが、絶対にそんなことはないと思う。

「大会史上はじめての事態となりましたので、ここから審議に入らせていただきます。時間をいただくことが予想されますので、都合上誠に勝手ながらプログラムの変更をさせていただくこととなりました」

司会の説明は、驚きに固まるミュリエルを置き去りにして進む。

「つきましては、団体戦で勝利を収めました西軍への賞品授与、こちらの順番の繰り上げを行います。まもなく開始いたしますので、対象者は競技場中央へお集まりいただきますよう、よろしくお願いいたします」

これにより、授与式がいったん中断される。サイラスとエリゼオの二人は会場北側に設置された本部に呼ばれたらしい。そちらに向かっている姿が見えた。

「僕、審議に乱入してきます！　こちらが不利にならないように、頑張ってきますので！」

はたしてそんなことが可能なのか。ただ止める間もなくリーンは走っていってしまった。

「姉上、寝ましたか？」

「い、いえ、起きています……」

呆《ほう》けているミュリエルの意識を、リュカエルが確認してくる。

「なんというか、作為的なものがすごいですね。……こういうことが起こるから、僕は素直に喜んであげることができないんです」

「えっ？　それは……、どういう意味ですか？」

「僕もこう見えて、姉上の幸せを願っているということですよ」

まったく答えになっていないと思ったが、リュカエルがいつも気にかけてくれること自体は知っているので、ミュリエルはとりあえず頷いた。

「えっと……、知っています」

その反応に満足したのか、リュカエルはめずらしく軽く微笑んだ。

「でも、今はまず自分の方の決着をつけてきます。ということで、行ってきますね」

「え？　ど、どこに⁉」

「僕も西軍でしたから」

歩きだしたリュカエルから背中越しに言われてしまい、ミュリエルは引き止めることができなくなった。西軍だったリュカエルは、どうやらちゃんとお見合いの場に参加するつもりらしい。弟の本意がどこにあるかわからないが、参加自体は喜ばしいことだ。

スジオはどう思っているのかと振り仰《あお》げば、大変情けない顔をしていた。目が合って見つめ合うとよくない相乗効果が生まれてしまい、互いにより不安でいっぱいの顔になる。

『おい、辛気臭《しんきくせ》ぇ顔すんな。まだ、そんな深刻な状況じゃねぇだろ』

『えぇ、そうね。大丈夫よ！　だって、ミューちゃんの方はサイラスちゃんとリーンちゃんがなんとかするはずだし、スジオはとりあえずこの場は逃げちゃえばいいだけでしょう？』

アトラとレグに励まされてひとまず自分のことを飲み込んだミュリエルは、スジオと並んでお見合いの当事者であるクロキリに意見を求めた。

『うむ。あきらかな不正を見せられて、ワタシは気分が萎《な》えてしまったからな。今から見合いなど、する気も起きない。スジオ君も、この場はレグ君の言う通り逃げるのがよかろう』

するとクロキリは完全に見合いへの期待をなくしてしまったらしく、競技場中央に集まって説明を受けている元西軍の騎士達を見ようともしない。

『そ、それはそうなんスけど、あそこにリュカエルさんが……。も、もちろん、逃げるっスけど、でも、リュカエルさんが……、……、……、キ、キューン』

対してスジオはリュカエルの名を何度も呼びながら、騎士達を凝視《ぎょうし》している。大柄な騎士達に紛れてしまった弟の姿をミュリエルは探しきれないが、どうやら確実に認識して見つめ続けているらしい。あと追いをするような、悲しげな鳴き声をあげることも忘れない。

「で、では、そうですね。わかりました。えっと、スジオさん。もしリュカエルがスジオさんを呼んでくれたら、それはそれで嬉しいですが、違ったとしても皆さんの言う通り、逃げてくればいいだけだと思います。なので、スジオさんも、あの、肩の力を抜きましょう……！」

安易に「頑張れ」とは言えなかったミュリエルは、アトラから離れるとマッサージをするようにスジオの前脚のつけ根を力強くもみほぐした。

『なんや、あっちもこっちも急に落ち着きまへんなぁ。……あの、むしろ山場はここからなんてことは、ないよね？』

ロロの疑問に答えられる者はいない。なんともいえない微妙な空気になっていると、どうやら見合い開始の合図が出されたようだ。競技場中央に集まっていた騎士達の視線がいっせいにこちらに向いて、ミュリエルは注目されているのは自分ではないというのにビクリと肩を震わせた。ギラギラした目が怖いと言っていたスジオの気持ちがよくわかる。

『ここにいてはよくないな。ワタシは早々に離脱させてもらおう』

『キ、キューン、クンクーン……、ヒーン』

『……スジオ君、本気で泣くのはやめたまえ。聖獣の矜持《きょうじ》を忘れるな』

言うが早いかクロキリは羽ばたくと、あっという間に誰の手も届かない東門のてっぺんに飛んでいってしまう。クロキリがバサッと羽ばたいた風で、ミュリエルの栗色の髪が暴れるように乱れる。クロキリは見合いに貪欲《どんよく》な騎士達に少しも希望を持たせるつもりがないらしく、優雅に翼を畳むと、あとは日課の毛繕いをはじめてしまった。

周りに聖獣達がいたおかげで体まで吹き飛ばされずに済んだミュリエルは、尻尾をまたに挟んだままのスジオを心配する。

「ス、スジオさん、と、とりあえず……、ひぃっ⁉　に、に、逃げないとっ！」

少し目を離した隙にすごい勢いでこちらに迫りくる騎士達の鬼気迫る様子に、ミュリエルは悲鳴を喉に張りつけた。盛大に引きつった顔で、スジオを急《せ》かすように両手を振る。

『に、に、逃げ、逃げ、逃げるっスぅぅうぅぅぅっ‼』

わたわたと何度か足踏みをしたスジオは、一足飛びに踊り場から競技場に降り立った。そしてそのまま、競技場の外周を回るように走りだす。クロキリに手が届かなくなったことで唯一の目標となったスジオに、すべての騎士達が群がった。

身体能力では圧倒的に有利なスジオがつかまることはないはずだ。だが、極度の緊張と場所がいつもの庭と違って限られるせいか、上手に逃げることができない。

しかも騎士達のなかで追いつめるまで協力するのが暗黙の了解となったのか、全員でスジオの進行方向をふさぐように連携し、囲む輪を狭《せば》めていく。スジオは優しい性格が災いして、騎士達を蹴散らしてまで逃げることができないらしく、どんどん苦しい状況に追い込まれていった。ミュリエルはもう気が気ではない。

「……っ!? リュカエルっ!? なんで帰ってきたんですか!? だって、まだスジオさんが!」

スジオにばかりに気を取られていたため、弟が帰ってきていることに気づきもしなかった。しかも、離れた場所でスジオが窮地に陥《おちい》っているというのに涼しい顔で戻ってくるなんて、いったいリュカエルはどういうつもりなのか。もしかしたらという期待を持っていただけに、ミュリエルは恨みがましい目を向けてしまう。

「僕がどこにいても同じだからですよ」

あくまで自分のペースを崩さないリュカエルに、ミュリエルはもはや涙目になりはじめた目をキッと細めた。

「それは、どういう意味ですか!?」

なかば八つ当たりのように責める言い方をしてしまったのは、騎士達に囲まれたスジオが耳を伏せ、尻尾をまたに挟んでとうとう腰まで低く下げてしまっていたからだ。あまりに可哀想《かわいそう》な姿に怒りに近い感情がわく。

「言ったままの意味です」

しかしそれでも飄々《ひょうひょう》と言ってのけたリュカエルは、階段をのぼりきって背を向けていた競技場をくるりと振り返った。顔を向けたのは、気弱な格好を見せる灰色のオオカミだ。その姿にわずかに微笑んでから、リュカエルはスッと背筋を伸ばすと大きく息を吸った。

「スジオ! 来い!」

短く一声。されどそれまでの弱腰が嘘のように、スジオの耳と尻尾がピンと立つ。蹴散らすことを躊躇っていた騎士達の存在を忘れてしまったかのように、大きく飛び越えて駆けだす。その勢いに幾人かが倒れ込んだが、スジオの目も耳もリュカエルにしか向けられていなかった。

ここを飛び出した時と同じように、階段下からひとっ飛びで踊り場まで戻ってきたスジオに対し、リュカエルは掌を見せる。スジオが静止したのを見て、ピッと手を下に向けて振った。

「お座り！」

スジオがいい笑顔でスチャリとお座りをする。

「……、……、……お手。おかわり。伏せ。そのまま、待て」

少しのズレもなく忠実に命令に従ったスジオに、リュカエルは近づくと手を伸ばしてあごの下をなでた。そして真剣な顔で灰色の目をのぞき込む。ミュリエルは一連のやりとりを思考停止状態で見ていた。何が起きているのかまったくわからない。

「今から乗るけど、僕は初心者だからお手柔らかに。わかった？」

『もちろんっス！　超絶優しくするっス！　絶対に落とさないっス！』

「うん、よろしく」

言葉は通じていないはずだが、リュカエルはスジオに返事をするとはっきりと笑った。鞍のついていないスジオの背にまたがる。

「リ、リュカエル！　な、なぜ？　どうしてっ⁉」

ぎこちなくスジオの背に乗るリュカエルは、ミュリエルの驚きにも軽い微笑みを返した。

「この絶対服従の犬コロを、他のヤツに渡すのが惜しくなったんですよ。結局、絆《ほだ》されたということでしょうか」

「それは……。でも、だって……」

スジオに乗ったことで高い位置にいるリュカエルを、ミュリエルは見上げた。聞きたいことがたくさんありすぎて、どこから何を尋ねればいいのか決まらない。

「本当は最初からわかっていたんです。僕がパートナーなんだってことは。だから今まで、名前を呼ばなかったでしょう?」

「そ、そんな……。では、全部わかって……?」

「えぇ。でも僕にも一応未来の展望がありましたから、簡単に聖獣騎士になるだなんて言えませんでした。だから何度か僕なりに、どの程度の縁なのか試してみたんです。そうしたら、意外と繋がりは切れなかった。切りきれなかった、と言った方がいいかもしれませんが……」

今まで見たリュカエルとスジオのやりとりが頭に浮かぶ。まさかリュカエルが、そんなことを考えながらスジオと触れ合っていたとは思いもよらなかった。不自然に思えた態度も、言い回しも、すべてこの考えのもとにされていたのだと知れば、なんとも弟らしく思えてしまう。

「極めつきは先程の団体戦です。団長達とわかれて西軍になってしまった時点で終わりかと思ったのですが、そうではなかった……。ですので、まぁ、腹をくくることにしました」

リュカエルに優しくなでられて、スジオが目を細める。その様子にミュリエルは目をウルウルとさせた。

「さて、これで見合いは終了ですが、向かってくる彼らにはっきりと伝えなくてはいけません。この犬コロが、誰のパートナーなのかってことを。ということでスジオ、できる？」

『もちろんス！　リュカエルさんが一緒なら、ジブン、なんでもできるっスよ！』

　少し前まで見せていた気弱な姿が嘘のようだ。耳はお手本のような三角の形をしているし、尻尾は先端の毛の一本に至るまで自信がみなぎっている。

「それじゃあ、怖く見えるように、精一杯吠《ほ》えてみようか？」

　走りよってきたものの、階段まではその勢いを持続できなかった騎士達が、ジリジリと様子を見ながらも最初の一段に足をかける。リュカエルの声かけで、距離を狭めてくる騎士達を正面に見据えたスジオは、立った姿勢はそのままに、グッと頭を下げて低くうなりだした。今まで見せなかったスジオの強い拒否の姿勢に、騎士達が動きを止める。そしてリュカエルが、騎士達に向けてピッと人差し指を振った。

「ウゥゥ……。ガウッ！　ガウガウガウッ!!　ガルルルルゥ、ガウッ!!」

　背後から出された指示が見えるはずもないのに、スジオは間髪入れずに吠えたてた。こんなに勇ましくスジオが吠えるところなど見たことがなく、普段仲良くしているミュリエルでさえ驚いてしまった。免疫のない騎士達が驚かないはずがない。

　体を硬直させた者は、まだよく耐えた方だ。なかには尻もちをつく者、悲鳴をあげてしまう者、逃げを打つ者までいる。当然、再び階段をのぼろうとする者などいるはずがない。

　堂々と四本の脚を広げて立つスジオの後ろ姿は、なんとも頼もしく立派なものだった。ミュリエルは感動した。結果に満足しているのが伝わってくるリュカエルの後ろ姿にも、同様の思いを抱く。自分と同じだけしかない背も肩も、しっかりとした男の人のものに見えた。

「ご会場の皆様にお伝えいたします。どうやらお見合いの結果がでたようです。これにて団体戦の賞品授与は終了といたします」

司会が滞《とどこお》りなく終了を告げる。今まで多くの人が見る機会のなかった聖獣のお見合いで、しかも新たに絆を結ぶ場面に立ち合えた幸運からか、会場からは温かな拍手があがっていた。ミュリエルも誰よりも近くからリュカエルとスジオに拍手を送る。

「姉上、何を泣いているんですか。感動するのはまだ早いですよ。だって、ここからまたひと山あるでしょう?」

振り返ったリュカエルは呆れ顔で、それを見たミュリエルは打っていた手をピタリと止めた。この感動的な場面が長く続けばいいと思うが、そうはいかない。司会からは続けてミュリエルの進退についての言及がなされる。

「また、先程より続いておりました審議の結果がでましたので、ご報告いたします。サイラス・エイカー、エリゼオ・キランの二名による、再戦が決定いたしました」

即座に力んだミュリエルだったが、再戦の言葉にホッとした。会場も拍子抜けしたような雰囲気だ。何せサイラスとエリゼオの力の差は歴然だ。再戦したところでサイラスの勝ちは揺らがないだろう。しかし、それは早合点だった。司会の説明は終わっていない。

「競技方法は、二名が最優秀者になった場合に望んでおりました女性をかけた、『おにごっこ』

となります」

「……、……、……へ？」

しれっとされた説明に、ミュリエルはまず自分の聞き間違いを信じて疑わなかった。されど観客席からあがるさざめきが、口々に「おにごっこ」という単語を連呼している。

「おにごっこ、だそうですよ。姉上」

現実逃避しかけたところで、駄目押しは弟のリュカエルからされた。

「判定は、先にその女性の手を取った者の勝ちといたします。時間が大変押しております。このまま競技に入りますので、ご観覧の皆様は今しばらくご着席にてお待ちください」

意外性のありすぎる再戦方法に、萎えた空気が漂っていた会場が再び沸き立つ。だが、ミュリエルにしてはたまったものではない。

「な、なんで、なんでですか⁉　お、おに、おにごっこ、だなんて！」

リーンはミュリエルが不利にならないように、審議の場へ行ってくれたのではなかったか。再戦方法が決定してしまった今、それを言っても詮無《せんな》いことだが、一言もの申したい。

「に、に、逃げないと、早く、逃げないと……」

ミュリエルは意味もなく右を向き左を向き、おたおたと両手を彷徨《さまよ》わせた。先程のスジオ以上の慌てっぷりだ。

「ねぇ、姉上？　もしどちらかに決めているのなら、逃げずに自分からつかまりに行けばいいのではありませんか？」

「っ！　そ、その手がっ！　で、では……、っ⁉」

北側の本部付近にいるサイラスに目を向けて、ミュリエルは頭が真っ白になった。なぜかサイラスは一般騎士に囲まれて、応戦している。対してエリゼオは誰からも妨害を受けず、こちらに一直線に向かってきているではないか。

「な、な、な、なぜ……っ⁉　サ、サイラス様が……！」

「細かいルールが決められていませんからね。エリゼオ・キラン殿に勝たせるために、妨害と援護に来たのでしょう。単純に、団長との手合わせに飛びついた騎士もいるかもしれませんが。あとは、見合い不発のフラストレーションも含まれている、かもしれません。ほら、帰ろうとしていた彼らも向かってきていますし」

「ひっ⁉」

スジオがリュカエルに従ったことでなんの旨味《うまみ》も得られなかった元西軍の騎士達が、一度は帰ろうとしていたところから一変、再びミュリエルのいる東門へと取って返してくる。

ミュリエルは震えあがり、絶望した。こんなに鬼がたくさんいるおにごっこで、どうやってサイラスと合流しろというのか。逃げ腰な気持ちが、会場に背を向ける方へとミュリエルの視線を誘《いざな》う。それにすぐ気づいたのは、アトラだった。

『おい、ミュー。オマエ、何をそんなに慌ててんだ』

「ア、ア、アトラさん、だ、だって！」

『オマエには、オレがいるだろうが』

「えっ？」

『この場から逃げだしたいって言うんなら、オレがさらってやってもいい』

「っ⁉」

ミュリエルが驚いたことが気に入らなかったのか、アトラが顔をグッとよせて至近距離でガチン！　と歯を鳴らす。思わず目をつぶったミュリエルがそろそろと目をあけると、間近で見つめる赤い瞳は優しく力強かった。

『いつでもどこでも誰からでも、俺がオマエをさらってやる、って言ったんだよ』

自信に溢《あふ》れた物言いにミュリエルは唇を震わせた。もちろん喜びにだ。抱き着こうとして一瞬躊躇えば、先程と違って今度は歯をむき出しにされることはない。遠慮なく抱き着いたミュリエルは、白ウサギが好きにさせてくれるのをいいことにグリグリと顔をこすりつけた。

『けど、まだその時じゃねぇだろ？　そもそもサイラスがいて、なんとかならないことなんてねぇしな。だから、今は届けてやる。サイラスのところまでな』

アトラはそう言うと、ミュリエルの襟首をくわえてポロンと長い耳の間を背に向かって転がした。鞍まで転がったミュリエルがもぞもぞと体勢を立て直すと、振り返ってこちらを見た白ウサギはニヤリと不敵に笑う。

ミュリエルはそれをパチクリと見つめ返し、ジワジワと理解した。鞍のついたままのアトラの背は、何もない状態で乗るよりずっと安定している。しかもつかまる場所が毛ではなく、手《た》綱《づな》や鞍の縁であることも好条件だ。ミュリエルは俄然《がぜん》明るくなった先行きに笑顔を見せる。

『ちょっと、アトラにミューちゃん。忘れてもらったら、困るわね！　だって、他にもいるでしょう？　頼れる仲間が！』

ブフン、と鼻息を吹き出しながらレグが身を震わせる。そしてその背には、迫る騎士達を制して戻ってきていたレインティーナが騎乗していた。

「ミュリエル、私に汚名返上の機会をくれ！　今度こそ役に立つ。迫ってくる騎士は、私とレグで蹴散らしてみせよう！」

『蹴散らすの、とっても得意だわ！　だから任せて！　アタシ、頑張っちゃう！』

自信満々、やる気十分なレインティーナとレグに、ミュリエルは大きく頷いた。そして仲間はこの二者だけではない。

「団長の幸せが、俺達の幸せだ！　団長の手に届くまで、俺達で君を守るよ！」

『うんうん、頑張ろう！　それにスタン君、正義のヒーローみたいで格好いいよー！』

同じくスタンとチュエッカが、弾ける笑顔をこちらに向ける。

「向こうが仲間を思って動くなら、こちらだってそれは同じことだ」

『そうそう！　頑張ろう！　しかもシーギスさん、いつでも渋くてシビレちゃうー！』

こちらもシーギスとキュレーネが、自信を持って頷きを返してくる。こんなに頼もしい仲間に囲まれては、もう負ける気などしない。ミュリエルの翠《みどり》の瞳が前向きに輝く。

「話の腰を折って申し訳ありませんが、僕は留守番をしています」

『リュカエルさん！　そんなこと言わずにジブン達も行……』

「スジオ、待て」

『はい！　了解っス！』

　勝利への確信が胸に満ちているため、リュカエルとスジオのそんなやりとりもただ微笑ましいだけだ。何より、いきなりリュカエルにスジオと駆けろというのは難易度が高い。

『ワタシは攪乱《かくらん》に回ろう。この大いなる翼を羽ばたかせるだけで、十分に効果があるはずだ』

『ほんならボクも、リーンさんと合流しがてら、こっそり援護に回ります』

　こちらもいつの間に戻ってきたのかクロキリが、ヒラリヒラリと翼をマントのように閃《ひらめ》かせれば、普段はあらゆる動きを遠慮するロロまで大きな爪を動かして、やる気を見せている。

『よし。ミュー、サイラスのところに着くまで落っこちんなよ！』

　準備運動のように後ろ脚だけ飛び跳ねたアトラに合わせて、ミュリエルのお尻もポンッと浮いた。サイラスと一緒に乗れば体が大きくぶれることはないが、ここからは一人で乗せてもらうことになる。激しい振動を予想し、ミュリエルは内ももにキュッと力を入れた。覚悟を決めて頷けば、アトラはキッと鋭い視線を前に向ける。

『いいか、オマエら！　うちの大事なミューに手ぇ出したらどうなるか、アイツらに嫌ってほど思い知らせてやれ！』

　ガチガチガチ！　っと鳴らされた歯に、短くもはっきりとした鳴き声があがった。だがそれ以上の無駄口はなく、聖獣達はそろって体勢を低くし、次なるアトラの言葉を待つ。

　グッと奥歯を噛みしめるような、力をためるそんなひと呼吸が挟まれ、そして。

『……よし！　行けっ!!』

鋭いアトラの号令に、聖獣達は一糸乱れぬ飛び出しをみせた。そろって力強く踏み鳴らされた足音が、一つの大きな音になって辺りに重く響く。

聖獣達の迫力に、一直線にこちらに向かってきていた騎士達は、途端に散り散りとなった。ただ互いに大きな怪我をさせる気はないため、移動の邪魔と無力化に重点を置いた動きとなる。

初手は聖獣達の思惑通りになったが、そこにエリゼオら後続の騎士が合流すると、明確な目印としてミュリエルがいるため、すぐに目標を定められてしまった。

しかしレグが、間髪入れず大きな足踏みで地面を揺らし、再び体勢を崩させる。巨体を利用して少なくない騎士達の動線をふさぎ、脇にどんどん押しやっていった。残った騎士達にはクロキリが羽ばたきで突風をお見舞いする。尻もちをついて動きが止まったところを、チュエッカとキュレーネが器用な両手を使って右に左に騎士をつかまえていき、さらにはすぐこの場に戻ってこられないように、客席にポイポイと置き去りにしていった。

皆の活躍で道が開け、アトラとミュリエルはサイラスを目指す。いまだ多くの騎士達を相手に立ち回りを続けているサイラスまでは、かなりの距離がある。とはいえ、アトラの機動力の前には目の前も同じだ。

『っ!!　ミュー、しがみついてろっ!!』

「っ!?」

あれだけ手にも内ももにも力を入れていたのに、アトラが大きく跳ねたため体が完全に鞍から離れる。いったん地に足をついたアトラは、浮いたミュリエルを背中に押しつけるようにもう一度地面と平行に跳躍した。二回のジャンプにより、サイラスから大きく遠ざかる。

チッ、という白ウサギの舌打ちを聞きながら、ミュリエルの目の端に映ったのは、地面を彩る複数のインクの色だ。障害物走で使われた矢が、射かけられたらしい。

『ミューが乗ってたら、かわしながら突っ切るのは無理だ。くそ、地味な妨害しやがって！』

アトラがバックステップを踏むたびに、地面に次々とインクの色が増える。だが一定のところまで下がると矢での攻撃はピタリとやんだ。威嚇《いかく》のためにに射るだけで、さすがにミュリエルにあてる気はないのだろう。

「ノルト嬢！」

行く手に刺さる矢に気をとられていると、背後にエリゼオが立っていた。アトラの後ろ蹴りが簡単に届いてしまう距離だというのに、身構えることなくただ手を伸ばしてくる。

「どうか、私の手を取ってください！　エイカー公爵ほどのいいところはお見せできませんでしたが、そんなところも含めて貴女《あなた》に『俺』を、お見せできたと思っています！　たぶんこの先も、こんな感じの人生だと思いますが、どうかご一緒していただけませんかっ⁉」

潔《いさぎよ》いのか無謀《むぼう》なのか。少なくともアトラが問答無用で蹴らないのだから、心意気は買ったのだろう。ただ、どちらにせよミュリエルの答えは決まっている。

「あ、あの、ごめんなさい。私は、貴方《あなた》の手は取れません」

「では、足ならいかがですかっ⁉」

「えっ……」

あまりに予想外のことを言われて、言葉につまる。しかもエリゼオは、発言に合わせて片足をピンとこちらに向けて伸ばしてきた。こんな滑稽《こっけい》な姿を見せられては、反応も取れない。そんなミュリエルの代わりに突っ込みを入れたのは、周りにいた騎士達だ。

「てめぇ、馬鹿か！　手を取れないって言われて足を出すヤツがいるか！」

「そういう時は自分から取りに行くんだよ！　そしたらお前の勝ちだろうが！」

ボコボコと殴られながら、エリゼオがポンっと手を打つ。

「ノルト嬢！　好きです！　結婚してください！」

何やら間の抜けたやりとりすぎてついつい見てしまったが、仲間からの助言を受けたエリゼオが再度手を伸ばして迫ってくる。アトラに臆することなく近づいてくる点だけはすごいが、それ以外は困るという感想しか出てこない。エリゼオと共にジリジリと近づいてくる騎士達に囲まれて、ミュリエルはアトラの再度の跳躍を予感し、鞍の縁にギュッとつかまった。

しかしその時、視界をサッと灰色の影が横切る。

「エリゼオ・キラン殿、貴方は誰を見て、誰に対してその台詞を言っているのですか？」

留守番すると言っていたのに、割って入ってきたのはリュカエルとスジオだ。リュカエルは高い位置から、いつもの表情で呆けたエリゼオの顔を見おろしている。

「そういえば、僕が望めばいつでもどこでも正座をしてくださるんでしたっけ？」

「へっ……？」

エリゼオはミュリエルだと思っていた者から聞いた台詞をリュカエルから聞いて、混乱したらしい。しきりに姉弟を見比べはじめた。だが、リュカエルの台詞に驚いたのはエリゼオだけではなく、スジオもだった。なぜか『えっ⁉』と同じような声をあげている。

『リ、リュカエルさん、この人とそんな約束してるんスか……？　だって、いつでもどこでもって……。こ、この人、リュカエルさんのなんなんスかっ⁉』

背中に乗せているのに顔が見たいらしく、スジオがクネクネと体をよじる。当然リュカエルはバランスを崩して慌てた。

「ちょっ、ちょっと！　こら！　スジオ、待て！」

『はい、と言いたいとこっスけど、嫌っス、譲れないっス！　いいえっス‼』

「スジオ、待てってば！　……わかった。あとで石投げ、いっぱい付き合ってあげるから！」

『っ⁉　石投げ⁉　いっぱい⁉　了解っス！』

キリッと表情と体勢を引き締めて、スジオはエリゼオに相対した。慌てた姿を見せてしまって決まりが悪くなったリュカエルは、咳払《せきばら》いを挟んでひと呼吸おいてから口を開く。

「それではエリゼオ・キラン殿、改めまして、正座をしてください」

「えぇと……」

「今すぐ見たいんです。ほら、早く」

「でも、ここでは……」

「答えは『はい』か『いいえ』、と教えたでしょう？」

「っ！　は、はいっ！」

リュカエルから駄目押しの催促《さいそく》を受けたエリゼオは、ビシッと正座をした。鎧をつけているためかなり窮屈な格好だ。しかし、背筋の伸び方は素晴らしい。

周りで加勢していた騎士達は何が起こっているのか理解できないようで、とりあえず正座したエリゼオに向かって、「何やってんだよ！」とか「おい、結局どっちが目当ての娘だよ！」などと再び頭や肩を叩きながら突っ込みを入れていた。

『やれやれ、いつまで茶番に付き合うつもりだ。アトラ君、先にサイラス君と合流したまえ。その間、ミュリエル君はワタシが預かろう』

何者にも邪魔されない空から、大きな影が舞い降りる。強い風を感じた時には両肩をつかまれ、ミュリエルの体はアトラから離れていた。クロキリはわざと強く羽ばたき、巻き起こした強風でエリゼオを含めた騎士達の体勢を大きく崩させる。そうすることで、連れ去られるミュリエルにも、即座に反応して背を向けたアトラにも、構っている余裕を与えなかった。

ミュリエルは悲鳴をあげるより先に、広がってしまいそうになるスカートを乙女の尊厳遵守《じゅんしゅ》のために必死で押さえる。たいした飛距離を稼ぐことなく、クロキリが羽休めに選んだ場所は北側の大会本部が設置されている頭上、高さで言えば三階部分にあるレリーフの上だった。飛び出す形に彫刻されたライオンに座らされたミュリエルは、つかまれとばかりにちょうどよく波打つ鬣《たてがみ》を反射的に握りしめた。

「ひ、ひぇっ！　ク、クロキリ、さんっ！　こ、怖っ、怖いっ！　っ！　っ‼」

引きつりながら必死に訴えるが、クロキリはミュリエルのさらに上、王族が陣取る四階部分のせり出した手すりに止まり、眼下の様子を眺めるばかりだ。

『思うに、ここが一番安全だ。矢が飛んでくることもない。しかもサイラス君を見るには、特等席だろう？』

いい仕事をした、と胸を張るクロキリだが、ミュリエルは感謝などできない。しかしサイラスの名前を聞いて姿を見つけ、乱戦になっていることに気づけば、恐怖はすぐに吹き飛んだ。

個人戦の時の余裕ある戦いぶりとは比べようもない。サイラス一人に対し、たくさんの騎士が途切れることなく向かっていく。なんでも涼しい顔でこなすサイラスが、額に張りつく黒髪を払う間さえ見つけられずに、目まぐるしく動き続けていた。ミュリエルの目はそんな一挙手一投足を追うことに夢中になる。

サイラスはまず一人目の斬撃《ざんげき》を剣で受け止めると、再び斬り結ぶ前に二人目と三人目がいる場所にめがけて相手を蹴り飛ばす。そして、それを追い抜くようにして斬りかかってくる四人目を、くるりと背を向けて姿勢を落とし、握っている剣の柄《つか》ごとあごに向けた掌底《しょうてい》打ちで倒した。突き上げた腕の勢いも、次の動作へいっさいの無駄なく繋ぐ。

正面となった五人目を上段から斬り伏せると、剣筋を止めることなくそのまま鋭く横に向け、六人目と七人目をまとめて薙ぎ払った。回転する動きのかかった体は、振り向きざまに迫る八人目の剣をも弾く。さらに動きを止めずに半回転、今度は体勢を低くして九人目に足払いをかければ、そこにちょうど先程弾いた剣が落ちてくる。それを自身の剣で間合いの外にいる十人目へめがけ、狙いすましたように弾いて飛ばした。

これで、あっという間に十人。それ以降も一瞬たりとも動きは止まらない。瞬きどころか、呼吸さえ忘れてしまいそうだ。圧倒的にサイラスは強い。

ただ、囲んでいる騎士の数が多すぎて減っているように見えなかった。数の暴力だと叫びたくなる状況に、ミュリエルの翠の目には途端に涙が盛りあがる。

『ふむ。アトラ君を妨害する、騎士と弓が問題なのだな。よし、加勢してくるとしよう』

怖くて仰ぎ見ることもできないが、クロキリの呟きに、ミュリエルはサイラスのところにたどり着けないでいるアトラに視線を向ける。合流されると分《ぶ》が悪いと思っているのか、アトラへの妨害も苛烈《かれつ》を極めていた。騎士達が方々にいて広い足場を確保できないなか、途切れることなく射かけられる矢を前に、しなやかな白い体が何度も宙を舞っている。

『なぁに、心配する必要はない。サイラス君がアトラ君と合流できれば、ミュリエル君は拾ってもらえるだろうからな。ここで高みの見物をしているといい』

バサッと羽を広げたクロキリは、ミュリエルの返事を待たずに滑空《かっくう》していった。一人取り残されたミュリエルは、鬣を握る手にじわりと冷たい汗をかく。忘れていた恐怖心が戻ってきてしまった。引きつる悲鳴をこらえるために、飲み込む唾もないのに無駄に嚥下《えんか》を繰り返す。

必死に見つめる先では、クロキリの強い羽ばたきがアトラに向かう矢という矢の方向を狂わせ、騎士達の動きも同時に抑制していた。できた猶予《ゆうよ》はわずかだったが、白ウサギの脚力をもってすれば十分だろう。優雅に見えるほど軽く、白い体がこちらに向かって飛んでくる。

大勢の騎士に囲まれたサイラスも、それを認めたのか顔を上げた。同時に己の白ウサギを目指して道を切り開くため、一方向に向かって騎士達を倒し、受け流し、駆け抜けていく。

サイラスとアトラの視線が、二者を結ぶ直線上を邪魔するたくさんの騎士の間を縫《ぬ》って交わったのが、上から見ているミュリエルにはわかった。そこからは早かった。騎士達の誰も邪魔することはおろか、反応すらできない。

サイラスを囲む騎士達の手前でアトラが強く踏み切る。白い体は低く鋭く跳躍すると空中で身を裏返し、わずかな間だけ空に腹を向けた。チャンスは一度、一瞬だけ。頭上を通過するアトラから不規則に揺れる手綱を、サイラスが過《あやま》たずに握る。次の瞬間にはアトラの体勢は戻っており、背中にサイラスを正しく騎乗させた状態で難なく囲んでいた騎士達の逆側に着地した。

その一部始終を見ていたミュリエルは、そこで紫の瞳が強く自分に向けられたことに、ちゃんと気づいた。

「ミュリエル！　飛べ！」

何も考えていなかったと思う。この瞬間を逃したら、また囲まれて身動きがとれなくなってしまう、とか。他の聖獣達もそれぞれの場所で手いっぱいで手助けは望めない、とか。

誰がどこで何をして、果ては自分がいかにたくさんの人の目にさらされて、どんな状況にあるのかさえ。そんな色んなことを、全部忘れてミュリエルは飛んだ。目は閉じなかった。ただ紫の色を信じて、体を宙に躍《おど》らせる。

時がこれほどゆっくりと過ぎることがあるのだと、ミュリエルははじめて知った。狭い視界が急に開けて、いつもは見えないところまで見えている気さえする。景色も人も音も光も、たくさんの情報が目に映った。

そのなかで、ミュリエルが必要とするものは一つだけ。

その一点に集中すると、情報に溢れていた世界が、それだけでいっぱいになった。伸ばした手と手が互いを求める。煌《きら》めく紫の瞳と、輝く翠の瞳。吸い込まれそうだと感じたのは、どちらが先だろう。

「つかまえた」

体が重さを忘れたのは、瞬きの間ほどのこと。すぐに一番安心できる力強い腕が、広い胸が、優しい眼差しが、ミュリエルを包んでくれる。

落ち際をかっさらうようにしてミュリエルを拾ったアトラが、勢いを利用して垂直な壁を走っていく。その姿に勝負の行方を知った者達が、快哉《かいさい》を叫んだ。見届けた人々の声を引き連れて、アトラが今は誰も見向きもしていない中央の表彰台に二人を運ぶ。方々での攻防が今も続いているのは、目の前のことに夢中になり、いまだ状況を理解していない者が多いのだろう。

『勝利宣言は必要だろ？　しっかり見せつけて、うるせぇヤツらをまとめて黙らせちまえ』

アトラに促され、サイラスがミュリエルを横抱きにしたまま表彰台にのぼる。競技場にいた騎士達は気づいた者から向き直り、眺め、パラパラとあがりはじめた拍手はすぐさま観客と混ざって割れんばかりのものになった。

「これにてサイラス・エイカー、エリゼオ・キラン両名による再戦を終了いたします。今年の

武芸大会最優秀者は、サイラス・エイカーと決定いたしました」

司会の声をちゃんと聞いていた者は、いったい何人いただろう。だが聞いていなかったとしても、何も問題はない。今、ここにサイラスとミュリエルがより添っていることが答えだ。

聖獣騎士団に属する者からすれば、疑いようもない大団円。しかしミュリエルは、一難去って安心したことで、逆にサイラスの腕のなかで身を硬くして震えていた。

（む、無理、無理だわ……！　こんな大観衆のど真ん中で、大注目を浴びるだなんて……！）

少しでも他人様の視線が触れる面積を狭めようと、サイラスの胸に顔を埋《うず》め、ギュッと両手でしがみつき、隙間が生まれないように身をよせる。

「……ミュリエル。この状況が君にとって不慣れなものであることはわかっているし、いつもであれば喜んで抱きしめ返すのだが……」

拍手と大歓声に包まれた会場であっても、これだけ傍にいれば声を聞き逃すことはない。

「今に限っては、落ち着かない。少し、離れてもらってもいいだろうか？」

横抱きしていた腕を解いてストンと地面におろされ、胸もとを握りしめていた両手も外される。ミュリエルは、急激な不安に駆られてサイラスを見上げた。

「すまない。かなり埃をかぶっているし、汗もかいているから……」

つつっ、と汗の雫《しずく》がサイラスの頬を滑りあごのラインを流れて光る。

「その、少々恥ずかしい……」

それを手の甲で拭ったサイラスは、言葉通りの表情で目を伏せながら横を向いた。

ミュリエルはクラリとよろめいた。埃をかぶっていようと、汗をかいていようと、サイラスのまとう色気に陰りはない。むしろいつも身綺麗なサイラスが、乱暴にこすった土のあとを頬につけて汗を光らせる姿は、いつになく野性的で男らしい魅力に溢れている。

これは色気の新境地だ。背後に咲く黒薔薇《くろばら》も生命力に満たされて、戦いのあとの高揚感に輝き、高ぶるような香りを振りまいている。

（こ、これは……、男らしさが……、生々しくて……、わ、私、もう、む、無理……）

『何やってんだ』

さらに数歩よろめいたミュリエルを、横っ腹で支えたのはアトラだ。しかしミュリエルはドクドクとうるさくなった心臓に両手をあて、目をつぶってやりすごすだけで精一杯になっている。だが白い毛に埋もれることで、たくさんの目からも隠れられ、少し落ち着いてもきた。

「今日のところは、もうこのまま帰ってしまおうか」

ミュリエルは顔を半分白い毛に埋めたまま、サイラスを見上げた。

「当初の目的はすべて果たしたし、場も十分に盛り上げた。誰にも文句は言われないだろうし、言わせない。何より我々が残り続けては、いつまでたっても終わりが来なさそうだ」

とどまることのない歓声と鳴りやまない拍手に、サイラスはグルリと会場を見渡した。確かに終わりが見えてこない。一刻も早くこの場を去りたい欲求が再燃したミュリエルは、アトラにすがりながら一も二もなく頷いた。

『その前に、ミュー、落としもんだ』

くっつくミュリエルを押しのけることなく、アトラが首を曲げてグイッと鼻先をよせてくる。口には白い花がくわえられていた。ミュリエルは自分の耳元に手を伸ばして気がついた。いつの間にかサイラスに挿してもらった花がなくなっている。

「あ、ありがとうございます。アトラさんてば、すごいですね……」

あれだけ大騒ぎしていたのに、落としてしまったたった一輪の花が綺麗な状態のまま手もとに戻ってくるなんて、奇跡のようだ。アトラがわざわざ気にかけてくれていたのも嬉しい。

ミュリエルは花をそっと受け取ると、もとあった通りに耳の横に挿した。『まぁな』と笑って目を細めたアトラに、微笑み返す。ちゃんと飾れたか確かめてもらおうとサイラスにも視線を向ければ、同じく微笑みが返ってきた。

『……よし。じゃあ、帰るか』

ガチンと一度歯を鳴らしてから、アトラが身を翻《ひるがえ》す。急に支えを失ったミュリエルを簡単にサイラスは受け止めると、慣れた様子で白ウサギの背に騎乗した。

『野郎ども！　凱旋《がいせん》だ！』

空を旋回していたクロキリが、高く長く囀《さえず》る。散り散りになっていた聖獣達もそろって鳴き声をあげた。そしてあとを引く様子を少しも見せず、戦いの場に背を向ける。

観客の誰もが気を引こうと手を振り声をかけるなか、振り返る聖獣は一匹もいない。言葉にせずとも向かうのは、我が家と呼ぶべきいつもの庭だ。

5章　聖獣番なご令嬢、婚約者になる

一夜明け、早い時間の業務だけをこなしたミュリエルは、獣舎脇の小屋で着替えると、おめかしした姿を聖獣達に見せていた。リーン達の厚意により、チャリティバザー二日目となる今日は、サイラスと二人でお休みをもらうことになっている。

『聖獣番の制服姿ばっか見慣れてるから、新鮮な感じがするな。……いいんじゃねぇか』

気のない返事にみせながら、こうした時のアトラの声はいつも優しい。

『やぁん！　ミューちゃんてば、カ・ワ・イ・イ！　白のフリルブラウスがとっても乙女だわ！』

『うむ。ライトグレーのストールも品がいい。留めている銀のブローチとも、合っているな』

『ピンク色のスカートも似合ってるっスよ！　きっとダンチョーさんもメロメロっスね！』

『いやいや。ダンチョーはんは、着てるもん関係なくミューさんにメロメロやから』

口々に褒《ほ》められて、ミュリエルはもじもじとした。両手をせわしなく組み替えると、サイラスからもらった指輪に触れてしまい、さらに肩を縮こませる。

『まぁ、昨日は頑張ったからな。今日はサイラスと楽しんでこい』

「は、はい。ありがとうございます」

頑張ったのは自分だけではなく皆のため、はじめは今日も働くつもりでいた。しかし、忙しいサイラスを休ませるためにもと言われてしまえば、固辞することはできない。

『……で。オマエ、その袋に何入れてるんだ。出かけるのに、必要ねぇだろ、ソレ』

今までの空気感を破ってアトラの声が不機嫌になり、ミュリエルは抱いていた袋をもみほぐした。袋がコトラが贈られた時に入っていたものとなれば、中身は言わずもがなだろう。

そのまま抱っこするのを控《ひか》えて袋に入れてきたのだが、まだ匂いでも残っているのか、あっさりアトラにバレてしまった。だが何もミュリエルは、コトラが気に入りすぎて常に携帯しようとしているわけではない。

「い、いえ、今日のバザーで、非売品としてブースに飾らせてほしいとリーン様からお願いされまして……。け、けして私が、一緒にお出かけをしたいから、連れてきたのではなく……」

真意を探るように細められた赤い目を、ミュリエルは眉毛を下げながら見つめ返した。

『アトラってば、開き直ったわね。でも、しつこい男は嫌われるのよ？』

『たかが、ぬいぐるみ。されど、ぬいぐるみ。ということだろう』

『もとは自分の抜け毛なんスけどね』

『まぁ、自分のもん言うても体から離れた途端《とたん》、違うもんになる感覚はわかる気もします』

見つめ合ったままレグ達の合いの手を聞いたミュリエルは、しばし我慢したものの耐えられず、コトラごとアトラに飛びついた。

「わ、私は、アトラさんが一番好きです！」

『あっ。おい！　せっかくめかしこんでるのに、毛がつくぞ！』

換毛期《かんもう》は終えたものの、まったく抜けなくなるわけではない。抱き着けば多少の毛はつくし、なんなら着替えたって掃除をしたってどこかしらに毛はいつでもついている。だが、そんなことを気にしては聖獣番など務まらないし、そもそもミュリエルはアトラ達がとても好きなので、こんなに柔らかく温かい思いができるのならむしろ毛に埋もれたい。

『よかったわねぇ、アトラ。ミューちゃんが嫉妬《しっと》深い男にも寛容で』

『うむ。アトラ君にとっては、よかったと言えよう。だが……』

『そうっスね。ピッタリお約束の展開がきたっスよ』

『期待を裏切らず、毎回外さへんのはさすがです』

めかしこんだミュリエルを転ばせない程度で振りほどこうとしているため、アトラの動きは鈍《にぶ》い。そんな二者の姿は、仲良くじゃれあっているようにしか見えないだろう。

「待ち合わせの時間には早くて、こちらに回ってきたのだが……」

入り口からさす光を背負って、サイラスが獣舎に入ってくる。聞こえてきた声に、ミュリエルはアトラにしがみついていた手を放した。声になんとなく含みがあるように思えて、今のアトラとの触れ合いは不味《まず》いものだったかと逡巡《しゅんじゅん》する。しかし、長い足でこちらに向かってくるサイラスを見た瞬間、一つのことしか考えられなくなった。

（あぁ……！　な、なんて、素敵なの……。サイラス様の私服姿が、素敵、すぎて……）

ミュリエルが固まっている間に傍《そば》まで来たサイラスが、アメシストの指輪がはまった左手を取る。そして姿をひと通り眺めてから、ふわりと微笑《ほほえ》んだ。

「……とても、可愛《かわい》い」

ミュリエルはポッと頬を染めた。たった一言褒めてもらっただけで、この服に決めるまでに延々と悩んだ時間が報われる。

「あ、ありがとう、ございます。サ、サイラス様も、その、す、素敵です……」

素敵すぎて見ているだけで目が潤《うる》む。サイラスはクロスタイをしているもののジャケットは着ておらず、白シャツにベストという出《い》で立ちだ。身に着けているものは普段とそんなに変わらないはずなのに、色が違えばこんなに印象は変わるものなのだろうか。

聖獣番の制服よりも青味の強い緑色のベストは、折り返した襟《えり》がライトグレーで、ズボンは襟と同じ色でそろえている。季節にあわせた色使いが素敵なのはもちろんなのだが、整った肢《し》体《たい》がシンプルな装いのよさを最大限に引き出しているように思えた。

男らしい首筋、広い肩幅、引き締まった腰回りに長い足、あげだせばきりがないのですべてを言葉にしようとは思わないが、とにかく抜群に素敵だ。

「とても迷ったのだが、この服にしてよかった」

そう言いながら、サイラスはミュリエルがアトラに抱き着いていたせいで崩れたストールの形を、繋《つな》いでいない方の手で直してくれる。そのまま同じ手で、自分のベストの襟をなぞった。

完全に対となる格好とは呼べないが、二人が並べばひとそろいには見える。サイラスの仕草でそれに気がついたミュリエルは、目を潤ませながら片腕で袋に入っているコトラをもんだ。

そこからしばらく、二人の間に会話はない。ミュリエルは息を細くしながらチラチラとサイラスを盗み見し、サイラスはミュリエルを優しく見つめながら、薬指にはまるアメシストの指輪を親指でなで続ける。ただそれだけの、フワフワとした時間がすぎていく。

『……やぁん！　甘酸っぱい空気で窒息《ちっそく》しそうだわぁ！』

『サイラス君もずいぶん満足げだな。あれだけ大きな自分色の石を身に着けさせれば、当然か』

『でも、周りを牽制《けんせい》しとかないと不安になる気持ちはわかるっス』

『まぁ、周りというか、まずはミューさんにやと思います。わかりやすく示さんと、すぐ勘違いしますから』

とうとう我慢できずにあがった鳴き声に、サイラスとミュリエルは同時にハッとした。

「皆、昨日は慣れない場に付き合ってくれて、ありがとう。疲れたか？」

サイラスがまず、鳴き声のもとへと順に視線を巡らせる。

『たいしたことねぇよ。一番疲れたのはサイラスだろ。すげぇ人数、相手にしてたじゃねぇか』

『あれね！　サイラスちゃんは黙々とやっつけてたけど、ちょっと卑怯《ひきょう》だったわよね！』

うんうんと頷《うなず》きながらミュリエルが通訳をすると、サイラスは苦笑いをした。

「あぁ、あれか。最初はちゃんと、名乗りをあげながら一人ずつかかってきていたのだが……。相手をしている場合ではなかったから、まとめてかかってこいと私が言ったんだ。名は、一撃でも当てられた者のみ聞こう、と」

叩《たた》き伏せた騎士達の名誉を守るためにに経緯を説明するサイラスを、ミュリエルは尊敬を通り越した驚きの顔で見上げた。

『強者の余裕だな』

『ダンチョーさんが言うから様になるんスよね』

『嫌味なく似合うのが、これまた憎いです』

通訳も間に合わなくなったミュリエルの視線に、サイラスは何を感じ取ったのか、少し深めた微笑みで応えてから再度アトラ達を見回した。

「……そろそろ、バザーの開始時間になるな。皆、ミュリエルの今日一日は、私がもらうことになった。いい子で待っていてほしい」

まるで幼い子に言い聞かせるような台詞《せりふ》に、アトラの眉間《みけん》にグッとしわがよる。

『なんの心配してんだよ。別に問題なんて起こさねぇから、ゆっくり楽しんでこい』

サイラスの言いようが心外だったのか、アトラの歯ぎしりは少し投げやりだ。レグ達も似たりよったりの鼻息やら鳴き声をあげている。ミュリエルはつい笑ってしまった。最後になったロロが『ボク、いい子にするの、めっちゃ得意です！』などと言ったからだ。

それぞれの鳴き声をひと通り聞き終わると、サイラスはとくに通訳を求めることをせず、軽く曲げたひじをミュリエルに差し出す。

「では、行こうか」

ミュリエルはおずおずと自分の手をサイラスの腕にからませた。そしてお見送りの歯音やら鼻息やら鳴き声に背中を押されつつ、獣舎をあとにする。

「ミュリエル」

「は、はい」

昨日に引き続き、空は快晴。風は穏やか。ふわりと微笑んだサイラスの綺麗《きれい》な顔に、今日も変わらず胸はときめく。

「人間で一番は、私、だな？」

「っ⁉」

まさかの時間差での質問に、ミュリエルはびっくりした。今日サイラスから聞いた第一声に、含みを感じたのは間違いではなかったらしい。今の発言は、ミュリエルがアトラに対して言った「一番好き」という言葉をしっかり聞いてのものだ。

しかし「一番好き」とは言葉の文《あや》だ。明確な順位づけをしたわけではなく、とても好きな気持ちを表すのに「一番」と言ったにすぎない。ただ、その理論に基づけば、サイラスだって「一番好き」ということになる。

（つ、伝えなくちゃ。ちゃんと言葉にしないと、あ、悪女の道に……。で、でも、サ、サイラス様の期待のこもる眼差《まなざ》しが、あ、甘すぎて、……う、くっ）

言葉が出てこなくなってしまったミュリエルは、一番簡単な肯定を示す行動を選んだ。とにもかくにもコクコクコクと何度も頷く。ついでにサイラスの腕にかけていた手を滑らせて、大きな手に指先で触れた。

「手を、繋ぎたいのか？」

甘くとろけるような眼差しを前にして、ミュリエルはますます声を失った。こうなったらもう、頷くことだけに注力するしかない。どこまでも甘く微笑むサイラスの、包むように優しく大きな手と手を繋ぐ。しかし、なぜか繋ぎ方はお互い指をそろえた、仲良し繋ぎだ。わずかな疑問がミュリエルの頭をかすめるが、二人はそのまま変わることなく歩を進める。

　そして庭の終わりが見えた頃、ミュリエルはサイラスの横顔をそっと見上げた。

（……私ったら、どうしたのかしら。だって、なんだかこの繋ぎ方では……、物足りない？）

　繋いだ手に視線を落とし、勇気をだして声をかける。

「あ、あの、サイラス様。私、サイラス様と手を繋ぐ時は、その……」

　ミュリエルはもぞもぞと繋いだ手を動かした。するとサイラスは、すぐに繋ぎ方を直してくれる。今度こそ指をからめる、恋人の繋ぎ方だ。ミュリエルが顔を赤くしながら笑顔で仰《あお》ぎ見れば、サイラスも柔らかく微笑み返してくれる。さらに手に少し力を込めれば、同じ強さで握り返してくれるのだ。たったそれだけで、繋いだ手から体中に嬉《うれ》しい気持ちが広がる。

　二人はどちらからともなく、もう一度視線をからめて微笑みあった。とてものんびりではあるものの、デートの出足は好調だ。


　サイラスとミュリエルが聖獣騎士団のブースに到着したのは、チャリティバザーの開始が告げられてすぐのことだった。だが、すでに大繁盛だ。サイラスとミュリエルは予想外の人の多さに、しばし呆気《あっけ》にとられた。

まずは、チュエッカとキュレーネによる聖獣馬車だが、こちらには長蛇の列ができている。これだけの人数を乗せきるのは骨が折れそうで、ミュリエルは二匹の機嫌を心配した。しかし、どちらも機嫌は悪くなさそうだ。

約束をちゃんと守り、チュエッカはオレンジや黄色を、キュレーネはピンクや藤色を中心とした花で、それぞれ身を飾ってもらえたからだろうか。さらにはまるでミニスカートをはいているように、レースでできたチュールをリボンでおなか周りにグルリと結んでもらっている。耳にはミュリエルが勧めた通り、ガーベラをかたどったシルバーのイヤリングが輝いていた。

可愛い、可愛いと口々にお客さんからもお褒めの言葉をもらっているのが、こちらにまで漏《も》れ聞こえてくる。スタンとシーギスも笑顔で対応に追われていた。

一方、リーンお手製の擬人化絵などは、もう完売してしまったらしい。見本と書かれて額縁に飾られた一枚ずつだけが、絵の販売があったことを教えてくれている。今は販売していた机の前まで、馬車の順番待ちの列に占拠されていた。どう考えても聖獣騎士団のブースだけ、人口密度がおかしい。

「こんなに人気がでるとは、思わなかったな……」

「は、はい。周りのお店と、人の集まり方が全然違います……」

人だかりを前に、サイラスとミュリエルは手を繋いだまま動けなくなっていた。

「あっ、お二人ともいらっしゃい！　おぉっ、ぬいぐるみ持ってきてくださったんですね。助かります。絵があっさり完売してしまって、店舗内が寂しくて困っていたんです」

順番待ちの列を整理していたリーンが、こちらに気づいてくれたのが幸いだ。ミュリエルはサイラスと繋いでいた手を放してから、リーンの差し出してきた両手にコトラを渡す。

「すまないな。私達だけ休みをもらってしまって。その……」

言い淀むサイラスに困ったように見おろされて、察したミュリエルは頷いた。

「は、はい。あの、リーン様、やはりお手伝いしましょうか……？」

とてもではないが、人手が足りていない。休みをもらってしまったサイラスとミュリエルは、同じ罪悪感に駆られていた。だが、リーンはすぐに申し出を却下する。

「いりませんよ！　というか、駄目《だめ》です。むしろお二人がいる方がまずいですから。レインさんを見てください。あの侍《はべ》らせ方、尋常《じんじょう》ではありません！」

てっきり聖獣馬車の列に並ぶ人を案内しているのかと思いきや、言われてよく見れば、レインティーナに向かって別個の列ができている。

「レインさんのアレ、収拾がつかなくて、握手一つに整理券を導入していますからね」

「えっ！」

ミュリエルはもう一度よく見た。並んでいるのは年齢を問わないがすべてが女性で、そろって頬を染めている。そして手には全員が何かしらの貢物《みつぎもの》らしき物品を携えていた。さらによく見れば、レインティーナの背後にはすでに贈られたものが山となっている。

「これで昨日目立ったお二人まで、ここにいるとなったらどうなると思います？　警備員が出動する騒動になりますよ！　僕は初参加の一回きりで、出禁《できん》になんてなりたくないんです！」

リーンの勢いに、サイラスとミュリエルは気《け》おされながらそろって頷いた。

「まぁ、確かに忙しくはありますが、さばききれなくはないので大丈夫ですよ。それに、ほら、あそこ。リュカエル君が一人、人員を補充してくれましたし」

リーンの視線を追ってそちらを見れば、列の整理をしているリュカエルのさらに先に「最後尾こちら」と書かれた看板を持ったエリゼオがいた。背が高いので適役ではあるのだが、聖獣騎士団の出し物を手伝ってくれる意味がわからない。しかも私服だ。

「リュカエル君がどういう話のつけ方をしたのかはわかりませんが、キラン殿は善意の無給でお手伝いしてくださるそうですよ」

ミュリエルはサイラスと顔を見合わせた。リュカエルのことだから、こちらからの補足が必要ないほど上手に、今回のあれやこれやを説明してくれたに違いない。だが脳裏に浮かぶのは、悪役という言葉が似合うあの笑顔だ。きっとミュリエルには真似どころか想像もつかない、リュカエルとエリゼオの関係性でのみ通用するやりとりがあって、今があるのは確かだろう。

「ということなので、お二人は目敏《めざと》い方にバレないうちにここを離れてください。しかもさっき、九官鳥が飛んできたんですよ。せっかくデートをしているところなのに、視界に入れたくないでしょう？　だからさっさと行っちゃってください！」

脈絡もなく急に出てきた九官鳥に、ミュリエルは首を傾《かし》げた。しかし、隣のサイラスは思案するように眉をひそめている。

「リーン殿、もしや、何か言われたのか？」

「えぇ、まぁ、ごちゃごちゃうるさくはありましたね。結局今回の件は、予想通りだったということでしょうか。一応僕からは、成果もあがらないのに、まどろっこしいことばっかりしないでください、って言っておきました。あ、貴族的な感じに遠回しにですよ？　そうしたら『私は喉《のど》に刺さった魚の小骨になりたいだけなので』だなんて、言い捨てていきましたけど」

ミュリエルはまったく理解できないが、リーンはわかっていてわざとそういう話し方をしている節がある。そのため二人の話の邪魔をしないように、大人しくしていることにした。だが、テヘッと笑ったリーンはあっさり話を切り上げてしまう。

「おっと、早く行ってと勧めたわりに、僕が立ち話に付き合わせてしまいました。すみません。楽しい時間にこんなのは無粋《ぶすい》ですよね。ということで、さぁ、今度こそ行ってらっしゃい！」

ポンポンと押し出すように背中を叩かれたサイラスとミュリエルは、数歩進むと振り返る。リーンに、楽しんでくださいねー！　と笑顔で手を振られてしまっては、引き返すこともできない。なんとなく釈然としないながらも、人の波に逆らっては迷惑になると、二人はバザー会場を中心に向かって歩きはじめた。

聖獣騎士団のブースが一番の人だかりだとしても、どこもかしこも十分に人通りが多い。ミュリエルにとって慣れない人混みだが、サイラスが再び手を繋いで完璧なエスコートをしてくれるため、誰にもぶつかることなく真《ま》っ直《す》ぐ歩けていた。となると、目はキョロキョロと辺りを見るのに忙しい。

「ミュリエル、堂々としていて大丈夫だ。制服を着て、聖獣騎士団のブースにいれば気づかれてしまうだろうが、こうして周りの者達と変わらずバザーを楽しんでいるのなら、気づく者はそうそういないはずだ」

ミュリエルが出店を見るのに忙しいのではなく、人の視線を気にしているのだと気づくとは、さすがサイラスだといえる。ミュリエルが挙動不審になっているのは、先程《さきほど》のリーンの言葉とレインティーナの状態を見たからだ。

「人は顔だけでなく、色々なものと紐《ひも》づけて個人を認識している。だから逆に、何かの要素が欠けていると意外と気づけないものだ」

確かに、ここまでサイラスの美丈夫《びじょうふ》ぶりに振り返ったり注目したりする人はいても、昨日の大騒動の主役だと気づいた者はいないのだろう。とくに呼び止められることもない。ミュリエルはいくぶん肩の力を抜いた。そうするとやっと周りを眺める余裕が出てくる。

青い空に色とりどりのガーランドが揺れている。せっかくのチャリティバザーだ。楽しまなければもったいないだろう。

カップに入った小さな焼き菓子に、串に一列に刺さった一口大の魚介、好きな具を選べるクレープなど。どれもたいした量ではないが目移りするままに手を伸ばせば、サイラスとわけあって食べてもおなかはふくれる。間に雑貨を売る店を見たり、輪投げや的当てといったミニゲームの店も見たが、動き出しが早かったためか目ぼしい店を回り終わってもまだ正午前だ。

なんとなく足の向くままに脇道に入ってみれば、こちらもメインストリートに負けないほど、色も形も様々なガーランドが途切れることなく青空を横断している。店の個性に合わせて飾りつけられたテントでは、笑顔の呼子が商品片手に声をあげ、道行く人々もそれに応えて笑顔が絶えない様子がそこかしこで見られた。

「さぁさ、歩き疲れたそこの方、ちょっと座って見ていきな！　おっと忙しいそこの貴方《あなた》は、そうね、お耳を拝借させて！」

周りを眺めていたミュリエルの注意を引いたのは、中年の恰幅《かっぷく》のよい男が張り上げる、誰に向けるともない調子のよい口上だ。テーブルと椅子がいくつか固めて並べられた場所で突然はじまったそれは、思わず立ち止まったサイラスとミュリエルからもよく見える。男は手で空気を送って鳴らす小さなラッパを、合いの手のように鳴らしながらなおも声を張った。

「紙芝居なんて古臭い？　そんなのは言いっこなしさぁ！　だって中身は最新作！　貴方の気に入ったたって一言と、弾んでくれるおひねりで、本になることもあるかもよ？」

パフッとラッパを鳴らす男の手もとには、木枠に入った紙芝居が言葉の通り用意されていた。

「さぁさ、巷《ちまた》で話題の『お姫様と二人の聖獣騎士』、流行《はや》りに敏感な方はご存じのはず！　こちらはそのシリーズ最新作だよ、お試し紙芝居！　『ご令嬢と二人の聖獣騎士』のぉ、はじまりぃはじまり！」

独特の節をつけて口上を終えた男は、今度はラッパではなく、紙芝居の木枠と一体になっている太鼓を叩いた。ドドンっと鳴った太鼓は、緩《ゆる》んだ革のせいか音が少し調子っぱずれだ。

　ここまで聞いては続きが気になる。傍《かたわ》らのサイラスを見上げると、一番近くにあった二人用のテーブルセットに近づいて椅子を引いてくれた。ミュリエルが有《あ》り難《がた》く席につけば、手慣れた様子で紙芝居をめくった男が、はじまりの一文を読みあげはじめる。

「昔だったか最近だったか、遠かったか近かったか、とにかくある国に、この世のすべての女性を魅了する、それはそれは美しい黒髪の聖獣騎士がいました。彼の名はサディアス。そんなサディアスのパートナーである聖獣は、白ウサギのアルドラです。アルドラもまた、人化をすれば白髪《はくはつ》の煌《きら》めく美青年でした。二人が並んだ姿に、見惚《みほ》れぬ者はいません」

　そんな出だしではじまった紙芝居に、ミュリエルはサイラスと顔を見合わせた。めくられた一枚目はサディアスとアルドラが並んで立つもので、先の台詞と合わせて考えれば、サイラスとアトラをモデルにしているのは間違いない。サイラスは自分がモデルとあってやや面喰《めんく》らった顔をしているが、ミュリエルは期待に目がキラキラとしていくのを止められなかった。

　男は一枚目を観客に見せたまま二人の出会いや活躍を、強弱をつけた台詞回しで語っていく。ミュリエルが知らないエピソードが続いたのでサイラスを見れば、軽く笑いながら首を横に振っていた。どうやら想像と脚色による作り話らしい。そして場面が切り替わるのか、二枚目がめくられた。

「そんな二人は、互いを最高のパートナーと認めておりました。しかし！　ミリエルという一人の令嬢に出会ったことで、運命の歯車は思いもよらぬ方へ回っていくことになるのです！」

　二枚目には、緑のワンピースを着た栗色《くりいろ》の髪のご令嬢が描かれている。

「どうやら私とアトラだけではなく、君も登場人物の一人であるようだな」

テーブル越しに身を乗り出して小声で話しかけてきたサイラスに、ミュリエルは笑っているのか困っているのかわからない顔を向けた。気恥ずかしさから、表情が中途半端になってしまったのだ。楽しむ気満々だったのに、自分が登場人物となればなんともむず痒《がゆ》く、先の展開が気がかりで落ち着かなくなってしまう。

男の声は、とうとうと流れる。紙芝居は本と違い、文は簡潔で展開も早い。となれば必然的に、それを見ているミュリエルの気持ちの移り変わりもまた、早くなる。気恥ずかしいところから、思わぬ方向に進む内容に首を傾げ、察する結末の気配に眉をよせるまで、たいした時間はかからなかった。創作物ゆえの、誇張と山場づくりと人気設定への歩みより。それらがからみあった結果、紙芝居のなかでアルドラとミリエルはお付き合いをしていた。恋人として。

ドドン、と気の抜けた太鼓が鳴らされる。

「晴れて想いを通わせたアルドラとミリエル。しかし二人のより添う姿を、切なく見つめる者がおりました。そう、サディアスです！　なぜなら彼もまた、ミリエルを深く愛していたからです！　そこでサディアスは、ミリエルをかけてアルドラに勝負を申し込んだのでした」

台詞と共にめくられた紙芝居の次の一枚は、昨日の武芸大会でのおにごっこを思わせるものだった。八割方は作り話だが、二割ほど微妙に現実と重ね合わせてくるところが憎い。これでは、見ている人達が嘘《うそ》と真実の境目を間違えてしまいそうだ。

ミュリエルは顔を紙芝居に向けたまま、目だけでサイラスをうかがった。サイラスは椅子を横に向けて足を組んでゆったりと座り、テーブルに片ひじを乗せて頬杖《ほおづえ》をついている。紙芝居に聞き入っているようだが、静かな横顔からは感情がまったく読めない。

この紙芝居を描いた者は、きっとアトラ推しなのだろう。展開と方向性はぶれずに大どんでん返しもなく、お話はアルドラの勝利で幕を閉じる。紙芝居の最後の一枚は、白髪の青年が白い花をミリエルの髪に挿《さ》している場面だった。

「アルドラから求愛の白い花をもらったミリエルは、嬉しそうに微笑みます。サディアスは絆《きずな》を結んだ友と、最愛の女性の幸せな姿を、隣で微笑みながら見つめたのでした」

ドドドン、パフパフッ、と太鼓とラッパが鳴らされて、紙芝居が木枠のなかで表紙の絵に戻《もど》る。いったいどれほどの人達が見入っていたのか、男の「めでたしぃめでたし！」の掛け声を合図に、いっせいに拍手があがった。ミュリエルは紙芝居のなかで完全に当て馬扱いされてしまっていたサイラスを、気まずい思いで見た。紫の瞳はまだ紙芝居に向けられている。

鑑賞していた者達が感想を口に乗せはじめると、それはミュリエルの耳にも届いた。まったく動かないサイラスの耳にも届いていることだろう。どの感想も好意的だ。なかには昨日の武芸大会を引き合いに出して、事実に忠実な内容だなどと言っている者までいる。

「……ミュリエル」

「は、はいっ！」

おもむろに名を呼ばれ、ミュリエルは勢いよく返事をした。サイラスはいつの間にか椅子を正面に戻しており、両手をテーブルの上で軽く組むと、わずかに身を乗り出すようにしてこちらを見ている。

「興味深い、内容だったな」

「えっ……」

ミュリエルは、なんと答えればいいかわからなかった。創作物だと割り切ってしまえばいいのだろうが、そんな淡泊な考え方はできそうにない。サディアスの報われない姿は、どうしたってサイラスに重なってしまう。

ミュリエルが言葉を発さない間も周りの声は途切れない。曰《いわ》く「今年は聖獣が格好よかった」、曰く「聖獣の活躍の前に騎士は霞《かす》んだ」、曰く「むしろ聖獣の運動会が見たい」等々。

聖獣の認知度を高めて世論を味方につけたいと思っていたのだから、この反応は喜ぶべきだ。だが、あまりにもサイラスが不憫《ふびん》すぎる。とはいえ周りの者を批判することはできない。

どうしたって遠い場所から観戦していた者達にすれば、同じような格好をしていた騎士達より、個々がはっきりと判別できる聖獣達に目がいったことだろう。結局のところ、いつも涼しい顔をしたサイラスが額《ひたい》に汗を光らせて多くの騎士達を叩き伏せ、手を伸ばしてくれたあの時の胸がつまるほどの想いは、ミュリエルしか知らないのだ。

「でも、騎士様で一番素敵だったのは、レインティーナ様かな！」

「あ、わかるー！」

ねー！　と声をそろえる若い女性の感想に、サイラスが視線を伏せる。長い睫毛《まつげ》が目もとに影を落としたのを見て、ミュリエルは反射的に飛びつく勢いでサイラスの組んだ手を自分の手で包んだ。

「わ、私は、サイラス様が一番素敵だったと思います！」

憂《うれ》いを帯びた紫の瞳が、ゆっくりとミュリエルを映す。嘘偽りなき気持ちを込めて、翠《みどり》の瞳でその眼差しを受け止めた。

「アトラさんと駆けた時も、個人戦の時も、団体戦の時だって、私の視線はずっとサイラス様に釘《くぎ》づけでした！　いつだって素敵で、何気ない仕草だけで胸が苦しくて、私は、私は……！」

添えた手に力を込めてギュッと握る。そして、見つめ合うことしばし。

「ねぇ、あれ、昨日のおにごっこの人じゃない……？」

「私も思った。だって、サイラス様って呼んでいたし……」

ヒソヒソと落とした声と、チラチラとうかがう視線。それにサイラスとミュリエルが気づいた時には、すでに周りにはジリジリと距離をつめる人垣ができていた。どうやら気持ちが高ぶってしまったミュリエルの声が大きすぎたらしい。

「昨日、感動しました！　私、これからもお二人を応援しています！　どうぞお幸せに！」

一人が声をあげたことにより、なんとなくあった周囲の遠慮がなくなる。怒涛《どとう》の勢いでそこらじゅうから話しかけられて、ミュリエルは顔を引きつらせた。誰もが祝福を伝えてくれるだけで悪意はない。それでも元引きこもりのミュリエルに、不特定多数に囲まれる現状は、極度の緊張と混乱をもたらした。

そんななかでサイラスの動きは早かった。サッとこちらに回ってくると、ミュリエルを半分抱きかかえるようにして立たせる。そして、騒ぐ声が方々であがっているというのに余裕をもって辺りを見渡すと、ゆったりと微笑んでから口を開いた。

「先程の紙芝居で少し自信をなくしていたのだが、温かい声に励まされた。ありがとう」

喧噪《けんそう》のなかで、なぜか穏やかなサイラスの声はよく響いた。ふわりと香る黒薔薇《くろばら》の気配に、突如《とつじょ》としてぽっかりと静寂が訪れる。

「だが、騒ぎになるのは本意ではないんだ。どうか私達に、二人の時間を過ごさせてほしい」

優しくお願いするようにサイラスが軽く首を傾げた途端、何人かのご婦人達が腰を抜かした。その隙《すき》に、サイラスはミュリエルを抱えたままその場を離れる。サイラスにすれば速足といったところだが、ミュリエルにとっては駆け足に近い速さだ。

大通りを越えて次の道に入り、右に曲がって左に曲がり、さらに一本道を横切って、バザーの気配などまるでない区画までやってくる。サイラスが木の陰に回り込んで背を預けた時には、ミュリエルの息は完全にあがっていた。大きな手で腰を抱かれたまま、とにかく息を整える。

「走らせてしまったな。途中から抱き上げてしまえばよかった」

「い、いえ……」

呼吸が落ち着いてきたことで近すぎる距離に気づいたミュリエルは、サイラスを見上げるついでに一歩後ろに退《ひ》こうとした。しかし、腰に回された手はゆらがない。

「一番素敵だと言ってもらえて、嬉しかった。誰に何を言われても、君がそう言ってくれたら、私はそれだけでいい」

　ここに逃げてくる前の会話を引き継いでいることは、すぐにわかった。ただ紫の瞳が悪戯《いたずら》っぽく光って見えるのはなぜだろう。

「だが……。一番好き、とは言ってくれないのか？　聞きたいんだ。頷くだけではなく、君の声で」

　ミュリエルの耳だけでなく、抱きよせられた不可抗力で広い胸についた両手にも、笑みを深めたサイラスの甘い声と息遣いが伝わってくる。依然サイラスは楽しげで、色気の発露などまだまだ可愛いものだ。からかわれている、そう感じたミュリエルだが、ふと思った。もし自分がサイラスの立場だったなら、今どう思っていただろうか、と。

（大事な人がちゃんとわかってくれたらいいと、きっと私も思うわ。でも、周りから色んな声が聞こえてしまえば、不安を感じずにはいられないとも思う。そうしたら、信じていても、知っていても、何度言ってもらっていても、やっぱり言葉が欲しくなると思うから……）

　大人なサイラスは、いつだってミュリエルよりずっと余裕がある。だから今も不安そうな顔なんてせず、冗談めかすばかりだ。だがそれは、少しの無理もなくしていることなのだろうか。

　サイラスがいつもミュリエルの不安を取り除いてくれるように、ミュリエルもサイラスの憂いは晴らしてあげたい。ならば、ミュリエルがすることは決まっている。

「わ、私は、なかなか上手に、お伝えできませんが、サイラス様が感じ取っていらっしゃるよりずっと、……す、好き、なんです。サイラス様のことが、その、い、一番好き、です……」

今日のはじまりの時は頷くだけで精一杯だった。今もずいぶんとたどたどしい。それでもサイラスは、花開くような微笑みを浮かべた。

「私も、君が一番好きだ」

ミュリエルの心臓がギュギュッと締めつけられる。広い胸についていた両手で服にすがれば、サイラスの右手がミュリエルの左手を上から押さえるように握った。

「……本当は、その気持ちを早く形にしてしまいたい」

「か、形……？」

聞き返した言葉に苦笑いまじりに頷いたサイラスは、ミュリエルの手で輝くアメシストの指輪を親指でゆっくりなでていく。なでられるたびにゆらゆらと揺れる紫の光を眺めていたミュリエルは、ハッとした。

（わ、私ってば、なんてことなの！　色んなことにいっぱいいっぱいで、こんなに素敵な指輪をいただいたのに、サイラス様に何もお返しをしていないわ！）

サイラスが好きな気持ちを指輪という形にして贈ってくれたのに、自分はまだ何も贈っていない。そもそも、もらうだけもらってお返しをしないなど、それこそ悪女の所業だ。

「わ、私も、形にしたいと思います！」

ミュリエルが勢い込んで言うと、サイラスは驚いたように目を見張る。

「……いや、無理をしなくていい。今のは欲張りな発言だった。そもそも、走らせるようなことはしたくないと言ったのは、私だ」

「い、いいえ！　私、まだまだ走れます！」

ミュリエルはブンブンと首を振った。すっかり整った息で、はっきりと伝える。走るということは、どこか遠くの店にでも行きたいのだろうか。だとしても、ミュリエルはきっちり付き合うつもりだ。

「サイラス様が望まれるなら、むしろ、今すぐ走らせてほしいくらいです。長くお待たせしてしまっては、私も落ち着かないので……。少しでも早く、形にしたいと思うんです」

見おろしてくる紫の色を、真剣に見つめ返す。確かにミュリエルでは、こんなに大振りの宝石が使われたものを贈ることはできないだろう。それでもサイラスに似合うものを、吟味《ぎんみ》に吟味を重ね、心を込めて贈りたい。

「……本当に、いいのか？　もっと体裁《ていさい》や場を、整えてからの方がいいのでは……」

「え……。わ、私のこの格好では、問題がありますか……？」

サイラスが思っている店がドレスコードの必要な場所ならば、今のミュリエルの服装ではいささか簡易すぎる。それにそうした店は事前予約だって必要だろう。そうなると今日、今からというのは無理だ。ミュリエルはしょんぼりとした。

「いや、大変可愛らしいし、私は問題ない。だが、君はそうではないのではないか？」

「えっと……。サイラス様が問題ないと思われるのでしたら、私も全然問題ありません」

サイラスが遠慮ゆえの発言ととって、変に気に病んでしまうことのないように、ミュリエルは言葉だけではなくにっこりと笑ってみせる。

これで笑顔になってくれたら嬉しいと軽く考えていたミュリエルだったが、返ってきたのは笑顔だけではなく黒薔薇を開花させたサイラスの、指輪への口づけだった。とても自然に手を持ち上げられて流れるように落とされた口づけに、ミュリエルは途端に発火する。

「……ずっと変わらず、大切にすると誓う」

「っ!? わ、わわ、私も、ず、ずっと変わらず、大切にすると、ち、ちか、誓い、ます……」

急に真剣な気配を帯びた紫の瞳にあてられて、ミュリエルもつい同じように誓い返す。サイラスは深く微笑むと、ミュリエルの掌《てのひら》を自身の頬にあて、横を向くようにして唇を滑らせた。柔らかな唇が掌をなでていく。

そして指輪のある薬指のつけ根にたどり着くと、軽く音を立てながら押しあてた。伏せた目もとに漂う色気に、ミュリエルは震え出す。唇が離れないままにスイッと流し目を向けられてしまえば、もう見てはいられなくて視線も地面に落としてしまった。

「え、えっと、そ、そ、それで……、サ、サイラス様のご希望を、お聞きしてもよろしいでしょうか？ その、私、こういったことには疎《うと》くて……」

これほど本気で大切にすると宣言されてしまえば、下手《へた》なものは贈れない。相手が喜ぶ趣味のよいものを一から選ぶには、自分には圧倒的に経験値が足りないだろう。選択肢《し》を狭《せば》めるためにも、好みは聞いておきたいところだ。

「……では、これから君のご実家に行こう」

ミュリエルはコクリと頷いた。指定された行き先があきらかにおかしいことには、甘い雰囲気に飲まれて気がつかなかった。

◇◇◇

「お待ちいたしておりました！　ささっ、どうぞどうぞこちらに！」

サイラスが先に出してくれた使いにより、ノルト伯爵家に着くと、玄関にて家族総出のお迎えを受ける。

「あれ？　リュカエルも帰ってきていたのですね」

バザー終了までは、まだわずかばかり時間を残している。それなのにリュカエルの姿まであって、ミュリエルは不思議に思った。

「ええ。姉上の一大イベントですから、家族として席を外すわけにはいかないでしょう？」

「えっ？　一大イベント？」

「……は？　まさか、知らずにここにいるのですか？」

はっきりと顔をしかめた弟を見て、ミュリエルは一大イベントという言葉について考えた。そしてここでやっと、自分が想定していたことに実家は関係ないのではないかと気づく。

しかし立ち止まって考え込んでいると、父親にカッと見開いた目を向けられてしまった。目力だけで怒られたミュリエルは、慌《あわ》てて足を動かす。

応接室に入ると、遠慮するサイラスをノルト伯爵が強く勧めて一番奥の一人がけの席に、向かって右手の二人がけソファに両親が、左側にミュリエルとリュカエルが座ることとなった。

会話の口火を切ったのはノルト伯爵だ。

「思いの外早くまとまりまして、私共としては大変嬉しいのですが、驚いているのも正直なところでして、あの、本当にうちの娘でよろしいのでしょうか？」

自分が事態を理解できていないことを自覚したミュリエルは、話を聞き逃さない構えで耳を傾ける。

「えぇ、私は彼女以外考えられません。必ず幸せにすると約束します。どうか、お許しいただきたい」

「も、もちろんですとも！　私共に否《いな》やはございません！　な⁉」

「は、はい！　うちのミュリエルちゃんを、どうぞ、どうぞよろしくお願いいたします！」

しかし内容を把握する前に、会話の決着がついてしまった雰囲気だ。わけのわからないミュリエルだったが、サイラスと目が合うと微笑まれてしまい、つい微笑み返す。すると死角からリュカエルに声をかけられた。

「姉上、ご婚約、おめでとうございます」

「……、……、……えっ⁉　こ、こ、こ、こ、婚約っ⁉」

たっぷりと間をとってから驚愕《きょうがく》の声をあげ、ミュリエルは停止した。

「お、お、お前！　何を今さら驚いているのだっ⁉　了承したのだろうっ⁉」

「ミ、ミュリエルちゃん？　恥ずかしがっているだけよね？　そうよね？　そうなのよね？」

ぎこちない動きで顔を向けてくるミュリエルに、たまらずノルト伯爵は立ち上がった。

「おい、はっきりしなさ……、痛っ!!」

そしてテーブル越しであるのにつかみかかろうとして、すねをぶつけて悶絶《もんぜつ》する。一方ノルト夫人は、夫の痛がるすねとは関係ない二の腕を適当にさすりながら、ミュリエルの言葉を待つのに忙しい。

「……ミュリエル、先程互いに交わした言葉は、そういう意味ではなかったのか?」

静かなサイラスの声を聞き、ミュリエルは慌てて少し前の記憶を巻き戻した。

（た、互いに交わした言葉って……、形にするとか、走るとか、誓うとか、よね? 私はてっきり、サイラス様が私の気持ちを指輪などの形にしてほしいから、走ってお店に買いに行きたくて、もらったからには大切にすることを誓う、ということだと思ったけれど……。こ、ここ、婚約という言葉を、念頭におくと……）

この場には、自分の世界に入ってしまっているミュリエルに、無理に話しかけようとする者はいない。四人分の視線はうつむいて頬を潰しているミュリエルに集まっているが、誰もが待つ姿勢を崩さなかった。

（……、……、……はっ!? 「形にする」は指輪ではなく婚約のことで、「走る」は実際に駆け足をするのではなく、関係を急進展させることに対する比喩《ひゆ》で、「大切にする」は指輪ではなくサイラス様にとっては私自身、私にとってはサイラス様という……、そういう、こと?）

茫然《ぼうぜん》と視線をあげたミュリエルの目に、一番に飛び込んできたのは正面で身を乗り出して座る父親の姿だった。怒《いか》れる冥王《めいおう》のような形相に、ミュリエルは悲鳴を喉に張りつける。わずかに視線をずらして母親を見れば、上品に口もとに手を添えて、困ったように小首を傾げるばかりだ。そこで不意に右側から冷気を感じたミュリエルは、肌寒さに両腕を抱えて隣を見た。冷気の源は凍れる表情をしたリュカエルだ。気づいた途端、さらにグッと下がった温度に身震いが起きる。ミュリエルは涙目になった。

しかしここには、まだ視線を合わせていない一番重要な人物がいる。もちろん見ないという選択肢は与えられていない。ミュリエルはそろそろと振り返った。

「うっ」

ハラリ、ハラリと花弁を散らす、黒薔薇が確かに見えた。サイラスはしっとりと空気を潤ませながら、儚《はかな》げに微笑んでいる。

「私の、勘違いだったのだろうか……」

ポツリと落とされた呟《つぶや》きに、ミュリエルの頭のなかで数々の場面や台詞が逆巻《さかま》いた。一つ一つを丁寧《ていねい》に確認することなどできない。しかし、吹き荒れ、混ざり、きつく立ち昇るそれらのはるか上空から、大きな岩のように確固たる意識が降ってくる。有象無象《うぞうむぞう》を霧散《むさん》させてズドン、と心に重く落ちた岩には、大きく標語が張られていた。

(悪女、ダメ、ゼッタイ……!)

ミュリエルはスクッと立ち上がった。

「わ、わ、私! サ、サ、サイラス様と、こ、ここ、婚約、いたし、ますっ!」

ミュリエルが宣言した途端、誰よりも先に動き出したのはノルト伯爵だった。言質《げんち》は取ったり！　と撤回する隙間も悩む隙間も与えぬ動きで、この場限りと話をまとめあげる。

しかしミュリエルは自らした宣言に衝撃を受けており、周りのことなど目には入っていない。ただムッと口を閉じて握った拳《こぶし》を震わせながら、いつまでも天井を見つめ続けていた。

◇◇◇

行きはサイラスと二人だった馬車を帰りはリュカエルも含めた三人で乗り合わせ、王宮に戻ってきたのはチャリティバザーも終わった、空が茜色《あかねいろ》に染まりはじめる頃のこと。気がつけば弟に付き添われて、女性宿舎の与えられた部屋に押し込まれたミュリエルは、いつの間にか一人になっていた。

聖獣番の仕事も今日はお休みをもらっているので、このまま自室でのんびりと就寝を迎えて問題はない。しかし、差し込む夕日に頬を照らされながら佇《たたず》んでいると、ジリジリと叫び出したくなるような衝動に駆られる。そこからさらに少しの間我慢したものの耐えられず、ミュリエルは部屋を飛び出した。着替えもせずに向かうのは、もちろん獣舎だ。

「アトラさんっ！　皆さんっ！」

息せき切らして獣舎に姿を現したミュリエルに、それぞれの馬房《ばぼう》でくつろいでいた聖獣達はそろってゲートから顔を出した。

『そんなに慌ててどうした。オレ達はどう見てもいい子だろ？　ちゃんと馬房にそろってる』

各聖獣に律儀《りちぎ》に挨拶《あいさつ》を告げつつアトラのところに駆けよったミュリエルは、ぬっと近づいた白い顔に突進する勢いで抱き着いた。

「いい子なのは、とてもよく知っています！　で、ですが、今はそのお話ではなく……！」

アトラが鼻先にくっついたミュリエルをより目で見る。残り四つの視線も同じく集まった。

『じゃあ、なんだ？　サイラスとバザー楽しんできたんだろ？　なんか問題があったのか？』

より目のままアトラに促《うなが》されて、ミュリエルは伏せていた顔をそっと上げた。目にはもう涙がたまっている。

「あのっ、問題というか、そのっ、実は、私、サ、ササ、サイラス様と、こ、ここここ、こ……」

ぶわっと真っ赤に染まったミュリエルの顔に、聖獣達はそろって緊急性はないと判断した。よって身構え乗り出していた体勢から、わずかに力を抜く。

『なんだか昔を思い出すわねぇ』

『まぁ、考えてみると、昔というほど昔ではないがな』

『めちゃくちゃニワトリになってるっスね』

『ここまでどもってるのは、久しぶりやないですか』

鶏《にわとり》のように鳴いたきり沈黙してしまったミュリエルを、アトラは小刻みに顔を動かして軽く振り回した。

『ミュー、「ここここ」がなんだって？』

　そして大きく一度顔を振ってミュリエルを自分の足で立たせると、赤い目を真っ直ぐ向けてくる。肩を縮め、胸に両手を抱き、上目遣いでその視線を受け止めたミュリエルは、言葉にしようとしては途中で口ごもることを繰り返した。しかし何度目かの時にアトラの目が細くなったことで、とうとう意を決する。

「……サ、サイラス様と、こ、ここ、こ、婚約、いたし、まし、た……っ！」

『あらっ！　おめでとうっ！』

『なんだ、やっとではないか』

『やっとっスけど、めでたいっス！』

『せやけど、ここからまた長いんとちゃいますかぁ？』

　決死の覚悟で放った一言に、聖獣達は軽い調子でやんややんやと賑《にぎ》やかになる。力の入りすぎで全身が震えているミュリエルを見おろしたアトラも、同じようにニヤリと笑った。

『そうかよ。よかったな。今回は周りに見せびらかして終わりなんだと思ってたから、そこまで事が進んで正直、驚いた。頑張ったじゃねぇか』

　いったいどちらの頑張りを褒めているのか。ただ、震え続けるミュリエルをからかうようにしながらも、赤い目には労《ねぎら》う色がある。

『ねぇ、それで？　それで？　ミューちゃん、早く詳《くわ》しく説明してちょうだい！』

　背後からギシリとゲートが軋《きし》む音がしたので振り向けば、喜び浮かれるレグが身を乗り出していた。長い睫毛をバッサバサさせながら、目をキラキラとさせている。ミュリエルは顔面に吹きつける爆風のような鼻息に髪を飛ばしながら、レグの期待に応えるにはやや場違いな、切羽《せっぱ》詰まった顔で虚空《こくう》を見つめた。

「く、詳しく……、……、……」

そしてバザー会場から実家に行き、婚約に至った顛末《てんまつ》を思い返す。

「あ、あの、実は私、サイラス様のおっしゃったことを、また勘違いしてしまって……」

『は？』

聖獣達の声がそろう。それまで目を輝かせていたレグは、一変して眉間と鼻にしわをよせた。もちろん周りの聖獣達も、そろって同じ反応だ。ミュリエルは足もとに視線を落としながら、たどたどしく説明をはじめる。解釈の相違と、もはやお約束となる勘違い。しかし最後は自分の意思で婚約を宣言したこと。

『あら、でも婚約できたのなら万事解決、よかったじゃない。勘違いのまますれ違うんじゃなくて、収まるところに収まったんだもの。ミューちゃんはサイラスちゃんのことが好きだから、後悔してるわけじゃないでしょ？　……、……、……えっ？　ま、まさか、違うの!?』

重ねられていくレグからの質問に、気持ちを上手くまとめられなくて言葉にできなかったミュリエルは、難しい顔をしてしまっていた。するとどう勘違いしたのか、レグが慌てた様子で短く激しい鼻息を吹き出しながら、四本の脚で地面を踏み鳴らしはじめる。

その大慌てな姿に、驚いたのはミュリエルだ。何か言わなければと、「な、なんというか。なんというかっ。なんというか！」と伝える意思があることだけを、声を大きくして訴える。

しかし、肝心の言葉は一向に出てこない。出てこない言葉に焦《あせ》りが募《つの》れば、足踏みを繰り返すレグの動きにつられる。ミュリエルはその場で駆け足をはじめた。

『も、もう！　気が気じゃないから早く答えてちょうだい！　違うの？　違わないの？』

「は、はいっ！　ち、違わな……、あ、えっと、あれ？　違う？　い、いえ、違わないです！」

『ちょっと！　ミューちゃん、結局それどっち!?』

どちらかが慌てればどちらかが冷静になるということもなく、ミュリエルとレグは必死の形相で見つめ合ったまま、さながら訓練時の新兵の如《ごと》く足踏みを繰り返す。

『とりあえず、落ち着け』

ズン、とアトラのあごが頭上に乗り、受け止めるためにミュリエルの足踏みは強制終了した。

『そんでもって、はっきりしろ。婚約が嫌なのか、嫌じゃないのか、どっちだ？』

「い、嫌じゃない、です……」

アトラのあごの下で首を変な方向に曲げながら、ミュリエルは神妙な声で答えた。脳味噌に直接歯ぎしりが響く。

『嬉しいのか、嬉しくないのか、どっちだ？』

「うっ……、嬉し、い、です……」

大人しくなったミュリエルの頭上からあごが離れる。それでもミュリエルは、うつむき気味に曲がったままの首を直すことなく立ちつくした。嘘偽りなく、嬉しい。これは間違いない。

しかし、自分の身に起きたことだと受け入れるには実感が薄く、不思議な感じがする。その煮え切らない思いが、ミュリエルの反応を鈍くしているようだった。

わかってはいるのだ。誠実なサイラスが想いが通じてその先も、ミュリエルと一緒に過ごしたいと願ってくれるのなら、正式に婚約して結婚するのが自然な流れだということを。

だがそれを、ミュリエルはもっとずっと遠くにあるものか、はたまた鏡に映る自分を見るような変な客観性を持って受け止めていた。ゆえに現実的に目の前に突きつけられて、驚いてしまったのだ。実際に自分の身に起こることなのだと。

『何を迷っているのか知らねぇが、嬉しいならドンと構えてろよ。だいたいそんなんだと、せっかく婚約したってのに、またサイラスを落ち込ませることになるぞ。いいのか？』

「……、……、……はっ⁉」

『まさか……、ここまで帰ってくる間に、もうへこませたんじゃねぇだろうな？』

「い、今思い返したのですが、私、混乱して自分の考えに夢中で……。帰り道のことが、あまり記憶にありません……」

これはもうやらかしたあとだ、そう思ったのであろうジットリとした視線を、否定するだけの材料をミュリエルは持ち合わせていなかった。

『あぁ、駄目だわ。見てもいないのに聞いただけで、とっても目に浮かぶもの』

『ミュリエル君は心機一転、悪女脱却を目指し頑張っていたのではなかったのか』

『頑張った結果がこれっスよ。要するに全方位ぬかりなく、悪女への道が開けてるっス』

『生まれ持っての天性の悪女やなんて……。一番質《たち》が悪いと思うのは、ボクだけやろか』

　ミュリエルは血の気が引く思いがした。別れ間際のサイラスが、どんな顔をしていたかまったく思い出せない。どうしたらいい、どうするべきか。悪女にならないためには誠実な対応が求められるが、まずもって自分の気持ちすらつかめていないミュリエルには、何が誠実な対応に相当するのかさえ判断がつかない。

『あっ！』

　ミュリエルはビクッと体を震わせる。突然声をあげたのはスジオだ。

「ス、スジオさん？　ど、どうしました？」

　声をかけたものの、一方向に向けて耳をピンと立てて意識を集中しているスジオからは、返事がない。ただ、ヒラヒラと尻尾が振られているなと思ったら、すぐさま千切《ちぎ》れんばかりの振り幅になる。これはここ最近で、実に見慣れた光景だ。

「もしかして、リュカエルが来ましたか？」

　それしかないだろうと思って聞いたのに、誰からも返事がない。ミュリエルは首を傾げた。

『あらぁ！　うふふ。どうも見逃しちゃいけない楽しそうなことが、はじまりそうよ！』

『ふむ。これは思うに我々だけではなく、ミュリエル君にも見せた方がいいのではないか』

『で、でも、邪魔はしたくないっスよ！』

『ほんなら、隠れて見てればいいんとちゃいますか。その方がまるっと上手くいきそうです』

　まったく状況のわからないミュリエルを置いてきぼりにして、なぜか聖獣達は楽しそうだ。

こんな時、ミュリエルが助けを求める相手は決まっている。

『……そうだな、よし。おい、ミュー。今から場所を移すが、絶対にしゃべるなよ？』

しかしこの時はアトラも、悪い顔で笑って何も教えてくれなかった。


レグ以外は馬房のゲートをあけて回ることもなく、勝手知ったる様子で出てきてしまったアトラ達に連れられて、ミュリエルは庭の一角にある岩と茂みの陰に身を潜《ひそ》ませていた。全員でひとところに隠れるのは難しく、アトラとは一緒にいるものの、他の面々は傍にいない。

そして視線の先には、グリゼルダが置いていった巨大寝台を背景にする二つの影があった。

（えっ？　サ、サイラス様と、リュカエル……？）

夕焼けに照らされた二人は向かい合うようにして立ち、何事か話している。この場所は普段の動線からは外れていて、用がなければ通りかかることはない。ということは、二人はわざわざこの場所を選んで会っていることになる。

（しかもリュカエルったら、なんで女装をしているのかしら。それに……）

ミュリエルは困惑した。二人が人目を忍ぶようにして話をしているのは、まだいい。だがなぜか、リュカエルはつけ毛を装着して聖獣番の制服を着ている。しかもスカートまではいて、腕にはチャリティバザーで非売品として貸し出したコトラまで抱っこしているではないか。

エリゼオ対策に入れ替わりをしていた時でさえ、リュカエルがスカートをはいたことはなかった。それなのに、必要がなくなった今になって完全な女装をするとはどういうことだろう。

「サ、サイラス様、あの、こんな時間にお呼びだしをしてしまって、す、すみません……」

「あぁ、大丈夫だ。それより、どうかしたか？」

二人の横顔をミュリエルは茂みの陰から眺める。サイラスはいつも通り穏やかな表情でリュカエルを見おろしているが、リュカエルは戸惑いを含む上目遣いをサイラスに向けていた。

ミュリエルは軽く眉間にしわをよせて首を傾げる。弟は格好だけではなく、どうやら完全にミュリエルを演じているらしい。

「あ、あの、今日した、こ、婚約のことなのですが、その……。も、申し訳ありません！　あまりに急すぎて、わ、私、やっぱりまだ、無理だと……、無理だと思ったんです！」

ミュリエルは茂みの陰で息を飲んだ。それどころか立ち上がりかけたのだが、アトラの無言のあご乗せによって阻《はば》まれてしまう。

「で、ですので、この話はなかったことに、していただけません、か？　そ、それに、本当は、キラン様のことも、その、気になってしまっていて……。だ、だって、彼とだったら平穏な毎日が送れそう、だから……」

飛び出していきそうな体をアトラが潰していくので、ミュリエルは地面にペタンと座り込んだ。確かに急な婚約には戸惑った。だが、こんな言葉をサイラスに聞かせるのは本意ではない。瞳がうるうると潤みだす。

「それが、君の気持ちか……？」

ミュリエルは首を振った。リュカエルの言っている言葉にミュリエルの意思は一つもない。

『……ミュー、もう少し我慢してろ。絶対に悪いようにはなんねぇから』

零《こぼ》さんばかりに涙をためてふるふると震えだしたミュリエルに、アトラがキリキリと小さく歯ぎしりをする。

「私は君と、良好な関係を築きたいと思っている。だからそう言われてしまえば、納得を得られるまで努力しなければならない」

サイラスは動揺する素振りは見せず、困ったように眉を下げただけだった。

「で、では、婚約を取り下げて、いただけます、か……？」

コトラを両手で抱きしめたリュカエルは、サイラスに向かってうかがうようにそっと首を傾げた。ギュッと心臓をわしづかみされたような衝撃を受けて、ミュリエルは息が止まる。そして瞬間的に強く思った。

（い、嫌っ！　サイラス様、頷かないでくださいっ！）

叫ぶように強く祈った言葉もむなしく、サイラスは静かに頷いた。

「ミュリエルが、それを望むなら」

（そ、そんな……）

ミュリエルの頬を涙が伝う。わなわなと震えだした唇は、すでに嗚咽《おえつ》を零してしまいそうだ。強く引き結んでも、細かな震えは止まらない。

「あ、ありがとう、ございい、ます。で、では、このたびの婚約は、なかったことに……」

ミュリエルとそっくりな顔と声、それに仕草でたどたどしく告げられていく望まぬ望み。握りしめた拳にポタリと涙の雫《しずく》が落ちた。手の甲で弾《はじ》けた雫は光り、儚く散る。

「だが……」

続きはもう、聞きたくない。しかし、そう願ったミュリエルの耳に届いたのは、今までの流れを静かに遮《さえぎ》るサイラスの落ち着いた声だった。

「ミュリエルはまだ、望んでいないだろう？」

パッと驚いて顔を上げたリュカエルを、サイラスが困ったように微笑みながら見おろす。

「混乱させてしまったせいで何も聞けていないし、恥ずかしがって、もしかしたらまた顔を見せてもらえないかもしれないが……。とはいえ、嫌だと言葉にされたわけではない」

穏やかに細められた紫の瞳は、とても優しげだ。その後も言い聞かせるように言葉は続く。

「だから、リュカエル。君が願うだけでは、婚約を取り下げることはできない。だが、君の納得が得られるように、誠意は見せていこう」

誰が見てもミュリエルにしか見えないリュカエルを、サイラスは今、違《たが》わず呼んだ。しかも探ることも躊躇《ためら》うこともせず、ごくごく自然に。ミュリエルとリュカエルが目を見開いたのは同時だった。

「気づかれないと思ったか？」

「ええ。完璧だと思っていましたから」

少し笑みを深めたサイラスに、すっかり表情を本来のものに戻したリュカエルが居心地悪そうにスカートをつまんでみせる。

「好意をよせる女性を間違えるほど、私の目は節穴ではないよ」

リュカエルの悪ふざけに、サイラスは気を害す様子もない。それどころか、よりいっそう丁寧に言葉を重ねた。

「もう君もわかってくれているとは思うが……。私はミュリエルを、便利な道具として見たことも扱ったことも一度もない。これから先も、変わらずそうあることを誓おう。それならば、君の残った懸念も払拭《ふっしょく》されるだろうか」

「……全部わかったうえで付き合ってくださったのですね。……若輩者《じゃくはいもの》の自分が試すような真似をして、申し訳ありませんでした」

表情を緩めてしたこの時のリュカエルの謝罪には、慇懃《いんぎん》無礼《ぶれい》な雰囲気は欠片《かけら》もなかった。綺麗な所作で心のこもった礼をとる。

「いや、構わない。心配だったのだろう？　折に触れて君からのそうした疑問の視線を感じてはいたが、私としては逆に誠意を見せる機会をもらったつもりでいた。君が大事にするミュリエルにも、ミュリエルが大事にする君にも、私は誠実でありたい」

リュカエルの肩をポンと叩いて、サイラスが頭を上げることを促す。気安い様子の二人を見ながら、ミュリエルはポカンと口が開いてしまうのを止められなかった。自分の与《あずか》り知らぬ場でも、サイラスとリュカエルがミュリエルのことを考え、いつでも思いやってくれているのだと気づかされたからだ。

「だが、弟である君からすれば、今回の件は不快だったか」

「……いえ、今となってはよかったと思っています。だって姉上のペースに合わせていたら、時間経過と気苦労で、あっという間に団長の黒髪が真っ白になってしまいますから」

弟らしい皮肉いっぱいの物言いに、サイラスが軽く笑う。いつの間にかアトラからの圧迫がなくなっていたミュリエルは、地面に座り込んだまま泣き笑いを浮かべていた。脱力してしまって、しばらくは立てる気がしない。

だが、何の前触れもなくサイラスの顔がこちらに向いたので、自然と背筋が伸びた。

『なんだ。気づいてたのか。そんな素振り、全然見せなかったのによ』

ミュリエルはびっくりした。サイラスはなんとなく視線を投げてきたのではない。アトラの言う通り、確実にこちらの存在を把握している。その証拠に紫の瞳は、少しのズレもなくこちらを見ていた。

「……というわけなのだが、ミュリエル。君の気持ちを、聞かせてもらってもいいだろうか？」

視線だけではなく、サイラスは言葉でもはっきりと所在を明かす。それでもミュリエルが動けないでいると、アトラに襟首をくわえられ、仔《こ》ウサギの如く運ばれてしまった。

「私との婚約を、なかったことにしたいか？」

傍まで来て地面におろされたミュリエルを立ち上がらせながら、サイラスが重ねて問う。

ミュリエルは少し考えてから大きく息を吸って吐き、真っ直ぐに紫の瞳を見つめた。

「い、いいえ。わ、私は……、サイラス様の、こ、婚約者に、なりたい、です……」

直前まで迷ってアトラ達にも煮え切らない想いを聞いてもらっていたが、今はもう迷ってはいない。リュカエルが婚約の撤回を口にした時、はっきり思ったのだ。それは嫌だ、と。ならばちゃんと言葉にして、勘違いが起こらないように伝えたい。

ミュリエルのなかで大きな変化があったことを知ってか知らずか、サイラスは紫の瞳の色を濃くして柔らかく笑う。涙の跡が残っていたのか、頬を包むようにして掌で拭《ぬぐ》われた。

触れた部分があまりに熱くて、ミュリエルは自分の顔が真っ赤になっているだろうことに今さら気づく。いたたまれなくてうつむけば、サイラスは躊躇ったのか手を引いてしまった。

その手を追いかけて握ったのは、もはや反射だ。握ってしまってからサイラスの反応をうかがうように上目遣いで見上げれば、変わらない笑顔がある。

「……はぁ。本当にいらぬお世話でしたね。姉上にも、勝手をして申し訳ありませんでした。ですが、ずいぶん都合よく居合わせましたね」

謝ったものの言葉尻に軽く含みを持たせたリュカエルは、ミュリエルとアトラに続いて姿を現した聖獣達を見渡した。何くわぬ顔でやって来る面々のなかで、スジオだけはブンブンと尻尾を振っている。褒めて褒めてと顔をよせるスジオを、リュカエルはぞんざいになでた。

『なんだよ。見せても構わねぇと思ったから、ここでやったんだろ？』

『リュカエルちゃんてば、策士だわぁ。色々予測して、合わせたんでしょ？　やるわね』

『たまに揺さぶりをかけないと、話の進みが遅くてかなわんからな。お手柄だ』

『途中で乱入せず、ちゃんと最後まで隠れてたっスよ！』

『ほんまリュカエルはんてば、いい鞭《むち》使いです。しかも突っ込みまで担当してくれるて、めっちゃ貴重な人材や』

歯音に鼻息、鳴き声を次々に浴びても、リュカエルは少し視線を向けただけでしれっと聞き流した。はじめて会った時は怖いと言っていたが、ずいぶんと慣れたものだ。

「……そういえば僕、君に渡したいものがあったんだ。これ、あげる」

さらには会話の流れさえ気にせず変える。リュカエルはポケットに手を突っ込むと、何かを取り出してスジオに差し出した。

「この前もらった、石のお返しに」

『……えっ！』

スジオは途端にピョコンと耳を立てた。リュカエルの掌に乗っているのは、銀細工でできた星の形をしたチャームだ。シトリンを思わせる、透明度の高い黄色の石があしらわれている。

『で、でも、ジブンがあげたヤツは、リュカエルさん気に入らなくて、ミュリエルさんにあげてたっスよね？　ジ、ジブン、いただけないっスよ……』

そう言いながらもスジオは、星から目を離さない。軽く足踏みをしつつ、うつむき加減で右に左に何度も首を傾げている。

「姉上、通訳をお願いします」

あまりに可愛い仕草に気を取られ、通訳を失念していたミュリエルは、慌ててスジオの気持ちをリュカエルに伝えた。ずっと機会を逃していた勘違いを、やっと解くことができそうだ。

「僕の覚悟が決まらなくて、あの時は勘違いをさせたままにして、ごめん。でも、気に入らないなんて一言も言っていないから。それとも、もう僕じゃなく、姉上にあげたくなった？」

『い、いいえ！　そんなことはないっス！　もちろんリュカエルさんにもらってほしいっス！　ジブンの宝物！　それと、ジブンこそ早とちりして、ごめんなさいっス！』

ミュリエルの通訳に耳を傾けながらも、リュカエルは視線をスジオからそらさなかった。

「うん。そうだよね。でも、もらったからには、もう僕の宝物だ。だから君には別のをあげたんだけど、いらない？」

『いるっス！　嬉しいっス！　ありがとうっス！　リュカエルさん、大好きっ!!』

感極まって飛びつきたいのを我慢して、スジオはその場で地団駄《じだんだ》を踏む。

「何？　来ないの？」

『い、いいんスか？』

躊躇う言葉をミュリエルは伝えなかったが、リュカエルにはちゃんと伝わったようだ。笑いながら頷く。

「いいよ。おいで。今日はもう汚れても平気だし。でも、加減してよね。僕は君と違って頑丈じゃないから」

リュカエルが両手を広げると、スジオは数歩の距離を飛んで一歩で埋めた。そのまま全力でリュカエルの顔を舐《な》め回す。大きな舌は顔どころか髪の毛や胸に肩まで舐め尽くす勢いだ。舌が動くたびに、目をギュッとつぶって口をムッと閉じたリュカエルの顔が見え隠れする。かなりのしかめっ面だが、どうやら飛びつくのを許可したことを若干《じゃっかん》後悔しているらしい。

　ミュリエルは我慢せずに笑った。いつもだったら不機嫌な顔を向けられてしまうので耐えるところだが、こんな幸せな場面を前にしたら、笑わずにはいられない。

「なるようになったたな」

「はい！　サイラス様のおっしゃる通りでした！」

　言葉を挟むようなことはせずに見守ってくれていたサイラスが、繋いだままになっている手を軽く振る。その動きがなんだか楽しくて、ミュリエルは笑顔を深めた。

『よかったな。ま、出会っちまったら、結果なんてはなから決まってたけどよ』

『えぇ！　あとはクロキリね！　素敵な人が早く現れるといいんだけど』

『うむ。羨ましいが、焦りは禁物だ。なぁに、いいのだ。私はもっと気品溢《あふ》れる名前をつけてもらうつもりだからな！』

『あぁ、そうか！　名前が、スジオはんは「スジオ」はんのまんまや！』

　聖獣達の会話にミュリエルがハッとすると、すぐにサイラスが気づいて問いかけてくる。

「どうした？」

「えっと、スジオさんのお名前が、そのままだなって」

　以前聞いた話では「クロキリ」や「スジオ」といった身体的特徴でつけられた仮の名は、人間でいえば「金髪の人」や「黒い目の人」と呼ばれるのと同じ感覚だと彼らは言っていた。

「尾に一本黒い筋が入っているから」という意味のまま、名前が「スジオ」に決まってしまうのは、せっかくパートナーが決まったのになんだかもったいなく味気ない気がする。

「あぁ、そのことですか。えぇ、そうですね。どうぞ今まで通り『スジオ』と呼んでください」

『いいんスよ、ミュリエルさん！　ジブン、ちゃんと「スジオ」なんス！』

とうとう舐め回されることを両手で遮ったリュカエルが、サイラスとミュリエルの会話を拾う。顔を押しのけられたスジオも、全力で笑っていた。

「スヴェラータ・ジ・オルグレン」

「えっ？」

突然飛び出した洒落《しゃれ》た響きに、ミュリエルは瞬《まばた》きをして聞き返した。

「ですから、姉上は変わらず『スジオ』と呼んでいいんですよ。まぁ、僕なら『スジオ』じゃなくて、『スヴェン』って略しますけど」

さらに数度瞬きをしてから、ミュリエルは口のなかで今聞いたばかりの名前を繰り返した。そして徐々に笑顔を深める。不思議と口に馴染《なじ》む、とても素敵な名前だ。

「いい響きだな。違和感もなく、馴染みやすい」

ミュリエルと同じ感想をサイラスも持ったようだ。スジオ改めスヴェンは、ビシッとお座りを決めて誇らしげにしている。

『考えたな。いいんじゃねぇか』

『あらぁ、シンパシー感じるわぁ！』

『なんということだ！　格好いいではないか！』

『クロキリさん、顔がヤバイ。ほら、気品気品！』

仲間から口々に褒められ、スヴェンはますます姿勢よくブンブンと尻尾を振った。

そんないつもの仲良しな空気感を皆で楽しんでいると、リュカエルが「さて」と呟く。

「ずいぶんお邪魔してしまったので、僕はそろそろ退散しようと思います。ですがその前にお詫《わ》びも兼ねて、お二人の話の種になりそうな話題を置いていきますね」

呆《あき》れた顔は振りだけで、激しく動くスヴェンの尻尾を本心では満足げに見ていたリュカエルが、親切の下に何らかの意図を隠して話を振ってくる。このややこしい弟の様子を、姉であるミュリエルはほぼ正しく察した。そのため、やや身構える。

「『お姫様と二人の聖獣騎士』という物語が、巷で流行っているのをご存じですか？　さっそく、そのシリーズ最新作が出たようですよ。題名は『ご令嬢と二人の聖獣騎士』だそうで……」

『へぇ！　ぜひ聞きたいわ！　だって前回のお話、とっても面白かったものね！』

あ、と思った時にはレグが食いついたあとで、さらにはサイラスがひっそりと目を伏せたあとだった。ついでに発言さえも先を越される。

「……その話は知っている。黒髪のサディアスと白髪のアルドラが、ミリエルという女性をかけて戦い、アルドラとミリエルが結ばれる話だろう？」

なんとなくもの悲しい気配を漂わせるサイラスに、眉間にしわをよせて目を細めたアトラと他の聖獣達の視線が集まる。ミュリエルは繋いでいる手をギュッと握った。

『それを聞くに、どうやらアトラ君、サイラス君、ミュリエル君がモデルの話のようだな』

『ダンチョーさんが薔薇じゃなくて、影を背負ってるっスよ』

『コレは、アレや。すでにひと悶着《もんちゃく》あったのを、蒸し返した感じちゃう？』

　聖獣達の考察が的確で、胸が痛い。アトラに人気が出るのは嬉しいが、あんなに頑張ったサイラスが報われないどころか当て馬扱いだなんて、やはり切なすぎる。

「ご存じでしたか。僕が思うに表彰台での一連のやりとりが、『竜と花嫁』を連想させたからこの展開になってしまったのでしょうね。まぁ、本来の主役であり功労者であるはずの団長が、姉上から距離をとっていたのも一因だと思いますが。せっかく勝ったのに、あれ、なんで微妙に離れていたんですか？」

　さらにはリュカエルの冷静な分析で、ミュリエルは自分の対応に問題があったことを知る。しかし責任の半分は、どうやらサイラス本人も担《にな》っているようだ。そのため微《かす》かな非難がこもる弟からの質問に、二人そろって目をそらす。

「わかっていますか？　このままこの設定が公式と思われてしまったら、聖獣達と姉上まとめて世論を味方につけちゃおう大作戦の半分が、失敗するってことですよ？」

　そこまで説明されて、ミュリエルは当初の目的を思い出した。サイラスとの悪い噂《うわさ》を抑え込むべく、今回の武芸大会に参加したというのに、このまま終わってしまえば効果が薄い。背後に迫る影がちらつく事態に、ミュリエルは怯《おび》えた。ついでに弟にすがる視線を向ける。

　そもそも「お詫び」と言ったわりに、リュカエルの提供してくる話題がひどい。しかし、下げてから畳みかけるのが弟のいつもの手法であることを、ここで思い出した。

「この状況、巻き返しが必要だと思いませんか？　もちろん一番効率がいいのは、お二人がもっと睦《むつ》まじい姿を周囲に見せることですよ。なんといっても婚約者、ですし？　それに準じた触れ合いは、公然と許される仲です。ですから今後は遠慮なく、どうぞ？」

よって、きっとここからがリュカエルなりの「お詫び」だ。されどその「お詫び」は誰に対する何を基準としたものなのか。姉に対してではないことは確かだ。

突然ぶち込まれた触れ合いの推奨、しかも人前で、という過激発言に、ミュリエルはリュカエルを二度見する。静かに笑う弟の顔は、やはり悪役が似合う。

「手ばっかり繋いだって、楽しいのは姉上だけですよ。五歳児じゃないんだから」

そして悪役は、とどめを刺すことを躊躇わなかった。手を繋ぐことを否定されたミュリエルは、思わずサイラスの手を離す。するとリュカエルが、笑顔のまま近よってきた。

「それと、とりあえず、このぬいぐるみはお返ししますね」

コトラを渡すついでにミュリエルの耳もとに顔をよせたリュカエルは、「アネウエ十六歳デショー、ガンバッテー」と棒読みの声援をよこした。ミュリエルは戻ってきた心の拠《よ》り所《どころ》を抱く両腕に、力を込める。力の入りすぎで全身が震え、絞められたコトラは早々に苦悶《くもん》の表情だ。

「では、僕は着替えてきます。行くよ、スヴェン」

『はいっス！』

リュカエルが大好きすぎて元気に返事をしたスヴェンには、きっと他意はない。

『うふ。アタシは、もう獣舎に戻るわ』

『規則正しい生活は、大事だからな。ワタシも行こう』

『ボクもいい子やから、帰ります～』

だが、レグ以下三匹は、確実に違う。しかし、行動はおしなべて帰舎だ。あまりにあっけなく去って行くので、まるで見捨てられた気持ちになる。

『じゃあ、オレも』

アトラさえもその流れにのって、のっそりと体勢を入れ替えた。引き止めるなよ、とあごを振られたミュリエルは、名を呼ぼうとした声も伸ばそうとした手も我慢して、顔をコトラの白い毛に埋める。寄る辺《べ》なき身となった己の安寧《あんねい》は、もうここにしかない。

「アトラ」

ミュリエルが我慢したというのに、去って行く白ウサギの横顔に声をかけたのはサイラスだった。大きく振り返ることはせず、赤い目だけがこちらに向けられる。

『なんだよ？』

「預かってくれないか」

言葉と共に、ミュリエルの腕からコトラを抜き取ったサイラスは、そのまま小さな体をポイッとアトラに向かって放り投げた。あんなに力一杯抱きしめていたのに無理矢理な感じは少しもなく、簡単に取り上げられてしまうとは、どんな手品だ。

「あぁっ！　コトラさんっ！」

誰に対してもされるがままのコトラは、大きな放物線を描いて白ウサギの眉間にへちゃりと着地した。

『……変なもん、贈るからだろうが』

この時ばかりはあとを追おうとしたミュリエルだったが、サイラスにやんわりと肩を抱かれたことと、アトラからすがめた視線を向けられたことで、その場に押しとどめられた。

『……おい、ミュー。オマエは「オレ」と「コレ」、どっちが大事だ?』

眉間でぐったりしているコトラに心配そうな眼差しをミュリエルが向けていると、アトラからすかさず質問がくる。しかし、この質問に対する答えは簡単だ。

「アトラさんですっ!」

『じゃあ、「サイラス」と「コレ」は?』

「サ、サイラス様です!」

二度目の質問も簡単で、もちろん迷いはない。どもってしまったのは、あくまでご愛敬《あいきょう》だ。

『しばらく預かる』

ミュリエルの返事を当然のものだと思っているのか、アトラはたいした反応もせず背を向けた。すっかり遠くにいるリュカエルや他の聖獣達のあとを、急ぐことなく追っていく。

これにより、夕焼けの色が深まったこの場所に伸びる影は二つきりになった。ミュリエルは、ギギギギッと音が聞こえそうな動きで隣を見る。するとサイラスはいったん肩から手を放し、視線を最後までこちらに残しながら背を向けた。巨大寝台に近よったかと思えば、左隣に隙間を作りつつ階《きざはし》に座る。

「ミュリエル、おいで」

腰を据えてしっかり話そうという姿勢を感じ、ミュリエルは尻込みした。何よりこの場所に二人並んで座れば、今は照らすものが月ではなく夕日でも、強く意識してしまう出来事がある。

「迷路について、君と見解のすり合わせをしたいんだ」

「へ？　迷路……？」

それなのに全然違う方向から来た話題に、ミュリエルはキョトンとした。頷いたサイラスが自身の隣をポンポンと叩いて示すので、つい警戒心もなく誘われるままに大人しく座る。

「君の話では確か、大人の階段二十段を残して、今は横穴から迷路に迷い込んでいるとのことだったな？」

「は、はい……」

どことなく業務連絡に通ずる事務的な語り口に、ミュリエルも真面目《まじめ》に返事をした。

「それで、考えてみたのだが……。おりることに注意しなければならなかった階段と違って、迷路は同じところを何度も回らないように、注意しなければならないと思うんだ」

なるほど、と思ったミュリエルは頷く。出口を目指すなら、同じところを回っていては埒《らち》が明かないだろう。納得する様子のミュリエルに満足したのか、サイラスも頷き返す。

「君に手を繋ぐことからはじめたいとお願いされ、私はここまで順を追ってきた。だが、思い出してほしい。それはもう、通るのが二度目になる道だ」

目線で同意を求められ、今度は少し考え込む。順を追ってきたと言われたが、その時にいちいち確認の言葉があったわけではなく、いつの何を指しているのか判然としない。

しかし、会話がはじまってよりここまでの反応は、サイラスにとって予定通りのものだったらしい。言葉だけで本当の理解を得るのが難しいとわかっているサイラスにより、ミュリエルは実地をもって教えられることになった。

「手で触れ」

膝《ひざ》に置いていた左手に、サイラスの右手が重ねられる。

「胸に抱き」

すぐにその手を引かれ、逆の手を腰に回されると二人の距離がグッと近づいた。

「唇で触れる」

そして握られた左手を持ち上げられて、指先に唇が落とされる。

事務的な様子にすっかり油断していたミュリエルは、なすすべもなくすべてを受け入れた。抱き込まれるほどの距離に、夕日をうつした肌が羞恥《しゅうち》に震える。

「気づいているだろうか？　今あげたものは私からだけではなく、君からもしてくれているということを」

そんなはずはない、と首を振れないのは、言った相手がサイラスだからだ。そしてこうした時の一連の心の動きは、大抵《たいてい》サイラスに筒抜《つつぬ》けでもある。

「無意識でしていたのか？　ならば……」

囁《ささや》き声は、おもむろに顔をよせたサイラスにより直接耳に注がれた。誘われて咲く黒薔薇は、かすれた声に焦《じ》らされるように、いつもよりゆっくりとほころんでいく。開きゆく黒い花弁が、普段は見えない妖しい赤みを帯びて見えるのは、夕日の色と熱にあてられたからだろうか。

「君の体が、私を覚えているということだ」

耳に触れているのは、吐息か唇か。

「わけあう熱を知ってしまえば」

二人の体温の境目が、曖昧《あいまい》になるほどに。

「もっと欲しいと、求めてしまう」

抱きしめられて、互いを感じる。

しかし、不意にサイラスが抱擁《ほうよう》を解いて離れ、できた隙間に風が流れた。溶け込んでいた熱などなかったかのように、体は頼りない肌寒さを覚える。それだけではない。ずっと繋いでいたはずの手さえ、今はほどけてしまいそうだ。左手の指先が、かろうじて右手の指先にひっかかっているだけの、心もとない触れ合い。今の二人はそれきりしかない。

それさえもゆっくりと離れていく動きを見せられて、ミュリエルはあとを追った。行ってしまうサイラスの手を離したくないと握れば、体さえ無意識のうちに自《みずか》らよせてしまっている。

「……ほら、君の体は正直だ」

サイラスが甘く香るように笑う。至近距離でそれを見て、小さい呼吸しかできなくなっていたはずのミュリエルの胸は、まるで限界まで息を吸ったようにいっぱいになった。

「周りへの牽制だとか、婚約者のあるべき姿だとか、そういったことを何も考えずにいることは難しい。時には形式に従った姿を、見せなければならないこともあるだろう。……だが、私は今、単純に君に触れたい」

　繋いでいた左手が、サイラスの頬に導かれる。サイラスの左手はミュリエルの頬に触れた。互いに相手の頬を掌で包んで見つめ合う。動かせないミュリエルの左手とは違って、サイラスの左手は愛《いと》しげになでる動きを続け、そのたびに親指がそっと下唇をかすめていく。

　何を求められているかなど、明白だ。辺りを染める夕日よりも濃くトロリとした甘い熱が、紫の瞳のなかで揺蕩《たゆた》っている。その眼差しが映すのは、ミュリエルのあえぐような細い息を零す震える唇だ。再び背にも手を回されて、二人の距離が近づく。

　もう無理だ、とミュリエルは思った。サイラスの放つ色気に誘われて咲いた黒薔薇が、沈みゆく日の光を浴びて、黄金色に輝く粒子を深い香りと共に辺りに振りまいている。素敵すぎて呼吸ができない。それ以上に、好きすぎて胸が痛い。

「心の準備は、できたか？」

　見上げた顔が下を向いてしまわないように、やんわりと、しかし確実に大きな掌が頬を包む。

（……わ、わ、私、おかしいのかしら。だ、だって、心の準備なんて、いつもだったらできるはずがないのに、今は、こんなにも……、……、……触れて、ほしい）

　想いが溢れるがゆえの苦しみを、やりすごすためにミュリエルは唇を引き結んだ。そしてその動きは意図せず、それまでよりもわずかに強く唇と親指を触れ合わせる。

　もとよりミュリエルからの確固たる返事など求めていなかったサイラスは、親指に感じる熱が微かに増えたことを、都合よく了承の仕草ととったようだった。軽く首を傾げた綺麗な顔が、ゆっくりと近づく。

ミュリエルはとうとう目を閉じて、唇をさらに強く引き結んだ。左手は無意識のうちに滑り落ち、右手と共に広い胸にすがりつく。まぶたの裏が夕日で赤い。しかし染まる眼裏《まなうら》の色よりも、吐息を感じて触れ合う唇の方が、もっと熱い。

軽く軽く触れた唇は、互いの温度が相手に移ってしまう前に離れる。それにあわせてサイラスの気配も、ゆっくりと遠ざかった。

(もう……、終わり……?)

耳に直接音が聞こえていると錯覚するほど、心臓が爆音を立てている。全身を駆け巡る熱に、ミュリエルは頭がクラクラした。それなのに、触れたばかりの熱がもう恋しい。

浅い呼吸を繰り返しながら、ミュリエルはそっと目をあけた。しかし、遠ざかったと思ったサイラスの顔は、まだ鼻先が触れてしまいそうに近い。驚いて翠の瞳を大きく見開いてしまったのに対し、紫の瞳はなぜか再びゆっくりと伏せられていった。

「……次は、目をあけたまましたいのか?」

つぶる一歩手前の目もとは、過分な色気を含む。二度目を誘うサイラスから強く香る色香に、ミュリエルは瞬きもできなくなった。涙の膜を張りはじめた視界が、途端にぼやける。紫の瞳が長い睫毛の陰で、光をにじませるように艶《つや》めいていた。曖昧な世界のなかで、その色だけが鮮やかだ。

頬を包んでいた大きな手が、真っ赤な耳の縁をたどってから首筋に触れた。おくれ毛をからめた指がうなじを戯れに何度もなであげ、ミュリエルを甘く痺《しび》れさせる。

「ミュリエル？」

ほとんど唇を動かさずに名を呼ぶ声はゆるやかで、急《せ》かす気配は微塵《みじん》もない。この戸惑う時間さえ愛しいのだと言外に告げられていると感じるのは、きっと気のせいではないだろう。

「ミュー」

吐息に間違えてしまいそうなほどの小さい呟きには、万感の思いが込められていた。それに気づいてしまえば、体の芯から震えるほどの熱が生まれて全身を満たす。思考のすべてを焼き切ってしまうような熱量に、ミュリエルは押し流された。サイラスに向かって微かに顔を上げると、先程以上に力一杯目をつぶり、歯を食いしばる勢いで唇を引き結んだ。

「……いい子だ」

体の奥に響く甘い声に、つぶった目尻に涙がたまる。口づけを待つには必死すぎる顔で、ミュリエルはその時が訪れるのを息を止めて待った。

しかし極度の緊張で長く止めていることができず、すぐに苦しくなってしまい、息をつこうと強張《こわば》った唇を一瞬だけ解く。ミュリエルよりずっと上手なサイラスは、それを見計らっていたようだった。解けた唇に落とされた口づけは、今まで触れたなかで一番柔らかい。

ゆっくり三つ数える間、羽のように軽く唇は触れ続ける。しかし四つを数えたところでサイラスが顔の角度を変え、五つを数えたところで少しだけ強く押しあてられた。

二人の間でさえ聞き逃しそうな小さなリップ音を残して、六つを数える前に唇が離れる。その代わり、今度は体が少しの隙間もできないように抱きしめられた。今まであれば抱きしめられるだけで恥ずかしかったはずなのに、この時のミュリエルは自ら広い胸に額をあて、満ち足りた想いに深く息をつく。サイラスの大きな手が髪を優しくなでてくれる。それだけで他には何もいらないと思えるほど、幸せだ。

（なんだか……、とても、フワフワするわ……。体にも、まったく力が、入らなくて……）

許容量を超える熱に浮かされて、ミュリエルは夢見心地で自分をまるごと包んでくれるサイラスの優しさに酔う。気まぐれにおくれ毛で遊ぶ指や、頭上に落ちてくる唇がくすぐったい。恥ずかしいけれど、嬉しくて。苦しいほどに、幸せで。そんな気持ちになるのは、サイラスのことが、好きだからだ。大好き、だからだ。

ただ、もしミュリエルの意識がもうわずかばかりでもはっきりしていたならば、きっとこんなふうにまどろんではいられなかっただろう。唇に触れ合うことを許し許された二人に用意される、この先の道を思って引きつっていたに違いない。

ただ、それらのことにミュリエルが戸惑い、足踏みをし、振り返っても、サイラスが上手に導いてしまうこともまた、違いはないのだ。どちらにしろ迂闊《うかつ》なことに、迷路を回避しないことには同意してしまっている。

それでも、今だけは――。

ミュリエルはサイラスの背へと、そっと手を回す。触れれば触れるほど心でふくらむ大切な想いごと、抱きしめ返すために。

エピローグ

齢《よわい》二十六にして、ここワーズワース王国のエイカー公爵であり聖獣騎士団団長でもあるサイラス・エイカーは、執務室にて「婚約者」という響きを噛《か》みしめ、何度も反芻《はんすう》していた。

本来であれば、もう少し彼女に心の準備をする猶予《ゆうよ》をあげたかったし、それをあげられるだけの余裕をサイラス自身も持っていたはずだった。何しろ二人は両想いなのだから。しかし、正直なところ現時点でここまで二人の関係が進展したことに、安心している自分もいる。

正式な形は、怯《おび》えるほど脅威《きょうい》を感じずとも気配があれば気にせずにはいられない、そんな煩《わずら》わしい影への有益な盾になるだろう。自分を「喉に刺さった小骨」だと評す彼の、その言葉が真実なのか、ただの攪乱《かくらん》なのかはわからない。見極めようとする行為自体が、チクリと刺す喉《のど》の痛みでもあるのだと思う。しかし損《そこ》なうことができないものを多く抱えた自分は、そうと知りつつ尽力することになるのだ。

だがそれを、一人で成し遂げる必要はない。守りたいと思うものが、いずれも守られるだけの存在ではないからだ。一番か弱く思える彼女でさえ、時に驚くほどの強さを見せる。

サイラスが名を呼び、手を伸ばしたあの時。同じように手を伸ばし、信じて疑わずに飛び込んできた翠《みどり》の瞳の色は、強い輝きを湛《たた》えていた。あの瞬間にサイラスが、胸がつまるほどの感情を抱《いだ》いて息を止めていたことに、彼女は気づいているだろうか。

光る若葉に似た翠の瞳は、いつだってサイラスを魅了してやまない。頼りなく潤《うる》むばかりかと思えば強く輝き、真《ま》っ直《す》ぐ見つめたと思えば恥ずかしげにそらされる。そして、ここ最近は確かな熱さえこもるのだ。

どんなに似たものがあったとしても、それを知るサイラスが間違えることはないだろう。あれは、自分だけに向けられる色だ。だからこそこれから先も、そうであるようにと強く願う。

（……瞳だけでは、ない。私は、いつの間にこんなにも欲張りになったのか）

とくに想いが通じてから、引きよせられるようにいつだって触れたくなるのは、あの唇だ。口づけの許しを乞《こ》えば必ず固く引き結ばれてしまうその様は、まるで外界を知らぬ咲き初めの蕾《つぼみ》のようで、ますます触れてみたくなる。初々《ういうい》しいそれを味わいたくて、わざと言葉にして聞いているのだと彼女が知ったのなら、どう思うだろうか。そして相反するように、柔らかくほころぶ唇もまた、思うままに愛《め》でたいと願っていることも。

サイラスは軽く目を伏せながら、蕾でも十分に甘い唇が花開く時を想像する。きっと、一口食《は》んでしまえば己は夢中になるだろう。しかしそこまで考えて、サイラスは吐息を零《こぼ》すようにふと笑った。今でもすでに、こうして笑ってしまうほどに夢中ではないか。これから先、今よりずっと深く彼女に溺《おぼ》れてしまっても、抗《あらが》う気など起きないほどに。

「同じように、溺れさせてしまいたいな。私なしでは、いられないように……」

独りごちると、サイラスはため息をつく。愛《いと》しい少女を想って零れたそれは、ひどく甘い。

あとがき

こんにちは、山田桐子です。聖獣番、四巻のお届けとなりましたが、お楽しみいただけたでしょうか。不在だった人間サイドの突っ込み、とうとう加入しましたよ！

そしてここで皆様には、二巻と三巻のあとがきを開いて二十行弱ほど読んでいただきたく。すると、なんと！　それが四巻のあとがきの出だしになります！

……はい、すみません。今巻もまったく同じ流れで私はここまで来ました。あぁ。言いたいことも触れたい内容もいっぱいあるのに、今巻はそんな余裕すらない～。

ということで、即締めに。超終盤だけでも心穏やかな時間をお届けできてよかったです、担当編集様。常駐組のみならず新顔組も素晴らしかったです、まち様。学ばない子ですみません、校正様。お力添えに助けられています、皆様。

毎度のこととなりますが、この場をお借りしてすべての方に心からの感謝を。ありがとうございます！　サイラスが、ミュリエルが、アトラが、せわしない日々のなかで皆様にとっての潤いのひと雫になれたら、とても嬉しく思います。

今巻もここまでお付き合いくださり、ありがとうございました！

引《ひ》きこもり令嬢《れいじょう》は
話《はなし》のわかる聖獣番《せいじゅうばん》4

2021年4月1日　初版発行

著　者■山田桐子
発行者■野内雅宏
発行所■株式会社一迅社
〒160-0022
東京都新宿区新宿3-1-13
京王新宿追分ビル5F
電話03-5312-7432（編集）
電話03-5312-6150（販売）
発売元：株式会社講談社
（講談社・一迅社）

印刷所・製本■大日本印刷株式会社
ＤＴＰ■株式会社三協美術

装　幀■世古口敦志・
前川絵莉子（coil）

ISBN978-4-7580-9346-0

●この作品はフィクションです。実際の人物・団体・事件などには関係ありません。

この本を読んでのご意見
ご感想などをお寄せください。

おたよりの宛て先

〒160-0022
東京都新宿区新宿3-1-13
京王新宿追分ビル5F
株式会社一迅社　ノベル編集部
山田桐子《やまだとうこ》 先生・まち 先生